VOYAGES
CURIEUX
D'UN
PHILADELPHE.
DANS DES PAYS
nouvellement découverts.

SECONDE PARTIE.

A LA HAYE,
Aux dépens de la Compagnie.

M. DCC. LV.

VOYAGES
CURIEUX
D'UN
PHILADELPHE
DANS DES PAYS
nouvellement découverts.

SECONDE PARTIE.

CHAPITRE PREMIER.

Raiſons que j'ai de regretter Paris. Nous fai-
ſons connoiſſance à Londres avec une Fran-
çaiſe. Ses avantures. Mon mariage avec elle.

JE ne peux pas diſſimuler que la com-
plaiſance pour mes deux amis précipita
mon retour à Londres. Je quittois Paris à
regret : j'étois fâché de me ſéparer de ceux

de mes anciens Confreres avec lefquels j'étois lié ; le vrai de leur probité & la conftance de leur amitié pour moi m'avoient tellement féduit, que j'aurois voulu paffer avec eux le refte de mes jours. Je laiffois encore à Paris une parente à laquelle j'étois véritablement attaché, non pas qu'il y eût entr'elle & moi des fentimens dont la vertu pût être bleffée, l'amitié feule étoit la bafe de notre union ; & cette amitié prenoit fa fource dans la conformité de nos goûts & de nos principes. Son mari, le plus honnête homme du monde, m'aimoit comme fon propre frere ; je lui rendois le change, & j'admirois comme le hazard avoit rencontré fi jufte dans cet affortiment. Quoiqu'elle n'eût rien de joli dans la phifionomie, les bonnes qualités de fon cœur, la vivacité, les graces, l'enjouement de fon efprit, faifoient que chacun l'aimoit & la refpectoit.

La vertu ombrageufe n'eft pas celle qui convient à une femme qui vit dans le monde : cette vertu eft une peur véritable, qui nous fait voir les objets différens de ce qu'ils font, & le mal où il n'eft pas. Le grand point eft de ne prendre les chofes que pour ce qu'elles valent, & ce difcernement des cho-

les suppose néceffairement celui des perfonnes. Ce dernier eft, felon moi, le talent le
plus précieux & le plus néceffaire à la fociété,
tant pour les hommes que pour les femmes :
c'eft lui qui nous conduit à démêler où porte tel propos, à quelle fin, dans quel efprit
il eft tenu ; enfin, c'eft lui qui nous met à
portée de connoître le cœur, & de ne jamais
prendre le change fur ce que nous voyons &
fur ce que nous entendons.

Celle dont je parle ici m'a fait faire fouvent bien des réflexions fur la façon dont en
général on éleve les demoifelles en France.

On prend grand foin de les faire tenir
droit, de leur apprendre à marcher, à fe préfenter avec grace, à être décemment à table
& à l'Églife, à s'habiller à leur avantage, à
faire en un mot tout ce qu'il faut pour ra-
nimer les efforts que l'on fera pour les attaquer. C'eft quelque chofe que tout cela,
& je veux bien encore le ranger parmi le
néceffaire. Qu'on m'accorde du moins, que
cette partie de l'éducation n'eft pas le tout,
n'eft pas même l'effentiel ; difons plus, qu'elle
devient dangereufe, en ce qu'elle multiplie
les affauts qui vous font préparés pour la
fuite, & qu'elle vous laiffe fans défenfe pour

les foutenir. On les donneroit, ces moyens de fe défendre, fi on cultivoit l'efprit, fi on le plioit de bonne heure à l'habitude de prendre une nourriture qui lui fût profitable en tout fens. Sans ce fecours, la perte d'une jeune perfonne devient inévitable ; il eft aifé de le mettre en démonftration.

Que peut faire dans le monde une femme qui n'a aucune teinture des Belles - Lettres, aucun goût pour la lecture ? Les petits détails dont elle eft chargée font peu de chofe, encore n'exige - t'on pas d'elle fouvent qu'elle veuille bien y entrer ; mais ces petits détails une fois épuifés, que de momens vuides chaque jour ! Veut - on que fon efprit, cette partie de nous-mêmes faite pour être dans une action perpétuelle, perde fon activité, & fe tienne en repos ? Mais fi cela eft impoffible, fur quels objets fon imagination pourra-t'elle s'exercer ? Ne peut on pas dire en deux mots que nous fommes tous nés avec un penchant rapide vers les plaifirs ? Il n'y en a pourtant que de deux fortes, ceux de l'efprit & ceux du corps : les premiers, plus nobles, plus purs, plus durables, nous donnent du mépris pour les derniers, que l'on n'achette que par les peines & le trouble,

leur joüiſſance, mêlée d'une crainte qui les
empoiſonne, eſt toujours ſuivie de chagrins
& de remords : ſouvent de honte & de déſeſpoir. Graces à leur mauvaiſe éducation, les
femmes ſont forcées de renoncer aux plaiſirs de
l'eſprit, & conſéquemment leur imagination
eſt réduite à ne s'exercer que ſur ceux de
la derniere eſpéce : vouloir alors qu'elles
ſoient vertueuſes, c'eſt demander à Dieu des
miracles.

Ma parente avoit été, heureuſement pour
elle, élevée par main de maître : la bonne
lecture avoit formé ſon cœur & ſon eſprit ;
inſtruite dès ſon bas âge à faire un bon choix
parmi les morts, cette ſcience l'avoit conduite à en faire un pareil parmi les vivans,
& à vivre avec eux après les avoir choiſis.
Son pere s'entretenoit avec elle comme avec
un ami, lui parloit ſur toute choſe le langage du vrai & de la raiſon ; ils remontoient
enſemble à des premieres vérités, & par des
démonſtrations courtes & ſimples, il élevoit
peu à peu l'eſprit de cette jeune perſonne, lui
rendoit aimable cette vertu dont il lui dé-
montroit l'obligation & la néceſſité, la mettoit ainſi dans le cas de la rechercher par
principe & par goût. Auſſi puis-je aſſurer que

foi dans l'intérieur de fa maifon, foit dans
le commerce de la fociété, je n'ai rien connu de plus uni, de plus liant, de plus aifé
à vivre. Pour achever enfin de faire fon éloge, j'ofe dire que je ne me fuis jamais trouvé
de l'efprit que lorfque j'étois avec elle, tant
elle avoit l'art de faire valoir celui des autres. Qu'on me permette de donner un petit avis en paffant. L'amour propre naît &
meurt avec nous; c'eft un fauvageon fur lequel eft anté l'arbre qui porte les meilleurs
fruits; quelques opérations que nous faffions,
il y prend part, il y joue un des principaux
rolles. De-là concevez que nous pouvons
admirer ce qui nous humilie, mais que nous
l'aimons rarement. Si nous voulons donc être
aimés, tenons pour un principe certain, que
les autres nous quitteront fatisfaits de nous,
quand ils nous quitteront fatisfaits d'eux-
mêmes.

Je me dédommageai de ma féparation par
le commerce de Lettres, tant que je fus à
Londres : nous entretinmes, ma parente &
moi, une correfpondance très - fuivie. Le
Lecteur pourra juger de la nature de cette
correfpondance par une de mes Lettres. Je
ne dirai point qu'elle eft écritte, *currente ca-*

lamo, dans un de ces momens de gaieté que le cœur permet à l'esprit, quand celui-là sait qu'il est connu : j'avoue au contraire que cette plaisanterie m'a autant coûté qu'un ouvrage sérieux ; on peut le reconnoître aisément à la versification forcée, aux chevilles dont je me sers à tout propos, à mille choses en un mot qui annoncent un homme peu propre à faire des Vers. Mais comme on voit dans toute cette Relation que je ne tranche point du bel esprit, & que ma situation, jointe à mon peu de disposition naturelle, ne m'a jamais permis de songer à être Poëte : je me flatte qu'on voudra bien prendre ce badinage pour ce que je le donne, & rien de plus.

> *Quelle manie est donc la vôtre ?*
> *Faut-il que d'une poste à l'autre,*
> *Pour vous, mon stérile cerveau*
> *S'épuise à donner du nouveau ?*
> *Ma foi, je n'y saurois suffire.*
> *Que diable aujourd'hui vous écrire ?*
> *S'il ne s'agissoit entre nous*
> *Que de deux ou trois mots pour rire,*
> *J'aurois bien deux mots à vous dire.*
> *Mais des Déesses comme vous,*
> *Qui connoissent peu la disette,*

A y

Où souvent tombe un pauvre Poëte,
Ne se bornent point à deux mots ;
Il leur faut de plus longs propos,
Bien soutenus ; & voilà comme
Vous venez à bout d'un pauvre homme ;
Qui loin de prendre du repos,
Dès qu'il a fini, recommence ;
A peine encor, pour récompense,
Daignez-vous dire, grand-merci.
Or donc, puisque le raccourci
Est chose qui ne vous plaît guere,
Je vais tout au long mettre ici
Ce que j'appris de ma Grand-mere :
Qu'il vous plaise ou non, le voici.

Amour voulant aggrandir son Empire,
Aux Dieux assemblés proposa
De nous créer. Par contredire
Chacun sottement commença ;
Puis au fond de son cœur pensa
Qu'en nous créant mâle & femelle,
Conformément au beau modéle
Qu'au milieu d'eux Amour plaça,
Sans blesser sa gloire immortelle,
Il pourroit bien . . . . L'avis passa.
C'est ainsi qu'une bagatelle,
Souvent en affaires d'État.

Excite ou calme un grand débat.
  Pour présider à cet ouvrage,
La Troupe auguste résolut
De nommer, selon son usage,
Quelqu'un d'entr'eux. Cet avis plut.
Crainte cependant de tapage,
Sur le choix chaque Dieu se tut.
Le motif secret, le vrai but
Dans tous les cœurs étoit le même ;
Mais tous s'étoient fait un systéme
De ne point trop le laisser voir.
D'accord ainsi, sans le savoir ;
Ils n'osoient pas ouvrir la bouche ;
Quand tout-à-coup Maître Vulcain,
Avec sa peau de maroquin,
Son pied-bot, son regard farouche,
S'offrit à nous forger, & dit
Qu'il avoit fait chose plus rare.
Chaque Dieu pareille offre fit.
Alors ce fut beau tintamarre :
A sa guise chacun disoit ;
Pas un ne vouloit condescendre
A ce qu'un autre proposoit.
Au milieu du bruit qu'on faisoit,
Mars cependant se fit entendre,
A force de crier, Paix-là ;
Et voici comme il leur parla.
L'inventeur du projet que goûte

La Troupe auguste qui m'écoute,
C'est, Messieurs, le Dieu de Paphos.
Je pense qu'il est à propos
De lui donner la préférence.
Nommons-le donc Exécuteur
Du projet dont il est l'Auteur ;
On lui doit cette déférence.
Au sage avis du Dieu guerrier
Tous les autres Dieux se rendirent ;
Puis les Déesses soufcrivirent,
En se faisant un peu prier.

Quel bonheur pour la race humaine,
Si des Dieux la jalouse Reine
N'eût pas contre un si juste choix
Aigrement élevé sa voix !
Amour, pour augmenter sa gloire,
Avoit inventé ce projet ;
Ainsi, nous avons lieu de croire
Que pour mieux remplir son objet,
Il nous eût tous formés pour plaire,
Et pour nous laisser enflammer.
On n'eût vu nos mains ne s'armer
Que des traits du Dieu de Cytherre :
Toujours sans procès & sans guerre,
Sans rien qui pût nous allarmer,
D'un bout à l'autre de la Terre
On n'eût connu que l'art d'aimer.
Mais Junon par trop prévoyante,

Et qui déja de son Epoux
Connoissoit bien l'humeur galante,
Devina, par malheur pour nous,
Quelle seroit la conséquence
Du projet ainsi concerté.
Plus n'en fallut pour dans son ame
Enrager, & chanter la gamme
Au Conseil, qui de son côté,
Savoit bien que cette Déesse
Décore des noms de tendresse,
D'honneur, de régularité,
Un esprit de femme indompté.
La voilà comme une furie,
Qui tempête, menace, crie.
Jamais femme au teint décrépit,
Au dehors saint, au cœur immonde,
Qui se donne aux Dieux par dépit,
Lasse de voir que dans le monde
Ses graces n'ont plus de crédit,
Ne se mit si fort en colere,
Pour trouver en flagrant délit
Ou l'époux qu'elle n'aime guere,
Ou l'ingrat que son cœur chérit.
Joignez aux fureurs d'un Aliste (1),
Lorsqu'il maudit, pour plaire aux Cieux,
Le rigide Abubékériste (2),
L'air saintement impérieux
D'un Moufti (3) trop ambitieux;

Qui las d'être simple Pontife,
S'érige humblement en Calyphe (4) ;
Telle étoit la Reine des Dieux.

   Ce grave & divin Personnage
Composant un peu son visage,
Dit avec un ton aigre-doux :
Amour, vous vous mocquez de nous.
Pour moi qui ne suis pas niaise,
Je vois bien quel est votre but ;
Vous voulez, ne vous en déplaise,
Nous balotter tout à votre aise,
En mettant tout l'Olimpe en rut.
Je vous connois, Monsieur le drôle ;
Mais je vous donne ma parole
Que vous n'en viendrez pas à bout.
Avec honneur une Déesse
Ne peut permettre qu'on vous laisse
En pareil cas maître de tout.

   Dès qu'elle eut fini sa loquence,
Dame Pallas, par déférence,

_____

(1) Nom propre, que je croi forgé par l'Auteur pour caractériser la Secte relâchée d'*Ali*, chez les Turcs.

(2) Autre nom qui paroît aussi forgé pour la Secte d'Abubéker, plus rigoriste que la précédente.

(3) Chef de la Religion Musulmane.

(4) Les Calyphes étoient autrefois, chez les Mahométans, Princes spirituels & temporels

De son parti vint se ranger.
Vulcain qu'on venoit d'outrager,
Crut dans les propos de sa mere
Entrevoir un certain mystere
Qu'il n'avoit pas saisi d'abord ;
Et comme il connoissoit sa femme
Pour être d'assez bon accord,
Il prévit que la bonne Dame
Pourroit fort bien s'humaniser
Avec des mortels pleins de vie,
Que l'Amour à sa fantaisie
Seroit maître d'organiser.
Cela fit un bel & bon schisme,
Grave, plein d'aigreur, en un mot,
Tel qu'aujourd'hui le Jansénisme,
Le Molinisme, ou le Papisme,
En font chez le Peuple Dévot.

Jupin ne fut point assez bête
Pour à sa femme tenir tête ;
Mais il sut prendre adroitement
Un milieu pour tempéramment.
Heureux celui qui sait le prendre !
Femme n'aime guere à se rendre,
Elle s'entête pour un rien,
Pour un point d'honneur, un sistême ;
J'ose dire qu'il la faut même

Tromper pour lui faire du bien.

Pour appaiser donc la colere
De sa prude & chaste moitié,
Jupin, prêt d'être injurié,
Prit un ton doux, & dit : ma chere,
Je croi que vous avez raison :
Si l'Amour seul étoit le Maitre,
C'est un espiegle, qui peut-être
Feroit les choses de façon,
Qu'il rendroit & Dieux & Déesses
Sujets à de grandes foiblesses.
Pour prévenir cet accident,
Je pense qu'il seroit prudent
Que chacun à cette entreprise
Mît la main & fit à sa guise.
Amour aura la liberté
D'y travailler tout comme un autre:
Par ce moyen le bon apôtre
Verra son plan déconcerté.
En effet, il l'est en partie ;
D'ailleurs, je vous jure, ma mie,
Vous ne verrez point les humains
Vous donner du fil à retordre ;
Ce foudre que j'ai dans les mains
Sera toujours prêt d'y mettre ordre.
De grace, tranquillisez-vous :

Vous serez toujours la plus belle
Aux yeux de votre Epoux fidelle,
Autant que peut l'être un Epoux.
Lors la regardant d'un air tendre,
Il lui prit la main, l'embrassa,
Et la Déesse s'appaisa.
Jupin vit tous les Dieux se rendre
A cet avis, sans batailler ;
Et chacun courut travailler.

Maintenant vous pouvez comprendre
D'où vient cet ordre rigoureux,
Qui de tous tems veut que les hommes,
Loin d'être tous comme nous sommes,
Naissent si différens entr'eux.
En vain un Philosophe assure
Que c'est un jeu de la Nature ;
Les Philosophes sont des sots ;
Je vais le prouver en deux mots.

Les Dieux ont certaine foiblesse,
La même qui regne ici bas ;
Chacun d'entr'eux ne doute pas
Qu'il ne soit bien dans son espéce.
D'après ce sistême banal,
Vulcain croyoit sa seigneurie
Assez bien faite, assez jolie
Pour lui servir d'original ;

Il en fit donc une copie,
Il la vit, il en fut content;
Une autre fut faite à l'inſtant.
Ce beau couple, mâle & femelle,
Eſt parmi la gente mortelle,
Tige des négres, des boiteux,
Des contrefaits, des gens hideux;
Car du Forgeron, dit l'hiſtoire,
La face étoit hideuſe & noire.
Mars de ſon côté travailla:
Vous penſez bien qu'il nous tailla
Tels qu'il faut être pour la guerre.
On dit pourtant qu'il conſulta
Venus & le Dieu de Cithere,
Et qu'à l'ouvrage il ajouta
Beaucoup de talens faits pour plaire.
De-là ſont venus les Français,
Guerriers & galans, que jamais
On ne vit reſter à la porte
De Pucelle ou de Place forte.

Thémis fit les Gens à rabat,
Gens qu'on croit gaves par état.
On ſe trompe, car la nature
Fait la gravité toute pure
Quand elle fait un Magiſtrat.
Sire Apollon fit les Poëtes,

Ces jolis conteurs de fornettes,
Qui par leur art fàvent fi bien
Tirer parti d'un petit rien.
Les Déeffes, par trop volages,
Ne travailloient qu'en s'amufant ;
Elles mirent dans leurs ouvrages
Le léger, le divertiffant,
Rien de plus. De-là l'on vit naître
La Coquette & le Petit-Maître.
Neptune fit les Navigeurs,
Et Mercure les Bâteleurs,
Tige plus qu'une autre féconde,
Qui fi bien a peuplé le monde,
Qu'on ne·voit partout que farceurs.

Les Gnomes auffi demanderent
A travailler ; on leur permit.
Tous auffi-tòt fe raffemblerent,
Et de leur âtelier fortit
Une maffe informe & groffiere,
Mal par devant, mal par derriere ;
Dès qu'elle parut, on en rit.
Cette troupe défefperée
Crut, après l'avoir bien dorée,
Qu'elle en paroîtroit beaucoup mieux.
De loin elle trompa les yeux ;
Mais de près, fous cette dorure,

On vit la premiere figure
Auſſi ſotte qu'auparavant.

Comme d'un Dieu petit ou grand
L'ouvrage ne peut ſe détruire,
Amour eut beau faire & beau dire,
Ce beau chef-d'œuvre ainſi reſta;
Mais ſur le champ il proteſta,
Qu'étant maître de le proſcrire,
Il le priveroit des douceurs
Qu'il prodigue ſans ceſſe aux cœurs
Faits pour vivre ſous ſon empire.
Auſſi-tôt l'Arrêt fut dicté
Contre tous gens de cette ſorte :
Le voici, tel qu'il eſt cité.
Par Cornifer, dans ſon Traité
Des menus droits, cet Arrêt porte,
Que ceux qui du Gnome naîtront,
Pourront & ſe croire & paroître
Peres des enfans qu'ils auront;
Mais qu'ils ne pourront jamais l'être;
Que ſans retour ils aimeront,
Que dans leur ame ils ſentiront
Des feux ardens comme les nôtres;
Et que bien cher ils payeront
Ce qu'on donne gratis aux autres.
Je conſens, dit-il, qu'on leur laiſſe

Le plaisir d'être riche & gras ;
Mais malheur à qui trop s'engraisse,
Tel Sujet ne me convient pas.
Cette loi fut donc publiée ;
La race s'est multipliée ;
On en voit beaucoup de nos jours ;
Et la loi subsiste toujours.
Mercure pourtant les protége,
Et ce Dieu pour les consoler,
Les instruit dans l'art de voler,
Leur en donne le privilége ;
Tout autre qui vole est pendu ;
Mais Cornifer a prétendu
Que sous de semblables auspices ;
Moyennant quelques sacrifices,
Le vol n'étoit point défendu.

N'allez pas croire, mon bel Ange ;
Que chaque espéce, sans mélange,
Soit ce qu'elle fut autrefois.
Sur toutes les races mortelles ,
Pour le bien de chacune d'elles,
Amour a conservé ses droits ;
Il les fait se mêler ensemble ;
Et souvent, pour se divertir ,
Il se plaît à les assortir
De façon, qu'alors il nous semble

Que ce bizarre affortiment
Ne puiffe pas être l'ouvrage
D'une Puiffance bonne & fage ;
Mais tel eft notre aveuglement :
Trop bornés dans nos connoiffances ,
Pour voir les objets clairement,
Nous jugeons indifcrétement
Les fuprêmes Intelligences.

Quel dommage que ce lourdeau
Ait une époufe fi jolie !
Que Daphnis, l'honneur du hameau,
Convenoit bien mienx à Silvie !
Que n'a-t'on donné ce balourd
A Mélite fa fœur aînée ,
Ce fquelette dont l'efprit lourd
Vieillit d'un fiécle par année ?

C'eft ainfi que nous raifonnons ;
En aveugles nous condamnons
Ce qui pour nous eft un myftere.
Ouvre les yeux , critique auftere,
Et vois comme de ce butor
L'époufe eft pour nous un tréfor :
Tréfor que le Dieu de Citherre
A bien voulu ne point fouftraire
A toute une fociété.
Quel malheur , fi cette beauté

De Daphnis eût été la femme !
Lui seul eût regné dans son ame,
Aucun autre n'en eût tâté ;
Et sans les droits de l'himenée,
Quel cœur se feroit attendri
Pour ce gros nigaud de mari ?
Ce pauvre homme, toute l'année,
S'il n'eût trouvé dans son chemin
Quelque dévote surannée,
Sur l'article fût mort de faim.

    Amour eût sous ce point de vue
Fait encore une autre bévue,
Si Daphnis eût été l'époux.
Comme amant son sort est plus doux :
Chéri de cent beautés volages,
Il leur doit & rend ses hommages ;
C'est un bien qui leur appartient.
Aussi c'est du cœur qu'il obtient
Ce qu'à Blaise le devoir donne ;
Et selon que le jeu lui plaît,
Il les sert ou les abandonne.
Ah ! que tout est bien comme il est !
Telle est la bonté sans égale
De ce Dieu que nous maltraitons ;
Mais faisons trêve à la morale,
Et revenons à nos moutons.

    Par l'entremise de Mercure,

Cette espéce de créature
Dont les Gnomes étoient Auteurs,
S'unit avec les Bâteleurs.
De-là vint la race bâtarde,
Qu'on nomme la Gente Caffarde,
A qui ce mélange a donné
Les attributs des deux espéces,
Pour les plaisirs & les richesses
Un appétit désordonné,
Dehors trompeurs, effronterie,
Un cœur rempli de fourberie,
Contre nous toujours acharné :
C'est une sorte de phantôme,
Grand de loin ; de près un atôme,
Et qui pour lui seul semble né.

Il seroit trop long, je vous jure,
De vous raconter ce que fit
Chaque autre Dieu. Ceci suffit
Pour prouver que la bigarrure
Qui parmi nous s'introduisit,
N'est point un jeu de la Nature,
Comme quelques Savans l'ont dit.
L'intéressant de mon Histoire,
C'est que le jaloux Dieu d'amour
Crut qu'il importoit à sa gloire
De se surpasser dans ce jour.

Auss

Auſſi fit-il ; ſa main divine
Par un forme féminine
Débuta. De ce Dieu puiſſant
Le coup d'eſſai fut une Blonde,
Eſſai qui plut à tout le monde :
De ſon air tendre & languiſſant
Plus d'un Dieu fut le partiſan.
Cet air leur rappelloit ſans ceſſe
Ces momens d'une douce yvreſſe,
Momens qu'on ne peut définir,
Momens où l'on croit que ſon ame
Va ſe diſſoudre pour s'unir
A l'objet même qui l'enflâme.
Son eſſai fait, ce petit Dieu
Fit pour ſon chef-d'œuvre une Brune,
Et tout l'Olimpe fut en feu.
Enſuite, il forma pour chacune
Un mortel de même couleur,
Plein de graces & de vigueur.
Au bruit de ce dernier ouvrage,
Chaque Déeſſe avec ardeur
Accourut, & ſur ſon viſage
Laiſſa monter quelque rougeur.

Amour, pour ſuivre ſon ſiſtême,
Dit à ces fortunés humains :
Venez, images de moi-même,

II. Part.   B

Venez, chef d'œuvre de mes mains,
Prenez part au bonheur suprême
Que goûtent les Etres Divins.
L'ame de tout ce qui respire
Vous a créés pour être heureux;
Et l'ornement de son Empire.
A ces mots il souffla sur eux.
Dans l'instant ils sentirent naître
Ces feux qui pour nous doivent être
Le trésor le plus précieux.
Que seroit-ce, hélas ! que la vie,
Si la tendresse étoit bannie ?
C'est elle qui polit les mœurs;
Son toucher adoucit les cœurs
Sans les amollir. Un cœur tendre
Ne se laisse jamais surprendre
Au faux éclat de ces fureurs
Qui voudroient tout réduire en cendre;
Comptant ses jours par ses bienfaits,
Ce n'est jamais par des forfaits
Qu'à l'héroïsme il veut prétendre.
Doux lien des sociétés,
Des Dieux c'est le plus bel ouvrage:
Il a toutes les qualités
Qui doivent être l'appanage
Des premieres Divinités.
La Brune ravit & transporte :

La Blonde moins vive attendrit.
Pour que cela fût de la forte,
Voici comment l'amour s'y prit.
Sur la Brune & son acolite
Ce Dieu, dit-on, souffla deux fois.
A juger par ce qui m'agite,
Je croi, moi, qu'il fut jufqu'à trois.

C'est d'eux, mon aimable Coufine,
Que nous tirons notre origine.
Ainfi, j'ai lieu de préfumer
Qu'on nous fit pour nous bien aimer.

Il y avoit déja près d'un an que nous vivions en paix, Rofwick, Richard & moi, dans une petite maifon que nous avions louée dans la rue Fleet, lorfque le hazard nous fit faire connoiffance avec une jeune Françaife, qui s'étoit retirée à Londres chez un oncle qui y demeuroit depuis neuf à dix ans. Tous les foirs nous entendions, vis-à-vis de nous, une femme qui chantoit le français dans la derniere perfection : une voix fort étendue, un gofier doux & flexible, des cadences perlées, une belle prononciation, un goût admirable; voilà le cadeau qu'elle nous donnoit très-fouvent. On peut bien s'imaginer que nous fûmes bien-tôt connus dans notre quartier : Richard & nos Sottards nous attiroient souvent un grand nombre de curieux.

Un jour il nous vint, dès le matin, un domestique qui écorchoit quelques mots d'Anglais, que nous ne pûmes jamais entendre. Je m'avisai de lui parler français ; alors ce pauvre garçon m'expliqua dans cette Langue ce qu'il n'avoit pas pu me dire dans l'autre. L'objet de sa mission étoit de nous demander permission, pour ses Maîtres, de venir nous faire visite. Nous fûmes surpris de cette précaution, que personne n'avoit encore prise vis-à-vis de nous. Sur le champ nous nous imaginâmes que ce pouvoit être des Français. Un quart d'heure après, nous vîmes arriver un homme de soixante ans, ou environ, avec une jeune personne qui ne paroissoit pas avoir plus de dix-huit ou vingt ans. Elle étoit d'une beauté achevée ; sa taille étoit, comme on dit à présent, une taille de Nimphe ; la main petite, le bras rond, la jambe fine & déliée, la gorge très-bien placée, la peau d'une blancheur à éblouir, les plus belles couleurs du monde, le visage rond, la bouche bien taillée & très-bien ornée , des yeux qui d'un regard faifoient naître l'amour & le refpect.

Ce fpectacle me frappa tout d'un coup, & je ne fentis plus chez moi que ce qu'un jeune cœur Français peut fentir en pareil cas. Je reçus cet objet charmant avec toute la politeffe de mon pays ; & elle ne fut pas avec nous un demi-quart d'heure, qu'elle me dit, de l'air le plus gracieux : *On voit bien, Monfieur, que vous êtes Français.* Je lui répondis fur le champ : *Mademoifelle, quand je ferois né dans le pays le plus barbare, je ne crois pas qu'il vous fût difficile de me francifer ; ce feroit l'ouvrage d'un moment.* Cette réponfe la fit un peu rougir, & cela la fit paroître à mes yeux encore plus belle qu'elle-même. Le bon vieillard qui l'accompagnoit, fourit de ma réponfe, & me dit fort obligeamment: *Je crois, Monfieur, que vous êtes auffi capables l'un que l'autre de faire des miracles.*

Après leur avoir fait voir nos Sottards, nous leur offrîmes du thé, qu'ils accepterent. Ils nous dirent que nous étions voifins ; & nous apprîmes dans la converfation, que c'étoit cette aimable perfonne que nous entendions chanter fi fouvent. Cette circonftance augmenta mon admiration.

Plus nous caufions enfemble, plus leur
curiofité redoubloit ; ils ne fe laffoient point
de nous entendre ; & moi je ne me laffois
point de les amufer. Cela nous conduifit au
dîner : nous les prefsâmes de ne point refufer notre ordinaire, & ils fe rendirent à nos
inftances avec toutes les graces imaginables.
Je ne croi pas qu'il foit poffible de voir une
femme avec plus d'efprit, plus d'enjouement
& plus de décence que cette jeune perfonne ;
je fus même furpris de trouver à fon âge tant
d'élévation dans l'ame, & tant de jufteffe dans
le raifonnement. Tout ce qui m'intriguoit,
étoit de favoir avec qui elle étoit, & ce qu'elle faifoit à Londres.

La douceur & la bonté avec laquelle elle
nous parloit, me donnerent de la hardieffe.
Je m'avanturai donc à lui faire quelques queftions à ce fujet. *Mademoifelle*, lui dis-je, *me*
pafferez-vous une impertinence que j'ai envie de
faire ? Je croi, repliqua-t'elle, *Monfieur, qu'on*
ne court point de rifque de vous accorder par
avance votre pardon. En ce cas, continuai-je,
permettez-moi de vous demander à quoi je fuis
redevable du bonheur de trouver à Londres une
compatriote qui doit être fi chere au pays qu'elle
a quitté, & fi nous n'aurions pas le défagrément

de la voir bien-tôt s'en retourner. » Il est vrai ;
» me dit-elle, que je dois le jour à la Fran-
» ce, mais je ne lui dois que cela. Des raisons
» que je ne peux pas vous dire, quoiqu'elles
» ne renferment rien de honteux, m'ont en-
» gagée à me rendre auprès de Monsieur, qui
» est mon oncle. Je me trouve bien ici, &
» je ne croi pas que je repasse si-tôt en Fran-
» ce. Par-tout où régne la vertu, là est ma
» patrie «. Je ne poussai pas plus loin mes
questions, & je compris par les réponses
que l'intérieur de cette aimable personne pouvoit être aussi beau que son extérieur.

Quand nos hôtes nous eurent laissés en liberté, nous fîmes tous trois beaucoup de
commentaires. Roswick étoit aussi enthousias-
mé que moi des charmes de notre voisine.
Comme elle nous avoit permis de l'aller voir,
nous lui rendîmes nos devoirs dès le lendemain. On nous retint à souper, & on nous
fit servir à la Française. Cette jeune personne,
sans ôser me faire des questions directes, me
fit sentir adroitement qu'elle seroit flattée d'apprendre quels motifs m'avoient porté à quitter la France, & de savoir les particularités
qui pouvoient me concerner. Je lui racontai
tout naturellement mes avantures & celles de

ma famille. Je ne lui cachai rien des fautes & des égarre.mens de ma jeuneſſe. Je ne pus pas me diſpenſer de mêler dans mon récit quelques réflexions ſur les ſuites funeſtes qui accompagnent ordinairement la deſtination impérieuſe que les peres & meres font de leurs enfans. J'obſervai alors que ſon oncle & elle s'entreregardoient d'un air qui ſembloit dire qu'ils avoient tous deux les mêmes idées, mais qu'ils ne vouloient pas mettre au jour; il échapa même un ſoupir à la niéce, ce qui ne laiſſa pas de m'intriguer.

Nous paſsâmes près d'un mois ſur le même ton. Plus je voyois cette aimable fille, plus je lui trouvois de graces, d'eſprit & de bonnes qualités. Je conçus pour elle l'eſtime la plus parfaite, le reſpect le plus profond, & pour tout dire en deux mots, l'amour le plus tendre & le plus vrai. Roſwick ne fut pas long-tems à s'appercevoir de ce qui ſe paſ-ſoit au fond de mon cœur; il m'en parla, & je lui en fis l'aveu. Mon ami me rendit ſin-cérité pour ſincérité, & me dit qu'il n'oſoit pas blâmer ma façon de penſer, ſans ſe con-damner lui-même, puiſqu'il ne pouvoit pas s'empêcher d'accorder à ſa voiſine les mêmes ſentimens que j'avois pour elle. » Cependant,

» ajouta-t'il, cette circonstance ne doit point
» altérer ni votre confiance ni votre amitié :
» si vous êtes assez heureux pour lui plaire,
» je verrai votre bonheur, comme un hon-
» nête homme qui est votre ami doit le voir.
» Je compte que si j'avois le même avantage,
» je trouverois aussi dans vous le même carac-
» tere, c'est-à-dire, un homme & un ami «.
La grandeur d'ame de Roswick me pénétra
jusqu'au fond du cœur ; & notre propos plut
tant à Richard, qu'il se leva brusquement, &
vint nous embrasser tous deux.

Je commençai bien-tôt après à m'appercevoir que notre voisine me voyoit avec plaisir ; mais comme elle traitoit Roswick avec
la même bonté, je n'osois me flatter de rien.
D'ailleurs, je me rendois justice : elle étoit
héritiere de son oncle, qui nous paroissoit
fort riche ; & moi, je n'avois pour tout bien
que ma pension de cent livres sterling ; je fus
même dans le cas de faire l'aveu de ce manque
de fortune. Ma voisine me demanda, par forme de conversation, si je ne pensois point à
me marier. Je lui répondis que l'état de mes
affaires ne me le permettoit pas, & je lui tirai les choses au clair. Quand je lui eus exposé
ma façon de penser sur le mariage, & que je

B v

lui ens fait part de ceux que j'avois précédemment refufé à Paris , elle me dit avec fes graces ordinaires : *Il eft fâcheux , Monfieur , que*
tout le monde ne regarde pas la vertu comme
un bien réel , je croi que vous feriez un riche
parti. Nous étions feuls alors , & je fis en
forte de rendre la converfation intéreffante.
Je tirai de notre voifine que le nom qu'elle
portoit n'étoit point le fien; qu'elle s'appel-
loit Mademoifelle de Pl . . . , & qu'elle étoit
fille de condition ; que fa mere étoit fort ré-
pandue dans le grand monde , & aimoit ex-
traordinairement à plaire. » La nature , me
» dit-elle , m'ayant donné quelques foibles
» appas , & ayant pour moi l'éclat de la jeu-
» neffe , j'eus le malheur de me faire , fans le
» vouloir , une foule de partifans. Ma mere
» en conçut tant d'ombrage , que je lui de-
» vins infupportable. Elle ne vit d'autre re-
» mede à ce mal que de m'éloigner d'elle ,
» & de me renfermer dans un Couvent. Mon
» frere , quoique débauché , avoit trouvé le fe-
» cret de gagner fes bonnes graces ; & profi-
» tant adroitement de l'antipathie qu'elle avoit
» pour moi , il eut le talent de trouver un
» parti fort confidérable , & de fe faire faire ,
» par fon Contrat de mariage , tant d'avanta-

» ges, que j'étois réduite par-là à une légiti-
» me très-médiocre : presque tous les biens
» de ma mere étant du bien d'acquêt.

» Ce mariage fut retardé d'un mois, pen-
» dant lequel on travailla à me disposer à
» prendre le voile. On me faisoit entendre
» qu'il n'y avoit point d'autre parti à pren-
» dre pour moi ; & l'on joignoit à ces pro-
» pos tant de mauvais traitemens, que je m'y
» déterminai, ne pouvant plus soutenir la vio-
» lence & la dureté des procédés qu'on avoit
» à mon égard. Pendant mon année de No-
» viciat, il fut fait à ma mere les propositions
» les plus avantageuses de la part de gens qui
» étoient pour moi une fortune de toutes les
» façons. J'en étois instruite par une femme
» de chambre qui m'aime beaucoup. Quand
» je vis mon malheur sans reméde, je m'ef-
» forçai de me trouver de la vocation ; mais
» ce fut en vain. Je sentois que je n'étois
» point née pour m'ensevelir toute vivante.
» Les tracasseries, les petitesses, les miseres
» qui faisoient les occupations sérieuses du
» Couvent, me révoltoient à un point que
» je ne peux pas vous l'exprimer. Peut-être
» que les principes de Religion que j'ai tou-
» jours eus dans le cœur m'auroient portée à

» faire le facrifice de ma liberté , fi j'euffe pu
» penfer que ce facrifice eût tourné à l'avan-
» tage de mon ame. Mais, me difois - je ,
» quel eft l'objet que je me propoferois en
» faifant mes vœux ? Ce feroit de paffer ma
» vie parmi des perfonnes dont la piété m'é-
» difieroit fans ceffe , dont la vertu donneroit
» à mon ame de quoi l'élever à tout moment
» au-deffus de ce qu'elle a quitté. Oui, cet
» objet eft beau ; mais feroit-il rempli ? Je
» ne trouve ici que mille frivolités , mille
» fiftêmes finguliers , mille chofes en un mot
» qui, loin d'être le gros de l'arbre de la
» vertu, ne font que des ronces qui croiffent
» au pied , & lui portent préjudice. Je n'y
» vois que des jaloufies , des inimitiés , des
» artifices , des intrigues ; rien enfin qui ne
» foit oppofé à ce véritable efprit de la cha-
» rité chrétienne. Quel feroit donc mon-
» aveuglement ? Non, je ne me condamne-
» rai point moi-même à renfermer , toute ma
» vie, mon corps dans une prifon d'autant
» plus horrible , qu'elle mettroit mon ame
» en danger.

 » D'après toutes ces réflexions , je trou-
» vai le moyen d'écrire à M. de Pl…,
» l'oncle chez qui je fuis ; je lui ouvris mon

» cœur, je lui peignis ma situation ; je l'in-
» téressai par la tendresse, par la Religion ;
» je le priai de me tendre les bras ; il y con-
» sentit ; je m'y suis jettée. Un de ses amis
» intimes me procura, à sa sollicitation, les
» moyens de m'évader ; il a été lui-même
» mon conducteur, avec la femme de cham-
» bre que j'avois, & que je garde chez moi
» depuis que je l'ai amenée. J'ai d'abord
» changé de nom, pour voir comment les
» choses tourneroient. Ma mere & mon frere
» ont fait des recherches par honneur ; mais
» mon oncle les ayant instruits de mon sort,
» & leur ayant écrit d'une façon à leur faire
» croire qu'il ne me rendroit jamais, ils ont
» regardé que mon transport à Londres fai-
» soit pour eux le même effet que mes vœux ;
» ils se sont tenus tranquilles ; ma mere a
» seulement mandé qu'elle me déshéritoit «.

Les expressions de ce récit, les caracteres
de vertu qu'il me peignoit, l'air de candeur
& de noblesse dont il étoit accompagné, tout
me saisit d'admiration ; de façon que j'écou-
tois encore Mademoiselle de Pl ... long-tems
après qu'elle eut fini de me parler. Son oncle vint fort à propos pour me tirer de ma lé-
targie. Nous causâmes encore une demie

heure, après quoi je fus retrouver mes camarades, à qui je contai l'histoire de Mademoiselle de Pl.... Le pauvre Richard,
dont le cœur étoit naturellement bon & tendre, ne put s'empêcher de pleurer & de se
fâcher tout à la fois ; il étoit indigné de l'in-
justice criante, ou plutôt de la barbarie avec
laquelle cette mere cruelle avoit voulu sacrifier sa fille à sa jalousie & à l'ambition de son
fils. » Quoi ! nous disoit-il, je vous enten-
» dois dire tout-à-l'heure que cela arrive sou-
» vent. Est-il donc possible qu'avec tant d'es-
» prit, vous ayez assez peu de discernement
» pour ne pas voir les désordres affreux qui
» régnent parmi vous ? Ou si vous les voyez,
» le bonheur temporel & spirituel de vos fre-
» res peut-il être à vos yeux quelque chose de
» si indifférent, pour que vous ne fassiez point
» de loix capables d'en prévenir la perte ? Je
» voudrois, moi, qu'on choisît des gens d'u-
» ne probité reconnue, qui examinassent la
» vocation de celles qui se font Religieuses,
» & que leur consentement fût nécessaire pour
» la validité des vœux. Si cela est trop diffi-
» cile à exécuter parmi vous, que ne défend-
» on du moins de faire ces mêmes vœux,
» avant l'âge suffisant pour avoir la fermeté

» de s'oppofer à la tyrannie de fes pere &
» mere ? Cela ne feroit-il pas plus confor-
» me à l'efprit de cette inftitution, que d'en-
» gager une jeune perfonne à renoncer au
» monde, dont elle n'a nulle idée, à quitter
» ce qu'elle ne connoît pas, à faire le facri-
» fice d'une liberté dont elle ignore le prix?
» Peut-on même appeller facrifice, celui qui
» eft fait fans connoiffance de caufe ? Quel
» contrafte entre le principe & l'action ! Vous
» prétendez que Dieu ne fait cas que des
» victimes qui s'offrent volontairement à lui
» & par amour pour lui ; & vous immolez
» cependant cette même victime avant qu'elle
» foit en état d'y confentir, & fans favoir fi
» elle fera agréable. Non, je ne conçois pas
» comment ni l'Eglife ni l'Etat n'ont point
» fait de lois, pour arrêter un abus qui bleffe
» la Religion, & qui eft une barbarie à l'é-
» gard du citoyen «.

Si j'avois gagné l'eftime de Mademoifelle
de Pl..., je ne m'étois pas moins acquis
la confiance & l'amitié de fon oncle. Mais
j'étois bien éloigné de croire que leurs bontés
puffent me rapprocher d'un but auquel je n'o-
fois afpirer. Un jour qu'il me parloit, en badinant, de me marier, je lui dis, fur le mê-

me ton , que j'attendois le bois de nos Sottards à repousser ; qu'alors je me proposois de
les promener de Ville en Ville , pour gagner
de l'argent , les faisant voir par curiosité ;
qu'après cela j'acheterois une femme , comme
cela se pratique d'ordinaire.

Le bon-homme se mit à rire , & me répondit : *Alors vous serez un homme d'impor-*
tance ; on se battra à qui vous aura ; il ne me
conviendra plus de me mêler de vos affaires : de
façon que si je veux vous marier , je vois bien
qu'il faut que je me dépêche. Notre conversation n'eut pas plus de suite , & ne passa dans
mon esprit que comme un propos en l'air, qui
ne sert qu'à égayer.

Richard amusoit beaucoup Mademoiselle &
M. de Pl . . . ; ses propos naïfs, ses réflexions
Wayserdanes étoient fort de leur goût. Ils l'en-
voyoient chercher souvent , & il se rendoit
chez eux très-volontiers ; il avoit pris de l'a-
mitié pour l'oncle & pour la nièce , qu'il regardoit comme d'honnêtes gens , & il étoit
sensible aux bontés qu'on lui témoignoit. Un
jour qu'il étoit seul avec eux , ils lui parlerent de moi , & lui demanderent s'il seroit
bien aise de me voir marié. *Oui,* dit-il, *s'il*
épousoit une femme comme vous , car vous êtes

belle & vertueuse ; & après Dieu & Rosvvick,
je sai que c'est vous qu'il aime le mieux.

Ce compliment Wayserdan les fit beaucoup
rire ; & Mademoiselle de Pl . . . . prenant la
parole , lui demanda l'explication de ce qu'il
venoit de dire , & quelle certitude il avoit de
ce qu'il avançoit. Notre homme croyant bien
faire , rendit un compte exact de la conversation que j'avois eue en sa présence avec Roswick , au sujet de notre voisine ; de l'aveu que
nous nous étions fait réciproquement de notre façon de penser pour elle , & de la générosité avec laquelle nous nous étions promis
de ne point permettre à l'amour de trahir l'a-
mitié. Après nous avoir donné de grands éloges , il ajouta : *Vous sentez bien qu'ils ne peu-*
vent pas vous aimer davantage ; car s'ils vous
aimoient au point de sacrifier l'amitié à l'amour,
ils seroient malhonnêtes gens ; & s'ils étoient
malhonnêtes gens , leurs sentimens vous touche-
roient fort peu.

Le lendemain nous fûmes dîner chez M. de
Pl . . . ; & comme nous ignorions, Rofwick
& moi , ce qui s'étoit passé la veille, je ne
pus comprendre où tendoient cent propos lé-
gers qui avoient trait au mystere que Richard
avoit révélé. Rofwick sortit pour quelques

affaires ; alors ces mêmes propos redoublé-
rent, & ne laisserent pas que de me mettre
dans l'embarras. Mademoiselle de Pl . . . en
profita cruellement, & me disoit qu'on
voyoit bien que mon ami étoit absent ; que
c'étoit un second moi - même qui me manquoit ; que cependant on ne vouloit pas m'en
faire un crime ; qu'une véritable amitié étoit
quelque chose de si rare, qu'en faveur des
vertus qu'elle suppose nécessairement, ceux
qui tiendroient la premiere place après Roswick, consentiroient de s'estimer heureux.
En ce cas, dit Richard, *vous vous croyez donc
heureuse, car je vous ai dit hier que c'étoit vous
qui aviez cette place.*

J'avoue de bonne foi que je ne sai qui rou-
git le plus de Mademoiselle de Pl . . . ou de
moi. Nous nous regardâmes un moment sans
rien dire ; mais voyant que l'oncle rioit de
toutes ses forces, je revins un peu de ma surprise ; & prenant mon parti sur le champ, je
répondis à mon Sauvage en badinant, qu'il
étoit un étourdi, & qu'il avoit fait une indis-
crétion, que je lui pardonnerois cependant, si
j'avois une couronne à ma disposition. J'a-
joutai que si Richard avoit été aussi pénétrant
qu'indiscret, il ne se feroit pas borné à ne

révéler que la moitié des chofes, & qu'il les
auroit peintes telles qu'elles font, & telles
qu'elles doivent être.

Si j'avois été embarraffé dans le premier
moment, j'eus bien ma revanche; car Mademoifelle de Pl... fut un peu déconcertée.
Je crus que cela n'étoit poit à mon défavanta-
ge; mais je n'ofois former aucun projet. La
difproportion qui fe trouvoit entre ma fortune & la fienne, étoit, felon moi, une barriere infurmontable qu'il m'étoit impoffible
de franchir: de façon que je ne favois pas fi
Richard m'avoit rendu un bon ou un mauvais
fervice. Je vis pourtant avec plaifir que l'oncle me forçoit de refter à fouper, & m'engageoit à venir prendre le thé chez lui le lendemain matin. Il me marqua même plus d'amitié qu'à l'ordinaire; mais Mademoifelle de
Pl... n'ofoit prefque lever les yeux fur moi;
& pendant tout le fouper je ne pus rappeller
fon enjouement.

Je fis part à Rofwick de ma petite avanture.
Il m'affura qu'il s'appercevoit très-bien que
Mademoifelle de Pl... avoit de l'eftime &
de la confidération pour lui; mais qu'elle
avoit de l'amitié pour moi: que cette obfervation l'avoit porté à nous laiffer libres, au

tant qu'il avoit pu ; & qu'il me faifoit d'a-
vance compliment fur le bonheur qui m'attendoit.

Je fus le lendemain chez M. de Pl...., ;
ayant tout à la fois l'efpérance & la crainte
dans le cœur. » Mon ami, me dit-il , je con-
» nois vos fentimens pour ma niéce & pour
» moi ; je veux vous confulter fur fon maria-
» ge. Mon objet n'eft pas uniquement de la
» marier, mais de la rendre heureufe en la
» mariant. Pour cet effet , j'ai jetté les yeux
» fur un homme qui eft vertueux par prin-
» cipe , qui l'aime , & pour lequel elle a de
» l'amitié. Une feule chofe m'embarraffe : il
» n'a pas une grande fortune , & on me blâ-
» mera dans le monde. D'ailleurs elle peut
» trouver un parti riche , & faire ainfi une
» très-groffe maifon. J'avoue pourtant que la
» réflexion qui m'a frappé le plus , c'eft celle-
» ci. Je me fuis dit : fi ma niéce avoit peu de
» bien , on ne trouveroit pas mauvais qu'elle
» époufât un homme qui n'en eût pas davan-
» tage , pourvû qu'il lui convînt d'ailleurs.
» Pourquoi la fortune qu'elle peut avoir , fera-
» t'elle un obftacle qui l'empêche de prendre
» le même homme ? Cette fortune au con-
» traire ne doit-elle pas lui donner plus de

» liberté de choifir, puifqu'elle écarte les dif-
» ficultés & les inconvéniens que fon choix
» pourroit entraîner après lui fi elle étoit
» moins riche. Eh bien, mon ami, que me
» confeillez-vous « ? Je lui répondis, que s'il
vouloit vendre fa niéce, il falloit qu'il cher-
chât quelqu'un affez riche pour la payer ; que
s'il vouloit la donner, il devoit chercher un
homme qui eût tout ce qui eft néceffaire pour
répondre à un pareil préfent ; qu'il étoit inutile qu'il me confultât, puifque le choix entre ces deux partis dépendoit de la façon dont
il envifageoit le mariage ; quant à moi, que
je le regardois comme un affortiment, &
que, comme la vertu étoit ce qui affortif-
foit le mieux à la vertu, je croyois qu'il devoit moins chercher pour fa niéce un homme
riche qu'un homme vertueux.

Le bon-homme alors me fauta au col, en
difant : *Eh bien, mon ami, je fuivrai votre
avis, il ne tiendra qu'à vous d'être mon ne-
veu.* Je reftai immobile un moment ; après
quoi je lui exprimai toute ma reconnoiffance. Sur le champ il me conduifit à l'appartement de Mademoifelle de Pl..., & me préfenta à elle, en lui difant ; » Ma chere en-

» fant, j'ai trahi tous vos fecrets ; mais ne
» m'en fachez pas mauvais gré ; je vous don-
» ne tout mon bien , & je vous offre un hon-
» nête homme ; c'eft tout ce que je peux fai-
» re de plus pour votre bonheur. Je vous laif-
» fe la liberté de difpofer de votre main , afin
» que vous ayez le plaifir de la lui donner, &
» qu'il ait celui de la recevoir de vous «. Il fe
retira à l'inftant , & nous laiffa libres.

Dès qu'il fut parti, je me jettai aux genoux de Mademoifelle de Pl ..., je la priai
de recevoir mes fermens ; j'arrofai fa main de
mes larmes ; elle me fit relever, en m'affu-
rant qu'elle confentiroit volontiers à remettre
fon fort dans mes mains, & que je ne devois pas douter qu'elle ne négligeroit rien
pour me procurer un bonheur dont le fien dé-
pendroit toujours.

Les préparatifs de notre mariage furent
bien-tôt faits ; il eft vrai qu'il y eut peu d'é-
clat ; mais nous ne nous marions que pour
nous. Huit jours après nous époufâmes. Nous
prîmes une maifon , où je logeai Rofwick &
Richard avec nous, afin de leur épargner la
dépenfe de la table & du loyer, & à moi le
défagrément de m'en voir féparé. Je fis même

pour préfent de noce à Rofwick la ceffion de
là penfion que le Roi me faifoit. L'époque de
cet événement heureux eft au mois de Mars
1690.

CHAPITRE II.

Nous nous embarquons. Avantures tragiques de notre voyage. Notre arrivée dans l'Isle de Laïquhire. Nous sommes bien reçus, & conduits au Golif. Description de sa demeure, du chemin pour y arriver, & du cérémonial pour lui être présenté. Premier crayon de ce qu'on y voit.

LA premiere année de mon mariage ne me fournit aucun événement remarquable ; je joüissois de la félicité naturelle à deux cœurs que la vertu seule a unis. Je cherchois à procurer à ma femme toute la satisfaction qui dépendoit de moi ; cela n'étoit point étonnant, je la partageois : ainsi j'étois personnellement intéressé à la rendre heureuse. De son côté elle ne s'occupoit que de ce qui pouvoit me plaire ; & ses attentions étoient d'autant moins gênées, qu'elles partoient du même principe que les miennes. Ce qui augmentoit encore ma satisfaction, étoit de voir que Roswick avoit véritablement pris son parti en honnête homme. Mon mariage ne l'empêchoit

pêchoit point d'aimer & de respecter ma femme ; il avoit pour elle toutes sortes de com-
plaisances ; il la traitoit comme une sœur à
laquelle il auroit été tendrement attaché. Ma
femme en revanche lui avoit accordé son
estime, sa confiance & son amitié ; elle res-
pectoit la vertu de Roswick, & chérissoit en
lui l'ami sincere de son mari. Le pauvre Richard qui n'entendoit plus médire ni calom-
nier, qui ne trouvoit en notre conduite que
la douceur aimable de la vraie morale chrétienne, se croyoit dans un Paradis terrestre.
L'oncle, le plus honnête homme & le plus
galant homme que j'aye jamais connu, sembloit s'approprier le bonheur dont nous joüis-
sions : il y participoit d'autant plus, qu'il le
regardoit comme son ouvrage. » Hélas ! nous
» disoit-il quelquefois, j'ai fait la chose du
» monde la plus difficile : je vous ai rendus
» heureux. On peut bien enrichir les autres ;
» on y travaille même souvent, & quand on
» y est parvenu, on croit avoir atteint le *non*
» *plus ultra* ; mais qu'il est rare qu'on cher-
» che à leur procurer une véritable félicité ;
» tout cela vient de ce que n'ayant pas des
» idées nettes de la vertu, on n'en a pas non
» plus de ce qui fait le vrai bonheur «.

II. Part.   C

Le Lecteur me pardonnera, si je ne lui fais pas ici une peinture assez vive de tous les charmes que je trouvois dans cette union. A peine a-t'on assez de tous ses sens pour les bien goûter, & j'aime mieux n'entrer dans aucun détail, que d'ébaucher une copie qui seroit si inférieure à l'original. Tout ce que je peux dire en passant, c'est que nous regarderions le mariage d'un œil bien différent, si les cœurs ne s'unissoient que pour s'enyvrer eux-mêmes des plaisirs qu'ils se procurent respectivement.

Ma femme au bout de l'an accoucha d'un garçon le plus heureusement du monde. Ce fut pour nous un nouveau sujet de joie. Trois mois après, Roswick & moi nous eûmes ordre de nous rendre à la Cour. Quand nous y fûmes, le Roi Guillaume III. nous dit qu'il avoit résolu de connoître plus exactement le pays que nous avions découvert ; que pour cet effet il nous ordonnoit de nous y transporter ; qu'il nous feroit donner un Vaisseau de soixante-dix piéces de canon, qui seroit commandé par Roswick, & une Frégate que je commanderois. Il nous assura 500 livres sterlings d'appointemens, pendant le tems que nous serions employés à faire ces observa-

ssions, avec une retraite de 300 livres fterlings, en cas que nous ne voulussions pas
continuer le service en qualité de Capitaines
de Vaisseau; il nous promit d'ailleurs des
gratifications & des récompenses proportionnées aux découvertes que nous ferions. Il
nous fit en même tems présent à l'un & à l'autre de son portrait dans une très-belle boëte
d'or enrichie de diamans.

Je sentis bien que si je refusois le Roi, il
me faudroit quitter l'Angleterre, ou m'ex-
poser, en y restant, à mille désagrémens.
Tout le bien de ma femme & de mon oncle
y étoit situé; & d'ailleurs il ne m'étoit pas
possible de me séparer de ce dernier, ni de
l'engager à revenir à Paris. Je me déterminai
donc à faire ce voyage, me persuadant qu'il ne
seroit pas plus que d'un an ou dix-huit mois.
Nous demandâmes même une seconde Frégate, afin de pouvoir dans l'occasion l'envoyer porter de nos nouvelles; elle nous fue
accordée. Nous nous embarquâmes le 17
Août 1692, après des adieux tels qu'on peut
bien se les imaginer. On me permettra cependant de rendre justice à ma femme. » Dans
» le dessein où je suis, me dit-elle, de ne
» plus quitter l'Angleterre, je la regarde

» comme ma patrie & la vôtre. Ainſi je ne
» veux point être criminelle envers elle, en
» vous détournant de lui rendre tous les fer-
» vices qui dépendront de vous. Je vous re-
» commande ſeulement de vous reſſouvenir
» que vous laiſſez ici un oncle qui vous ai-
» me, une femme qui vous adore, & qui
» ne peut vivre ſans vous ; un fils qu'il fau-
» dra que vous formiez à la vertu «. Quel
dommage que le cloître eût enſéveli tant
de perfections, que Dieu ſembloit avoir réunies pour être l'ornement & l'exemple de la
ſociété.

Le Lieutenant que j'avois ſous mes ordres, étoit un jeune homme fougueux &
altier ; ſes propos, ſon ton, ſon air, tout
m'avertiſſoit qu'il falloit le veiller de près. Je
ne le connoiſſois point, & j'ignorois qu'il
fût parent du Vice-Amiral Rook. Je démêlai
dans ſes propos qu'il avoit connu M. de Pl...
oncle de ma femme, & il me dit aſſez de particularités, pour que je puſſe reconnoître en
lui un jeune étourdi dont M. de Pl... m'a-
voit parlé quelquefois, qui étoit fort riche,
& qui épris d'un beau feu pour ma femme,
l'avoit demandée en mariage, un mois avant
que j'en fiſſe la connoiſſance. Cet Officier

étoit un si mauvais sujet, que pour toute réponse on lui avoit interdit l'entrée de la maison.

Sans lui dire ce que je pensois, je formai la résolution de me tenir sur mes gardes. Le dix-septiéme jour de notre navigation, nous fûmes surpris par un ouragan très-violent qui dura près de vingt-quatre heures. Nos trois Vaisseaux furent séparés, & depuis ce moment nous n'entendîmes plus parler de la seconde Frégate qui étoit avec nous. Nous eûmes la consolation cependant, Rosvick & moi, de nous retrouver le sixiéme jour, & depuis ce moment nos deux Vaisseaux furent toujours de conserve. Les vents contraires nous obligerent de relâcher: & le 18 Décembre nous entrâmes dans la riviere du Saint-Esprit, sur la côte orientale d'Afrique.

Nous ne restâmes dans ce pays que le tems nécessaire pour nous radouber; & dès que le vent nous le permit, nous remîmes à la voile. Pendant le petit séjour que nous y fîmes, je pensai périr. Un jour que nous nous étions un peu avancés dans les terres, pour chasser & nous promener, il me fut tiré un coup de fusil, dont une balle me toucha légérement le bras, & une autre frappa mon chapeau, qui

du coup tomba par terre. Je me retournai, &
j'apperçus un foldat qui s'enfuyoit ; je courus
après, & comme j'étois fort alerte, je le
joignis. Il voulut faire réfiftance & fe débar-
raffer, au rifque de me mettre dans le cas de
le tuer ; mais comme j'étois plus fort que lui,
je le terraffai, & le moment d'après, Rofwick
vint à moi. Sur le champ nous fîmes affembler le Confeil de Guerre. Ce malheureux
avoua fon crime, & confeffa qu'il m'avoit
voulu affaffiner, parce qu'il avoit reçu cent
guinées de Milord Brifork, qui avoit promis
de lui en donner quatre fois autant à fon retour. Ce fcélérat fut fuftigé à coups de corde
pendant deux heures, & enfuite jetté à la mer.
Je ne favois à quoi attribuer la rage de Milord Brifork ; je ne l'avois jamais connu que
lorfqu'il avoit été queftion de partir pour
obéir aux ordres du Roi d'Angleterre, auprès
duquel il étoit en grand crédit. Rofwick pénétra cependant le miftere. Il me dit qu'il falloit qu'il fût amoureux de ma femme, & que
fa paffion étoit peut-être la caufe fecrette de
notre voyage, comme du crime qu'on venoit
de punir. Je me ferois bien paffé de ce com-
mentaire.

Le 2 Février 1693 nous quittâmes les cô

tes d'Afrique ; & le lendemain , à la pointe
du jour , le feu prit à ma Frégate avec tant de
violence , qu'il ne fut pas poſſible de l'étein-
dre. Je voulus faire mettre la chaloupe à l'eau
pour me ſauver ; mais elle ne s'y trouva plus.
Au moment que le feu prenoit à la Sainte-
Barbe , & que le Vaiſſeau alloit périr , je me
jettai à la mer , & la minute d'après le Vaiſſeau ſauta en l'air en s'écartant de tous côtés.
Roſwick s'étoit approché pour eſſayer de nous
donner du ſecours , mais il n'avoit pas pu. Je
fus aſſez heureux pour découvrir en nageant
une grande partie d'un mât qui avoit été briſé,
& qui flottoit. Je m'efforçai pour l'attraper ;
j'y parvins , & je me mis deſſus à califour-
chon. J'apperçus un homme qui , à 50 pas de
moi , nageoit avec une dextérité admirable ;
Je lui criai de venir à moi ; il m'entendit , &
il y vint : c'étoit Richard. La chaloupe de mon
Vaiſſeau n'étoit pas à plus de 200 pas de
nous. Richard & moi nous eûmes beau appeller de toutes nos forces , elle ne voulut
point venir nous ſecourir ; mais un quart
d'heure après , celle du Vaiſſeau de Roſwick
nous tira d'affaire.

Les deux chaloupes regagnerent le Vaiſſeau , & je trouvai dans la mienne mon Lieu-

tenant & deux Soldats, avec lefquels je l'a-
vois vû fort en liaifon & fecrettement. Cela
me fut fufpect. Je communiquai mes idées à
Rofwick. On mit les deux Soldats au fond de
cale. Mon Lieutenant s'en étant apperçu,
monta fur le tillac, & après avoir dit tout
haut : *Il faut que le Diable ait pris ce B...là*
fous fa protection, il fe jetta dans la mer. Les
deux Soldats avouerent tout , & leur aveu
juftifia mes foupçons. On les punit du même
genre de mort que le premier ; mais la fatisfaction que j'avois de m'être fauvé avec Richard , ne pouvoit pas arracher de mon cœur
la douleur d'avoir vu périr mon Equipage.
C'eft bien le cas de dire que ce que Dieu
garde eft bien gardé ; car, tout bien fupputé ,
il y avoit quatre perfonnes qui avoient juré de
me faire périr : le premier Soldat qui m'avoit
manqué d'un coup de fufil, le Lieutenant &
ces deux derniers qui avoient mis le feu à
mon Vaiffeau. J'appris d'eux que ce Lieutenant, qui devoit prendre le commandement
après ma mort, les avoit engagés dans fon
complot, & que dans l'yvreffe il leur avoit
même révélé le motif de f. fureur contre moi :
ce motif étoit l'amour qu'il avoit pour ma
femme. Il leur avoit dit encore qu'il n'avoit

pas brigué le poste qu'il avoit ; que c'étoit à Milord Brifork qu'il en étoit redevable ; & je présumai alors que ce Milord qui avoit résolu ma perte, à quelque prix que ce fût, avoit appréhendé que le Soldat qu'il avoit gagné à l'insu du Lieutenant en question, ne manquât son coup ; & que pour rendre la chose plus sure, il m'avoit fait donner ce Lieutenant, dont il connoissoit l'ambition, l'amour & la perfidie. De-là il est aisé de concevoir que Brifork avoit eu le dessein au moins de nous éloigner, & peut-être de nous perdre, le Lieutenant & moi.

L'objet de Rofwik & le mien étoit d'aborder à la petite Isle où nous avions trouvé Karphirell, attendu que nous ne connoissions aucun port ni aucune rade dans l'Isle de Wayserdanos; Nous nous trompâmes & de route & de lieu. Nous prîmes une autre Isle pour celle que nous cherchions ; & nous eûmes le malheur d'échouer contre un rocher que l'obscurité ne nous permit pas d'appercevoir. Nous eûmes cependant le tems de mettre en mer un petit canot, dans lequel Rofwick, Richard & moi, nous nous sauvâmes avec nos armes. Le Vaisseau fut coulé à fond, & tous ceux qui étoient dedans furent noyés. Rofwick étoit

C v

comme un fou ; mais je calmai son défespoir,
en lui difant que le Ciel ne vouloit pas nous
laiffer périr ; qu'il falloit qu'il prît courage ;
& qu'après tout ce qui m'étoit arrivé, & notre
départ de Wayferdanos, nous ne devions plus
rien craindre, mais plutôt remercier la Providence, & nous réfigner avec confiance à fes
décrets. Richard de fon côté lui repréfenta
avec fon gros bon fens ordinaire, que puifque
Dieu nous avoit fauvés, c'eft qu'il ne vouloit
pas nous laiffer périr. Ce raifonnement, tout
fimple qu'il étoit, le frappa, le fit fourire,
& lui remit l'efprit. A l'inftant il me dit d'un
air plein de tendreffe : » Ami, fi tu n'avois
» pas laiffé à Londres un tréfor fi précieux,
» tu me verrois moins au défefpoir. Ne crois
» pas que je fois homme à te rendre plus foi-
» ble que tu n'es. Allons, ne nous laiffons
» point abattre ; mais garde-toi de démentir
» cette fermeté que tu as été le premier à me
» fuggérer «.

Après tous ces préliminaires, nous réflé-
chîmes un moment fur le parti que nous prendrions. Nous réfolûmes, d'un commun accord, de nous avancer dans les terres. Nous
paffâmes la nuit fans boire ni manger ; & le
lendemain nous nous mîmes en marche, pour

exécuter ce que nous avions arrêté la veille ;
après toutefois avoir bien lié notre petit canot.
Nous n'eûmes pas fait 400 pas dans les bois,
que nous trouvâmes un grand chemin, qui
nous fit préfumer que les lieux où nous étions,
étoient habités. Nous fuivîmes ce grand chemin, perfuadés qu'il nous conduiroit aux cabannes des Sauvages. Nous marchions d'autant plus volontiers, que plus nous nous avan-
cions, plus nous trouvions que le pays étoit
beau, & le terrein facile à marcher. Après une
heure de chemin, & avoir rencontré toutes
fortes d'animaux, fur lefquels nous n'avions
pas voulu tirer, nous découvrîmes de loin une
multitude prodigieufe de cabannes. L'inftant
d'après nous vîmes paroître cinq ou fix Sauvages, qui, dès qu'ils nous apperçûrent, s'ar-
rêterent, puis fe mirent à s'enfuir de toutes
leurs forces.

Cette rencontre ne nous empêcha pas de
continuer notre route, & bien-tôt nous vîmes
venir à nous plus de 200 hommes armés de
fléches, de haches & de bâtons. Nous nous
avançâmes vers eux ; & quand nous fûmes à
40 pas les uns des autres, nous fîmes halte,
& nous nous profternâmes. Ces gens indécis
ne nous firent aucun figne, & refterent dans

C vj

leur même situation à nous contempler. A
l'instant je tirai en l'air un coup de pistolet ;
ils poussèrent un grand cri. Roswick & Richard tirerent aussi ; ce qui les étonna tellement , qu'ils se jetterent la face contre terre ,
en disant beaucoup de choses que nous ne
pouvions entendre. Nous profitâmes de leur
surprise pour nous approcher d'eux , & nous
nous trouvâmes très-bien de l'expédient que
nous avions imaginé. Les Sauvages nous regardant comme des Divinités , ainsi que nous
l'apprîmes dans la suite , resterent prosternés à
nos pieds , & s'étant rangés autour de nous ,
ils firent trois fois de grands cris , en élevant
les mains au Ciel. Nous leur exprimâmes le
besoin de manger que nous avions , en leur
faisant signe du doigt que nous portions à la
bouche ; ils nous comprirent très-bien ; &
trois d'entr'eux s'avançant vers nous , nous firent entendre par leurs gestes qu'ils nous
prioient de les suivre , ce que nous fîmes.
Nous entrâmes dans une cabanne qui avoit
l'air tout-à-fait misérable. On nous y donna
quelques fruits desséchés, une espéce de pain
fort mauvais , & de l'eau que nous trouvâmes
assez bonne. Tant que nous fûmes occupés à
boire & à manger , les Sauvages se tinrent

debout, & nous fervirent eux-mêmes à leur
façon.

Le foir ils nous préparerent des lits faits
avec des plumes d'oifeaux, couvertes de peaux
de bêtes ; & avant de nous retirer, plufieurs
d'entr'eux vinrent nous offrir des Sauvageffes
pour coucher avec nous. Nous les refufâmes.
Nous découvrîmes quelque-tems après que
c'étoit leurs femmes & leurs filles, & que nos
refus les avoient fort affligés.

Le lendemain nous reçûmes les mêmes traitemens, & nous commençârnes à croire que
nous pourrions nous tirer d'affaire auffi - bien
que dans l'Ifle de Wayferdanos. Sur les dix à
onze heures, vint un Sauvage habillé différemment des autres. On nous fit figne de le
fuivre. Il nous conduifit par un grand chemin
fort gliffant, femé de ronces & d'épines, &
qui faifoit une montée fort roide & fort longue. Nous y marchâmes pendant deux grandes heures, faifant des faux pas à tout moment ; ce qui nous confoloit, c'eft qu'un
grand nombre de perfonnes qui tenoient la
même route, n'avoient pas le pied plus affuré que nous.

Nous remarquâmes que notre conducteur,
ainfi que tous les autres pélerins, s'inclinoit

jufqu'à terre de tems en tems devant des ſtatues fort grotefques qui fe trouvoient ſur ſon
paſſage. Dans la crainte que ce ne fût un culte
qu'il rendît à de faux Dieux, nous ne jugeâmes pas à propos d'en faire autant. Nous arrivâmes enfin au haut de la montagne, que je
nommerai déſormais *la Montagne* ou *le Mont
des vents*.. Je tire cette dénomination de la
quantité de vents différens qui y ſoufflent con-
tinuellement. Les uns ſont froids à glacer,
d'autres ſont brûlans, d'autres tempérés pour
le dégré de froid ou de chaleur. D'un moment à l'autre on en voit s'élever de ſi violens, qu'ils renverſent les maiſons de fond
en comble, & précipitent les hommes du
haut de la montagne en bas. Cette chûte eſt
d'autant plus dangéreuſe, que ces ouragans
qui viennent du côté du couchant, vous pouf-
fent à l'orient de cette montagne, qui de ce
côté eſt à pied droit : de façon qu'il eſt preſque impoſſible que celui qui tombe, puiſſe
en réchapper. Je rendrai compte dans un moment de la façon dont on ſe garantit de cet
accident.

Le ſommet de cette montagne eſt tellement
raboteux, que perſonne n'y peut marcher d'un
pas aſſuré : on n'appuye que la pointe du pied;

il faut y être habitué. A peine eûmes-nous
fait deux cens pas, que nous entendîmes quelqu'un parler autour de nous. Nous nous dé-
tournâmes pour voir ce que c'étoit, mais ce
fut en vain. Nous parvinmes à un bâtiment
dont la grandeur nous parut immense; nous
trouvâmes en y entrant nombre de grands
animaux de toute espéce qui nous regarderent
beaucoup, sans nous faire ni bien ni mal.
Nous traversâmes quinze ou seize grandes sal-
les remplies de ces mêmes animaux, & nous
entendions sans cesse parler, sans qu'il nous
fût possible d'appercevoir ceux que nous entendions. On nous conduisit de salle en salle
jusques dans un appartement fort reculé. A
l'instant une porte s'entr'ouvrit; & il parut un
Sauvage, qui nous mit à chacun dans la main
une espéce de jatte dans laquelle il y avoit un
peu de feu; il versa sur ces charbons une poudre qui jetta une fumée fort odoriférante.
après quoi on nous fit entrer, portant toujours cette jatte dans notre main. C'étoit-là le
moment de faire bonne mine à mauvais jeu; car
cette fumée étoit si forte, qu'elle nous ôtoit
presque la respiration. Aussi-tôt nous apperçûmes un Sauvage, aux pieds duquel on nous fit
prosterner. Pendant ce tems, quatre autres

Sauvages lui mirent sur la tête une grande peau qu'ils tinrent tendue au-dessus de nous, de façon que la fumée qui sortoit de nos jattes, ne pouvoit pas manquer de lui porter au nés.

Cette fumée le fit beaucoup tousser, cracher, moucher; il donna même un libre cours à une fort grande quantité de vents par le haut & par le bas. Aussi-tôt les assistans frapperent leurs mains l'une contre l'autre, & on remit de la poudre dans nos jattes, afin de procurer encore une nouvelle fumigation. J'avoue que j'étouffois de rire en moi-même; mais l'inquiétude & la perplexité où j'étois, m'aidoient à me contenir. Cette seconde fumigation fit encore plus d'effet que la premiere; elle occasionna une si grande irruption de vents *à parte post*, que leur violence nous fit faire, à Roswick & à moi, un mouvement involontaire. Nous levâmes la tête, & nous vîmes que chacun de ceux qui étoient présens, s'empressoit d'aller lécher la partie qui avoit fait un bruit si indécent On nous fit relever, & on nous examina depuis les pieds jusqu'à la tête; après quoi on nous reconduisit comme nous étions venus.

Nous observâmes en nous en-allant, que

les falles par où nous repaffions étoient remplies de petits perfonnages tout-à-fait plai-
fans, qui s'entre-parloient comme quand nous
avions paffé la premiere fois. Nous ne pouvions pas comprendre pourquoi ils étoient
plus vifibles pour nous dans ce moment que
dans les précédens. Ce n'eft que quand nous
fûmes inftruits de la Langue, que nous pûmes
pénétrer ce myftere. Comme j'en rendrai
compte dans la fuite, je me contenterai de
dire en paffant que toutes ces petites perfonnes ne fe rendirent vifibles pour nous, que
parce qu'elles cédoient à la force d'une vertu
que renferme la poudre qui avoit brûlé dans
nos jattes, & dont l'odeur s'étoit attachée à
nos habits.

Au lieu de nous ramener dans la cabanne
où l'on nous avoit pris, on nous fit entrer
dans une autre beaucoup plus honnête, & on
nous envoya de bon pain, de bon vin, de
bonne viande. Le pain de ce pays eft à peu
près comme celui de Wayferdzuos, avec cette
différence qu'il eft prefque auffi léger que ce
que nous appellons à Paris la brioche. Le vin
eft une liqueur qu'ils tirent des fruits du pays;
& les oifeaux, qui font leur viande ordinaire,
ont le goût très-fin & très-délicat.

Nous nous trouvâmes très-bien de notre
nouveau gîte, & nous ne fongeâmes plus qu'à
apprendre la Langne du pays. On nous donna
un Maître qui venoit nous vifiter trois fois le
jour. Au bout de trois mois, nous commençâmes à parler affez bien pour nous faire entendre. Nos fuccès euffent été plus rapides,
fans que les mêmes mots, les mêmes phra-
fes ont des fignifications tout-à-fait différentes
entr'elles, felon qu'on s'en fert dans la partie
haute ou dans la partie baffe de cette Ifle : en
effet cela eft inconcevable, & jette dans des
difficultés horribles. Suppofons, par exemple,
que dans la partie baffe je dife à quelqu'un,
pour exprimer un fincere attachement, *vous
ne fauriez croire combien je vous fuis dévoué.*
Cela fignifie dans la partie haute : *je ne vous
veux point de mal.* Pour faire entendre qu'u-
ne telle chofe eft paffablement bien, il faut
dire, *cela eft adorable, cela eft divin.* De même le terme d'*ami* n'y caractérife qu'une fimple connoiffance, ou quelquefois le befoin
qu'on a de celui dont on fe dit ami. *Comptez
fur moi dans toutes les occafions, je ferois charmé
de vous obliger,* & beaucoup d'autres façons
de parler, ne font encore employées dans la
partie haute que pour promettre des politeffes;

ou quelques démarches légeres, en retour des
services réels qu'on se propose d'exiger de
vous. En général les termes perdent les trois
quarts de leur énergie, ou changent leur si-
gnification. Sans entrer dans un plus grand
détail, ceci suffit pour faire juger de l'embarras où nous dûmes nous trouver.

En même tems que nous faisions des progrès dans la Langue, nous nous instruisions
de ce qui concernoit le pays où nous étions.
Nous apprîmes que c'étoit une Isle qu'on nom-
moit *Laïquhire*; (On la trouvera dans les
Mémoires de Roswiek écrite ainsi, *Likchire*.)
qu'elle étoit divisée en deux parties; que
celle où nous nous étions trouvés d'abord,
étoit la partie basse, qui n'étoit habitée que
par des hommes, & que la partie haute où
nous étions actuellement, étoit le séjour
des Divinités que les habitans de la partie
basse adoroient; que parmi ces Divinités il y en
avoit de différens étages; que plusieurs d'entr'elles avoient quelque administration; mais
qu'il y en avoit une à laquelle toutes les autres
étoient soumises, & qui tenoit toujours auprès d'elle un grand nombre de Divinités de
bas aloi, qui n'avoient d'autre emploi que
celui de l'amuser. On me dit encore que tous

ces animaux que j'avois trouvés dans le Palais des Dieux, étoient des Sauvages que les
Puiffances céleftes avoient aufli métamorphofés : qu'afin d'en tirer plus de fervice, elles
leur avoient ôté la raifon, & qu'elles leur
donnoient quelle forme il plaifoit à leur divine imagination. On nous expliqua aufli que
toutes ces Divinités étoient invifibles aux mortels, à moins qu'à force de préfens ou d'encens, on n'obtínt d'elles qu'elles fe manifef-
taffent à nos yeux ; & qu'ainfi, quand nous
voudrions obtenir cet honneur, il falloit par
une de ces deux méthodes, ou par les deux
enfemble, engager leur altitude à s'abaiffer
jufqu'à nous. Voila pourquoi fans la poudre
d'odeur qu'on nous avoit fait brûler dans des
jattes, nous n'aurions jamais pu voir autre
chofe que les animaux qui font dans le Palais.

CHAPITRE III.

*Choses incroyables que nous trouvons à la Cour
du Golif. Effet de son pouvoir miraculeux.
Description des espéces de Divinités, ou de
Magiciens que nous y rencontrons. Leurs
mœurs. La façon dont ils agissent avec les
autres Habitans. Le Golif nous comble de
ses bienfaits. Baguette & Médaille mira-
culeuses.*

L'Envie d'être en commerce avec des
Dieux, nous porta à faire supplier le
principal d'entr'eux de se rendre visible pour
nous. Ce n'est pas dans ce pays une petite entreprise. Notre Maître de Langue nous ins-
truisit de la façon dont il falloit nous y prendre. D'abord nous fûmes chercher le blandif,
qui est la graine qui sert à faire la poudre
dont j'ai parlé. Pour cet effet on nous conduisit à une mine, dont l'ouverture étoit
creusée horizontalement, & large tout au
plus de trois pieds. De sorte que, pour ra-
masser cette graine qui vient dans la terre
comme des truffes, il faut se traîner sur son

ventre, & faire ainfi fon chemin. Il en
eft bien une autre qui s'éleve fur la furface de
la terre, comme la morille, mais elle n'a
point d'odeur. La bonne & la véritable eft
celle qu'on découvre en rampant, comme je
l'ai dit. Ce manége n'étoit gueres du goût
de Richard : il répugnoit à faire un exercice
auquel fes reins n'étoient point faits, & il
trouvoit que ces nouvelles Divinités étoient
beaucoup plus difficiles à fervir, que le vrai
Dieu que nous adorons.

Quand nous eûmes récolté bonne provifion
de blandif, nous le mîmes fécher à l'ombre ;
le foleil, ou le grand air, lui eft préjudicia-
ble. Après quoi, nous en fîmes la poudre in-
troductive, dont nous avions befoin. Nous
prîmes enfuite chacun une jatte ; nous y mîmes du feu que nous couvrîmes de cette poudre, & nous fûmes à l'appartement d'une Divinité femelle. Toutes fes portes nous furent
ouvertes, & pour nous faire une meilleure
réception, elle congédia deux ou trois petits
Dieux qu'elle avoit auprès d'elle.

Richard croyant bien faire, ne ceffoit de
remplir de poudre fa jatte ; c'étoit au point
que nous n'y pouvions pas tenir ; nous fûmes
obligés de lui faire figne de ceffer fon hom-

mage importun. Quand nous eûmes expofé
l'objet qui nous amenoit, cette Déeffe nous
fourit, & nous dit de revenir le lendemain à
la même heure. Nous ne manquâmes pas de
nous trouver au rendez-vous, la jatte à la
main. Elle nous conduifit chez un des Dieux
du premier ordre, où Richard penfa encore
nous faire étouffer, à force de multiplier le
blandif. Celui-ci nous remit au fur-lende-
main, pour faire ce que nous demandions ;
& le jour indiqué étant venu, nous nous
tranfportâmes chez lui avec nos jattes ; car il
nous avoit prévenu que, fans cela, il ne lui feroit pas poffible de nous faire entrer.

Nous fuivîmes cet Ange tutelaire dans les
appartemens que nous avions traverfés la premiere fois. L'odeur de notre blandif raffem-
bloit autour de nous une foule de petites Divinités que nous voyions très-diftinctement re-
vêtues de figures humaines. J'ai oublié de dire
que quand elles fe rendent vifibles aux mortels, c'eft toujours fous la forme d'un petit
homme, ou d'une petite femme.

Des que nous fûmes arrivés à la porte de la
derniere falle, elle s'ouvrit ; & le même homme qui nous avoit précédemment donné les
trois jattes, en remit une à notre conducteur ;

c'eſt du cérémonial. Dans cet équipage nous fûmes préſentés à la Divinité premiere, qui nous reçut avec toute la bonté que nous pouvions deſirer. Nous nous proſternâmes à ſes pieds, & nous lui dîmes : RABADOULF MENGOR SAKIR PLOUDOUTACK RAG SQUAR POUMA; *Seigneur, vous pouvez exterminer vos ſerviteurs, ſi cela vous amuſe.* A ce début, qui eſt d'étiquette, il nous fit la réponſe accoutumée : KILOF MARMOUK LOUSTRAC HIHOUSARDOLT; ce qui veut dire, *Levez-vous, & vivez aujourd'hui, en attendant que vous ſachiez ce que je penſe : mes Miniſtres ne ſe plaignent point de vous.* Nous nous levâmes donc, & nous le priâmes de nous faire donner de quoi vivre; à quoi il nous répondit : MOMO SENDOLF LABRUC; *Voyez mon Miniſtre.* Il nous congédia enſuite, ſans nous faire d'autres queſtions, que de nous demander ſi nous nous trouvions bien où il nous avoit fait mettre, & ce que nous penſions de ce que nous voyions.

Quand nous lui eûmes répondu, le plus obligeamment qu'il nous fut poſſible, il nous ordonna de lui apporter nos armes, pour qu'il les examinât. Il nous aſſigna le jour & l'heure, & nous nous nous retirâmes. En

partant

partant nous fîmes encore une feconde prof-
ternation, & dans le moment nous nous fentîmes tous trois inondés fur la tête, fur le
dos, partout. Nous crûmes que la Divinité
piffoit fur nous, & nous n'ofions remuer.
L'inondation ceffée, nous nous relevâmes,
& nous vîmes qu'il remettoit dans les mains
d'un Sauvage qui étoit à côté de lui, une
phiole vuide. Nous préfumâmes qu'elle avoit
fervi à l'afperfion dont je viens de parler.

Ce qui nous fit encore plus de plaifir,
c'eft que nous nous apperçûmes que nous ex-
halions une odeur admirable, qui étoit fi
forte qu'elle rempliffoit tous les lieux où nous
paffions. Nous étions de vrais pots - pourris
ambulans. Nous comprîmes alors que c'étoit
un parfum qu'on avoit répandu fur nos perfonnes. Les petites Divinités qui fe trouverent
dans les falles où nous paffions, fe rendirent
non-feulement vifibles pour nous; mais encore
les unes fe rangeoient avec précipitation, d'autres courroient nous ouvrir les portes. Les
Animaux que nous y rencontrâmes, fe mirent auffi en mouvement, s'avancerent pour
nous flairer, & formerent un cercle autour
de nos Seigneuries, fans néanmoins boucher

le paſſage ; c'étoit pour nous rendre , à leur façon une forte d'hommage.

Nous trouvâmes à notre retour le Maître de Langue qui nous attendoit. Nous lui rendîmes un compte fort exact de tout ce qui s'étoit paſſé , & nous le priâmes de nous en donner l'explication : il nous répondit : » Les » Divinités que vous voyez font fouvent en- » nuyées de leur propre grandeur , elles fe » fentent à charge à elles-mêmes ; quand ce- » la leur arrive , elles fe revêtiſſent d'un corps » comme le nôtre , dans lequel elles excitent » le plus de defirs ou de befoins qu'elles peu- » vent , afin d'avoir le plaifir de les conten- » ter. Non-feulement elles boivent alors & » mangent comme nous ; mais elles fe pro- » curent encore tous les autres plaifirs des » fens. Il y en a qui ne prennent jamais que » des corps de femme ; d'autres qui ne pren- » nent jamais que des corps d'homme ; & » par ce moyen ces Dieux s'aſſortiſſent en- » tr'eux , ainfi que les deux fexes font par- » tout. Quelquefois , pour s'égayer , ils def- » cendent dans la partie inférieure de l'Iſle , » & ils s'amufent avec les Sauvages ou les » Sauvageſſes , felon le fexe qu'ils ont adop-

» té. Dans un autre tems ils ne se donnent
» pas la peine de descendre, mais ils en-
» voient chercher ce qu'ils veulent. Une
» Divinité mâle, par exemple, fera venir
» une Sauvagesse, & une Divinité femelle,
» quatre, cinq ou six Sauvages, selon son
» besoin. Je lui demandai s'il en provenoit
» des enfans. Quelquefois, nous dit-il ; sur
» quoi il faut remarquer qu'il y a entr'eux
» cette différence : les enfans qu'ils font à
» nos Sauvagesses, naissent Sauvages, & ne
» deviennent des Dieux que par succession
» de tems, & par l'effet de leur protection.
» Mais ceux que nous leur faisons, sont
» déïfiés de droit, sans attendre qu'ils
» fassent rien pour le mériter. Quand
» même le fils d'une Sauvagesse ne par-
» viendroit jamais à partager la Puissance
» céleste, c'est toujours un très-grand événe-
» ment pour la famille ; car nous avons ob-
» servé que, dès qu'une Divinité a honoré
» de son corps notre femme ou notre fille,
» cela procure la bénédiction de la maison ;
» nos terres rapportent davantage ; nos trou-
» peaux se multiplient, sans que nous nous
» en appercevions ; en un mot, le bien nous
» vient en dormant. Aussi tous les habitans

» de la partie baſſe de l'Iſle ſont-ils fort cu-
» rieux de cet honneur. Vous l'avez pu voir
» par l'empreſſement avec lequel ils vous ont
» offert à vous-mêmes, les uns leurs femmes,
» d'autres leurs filles, quand vous êtes arri-
» vés chez eux ; ils croyoient que vous étiez
» quelqu'unes de leurs Divinités «.

Nous lui demandâmes encore quelle étoit
la cérémonie de la phiole dont on nous avoit
inondés. » Comment, nous dit-il ? c'eſt la
» faveur la plus inſigne que vous puiſſiez re-
» cevoir avant la *Déification.* Vous voilà inſ-
» crits pour être au premier jour *déifiés* tout-
» à-fait. Le parfum qui a été répandu ſur vous,
» ne perdra plus ſon odeur, vous la conſer-
» verez toujours ; & c'eſt à cette odeur qu'on
» reconnoît dans toute l'Iſle que la Divinité
» premiere vous protege ſingulierement, &
» vous veut du bien. Cette odeur ſeule ſuffit
» pour vous donner preſque toutes les préro-
» gatives de la Déification complette. Ici
» toutes les Divinités ſeront viſibles pour
» vous, & même amies, & tous les Ani-
» maux que vous voyez coureront après vous.
» Là-bas, Sauvages & Sauvageſſes, tout le
» monde ſera à votre diſpoſition. Ne vous diſ-
» penſez pas cependant, quand vous irez chez

» les Dieux, de porter toujours la jatte & le
» Blandif. Ils aiment cette odeur si passion-
» nément, que cela est devenu sacré parmi
» eux : entre ceux même qui sont d'une éga-
» le puissance, ils n'oseroient pas y man-
» quer «.

Comme nous avions été fort surpris de ce
qu'on ne nous avoit point fait de questions,
nous voulûmes en savoir la raison. Notre
homme nous dit que cela n'étoit point étonnant; qu'ils savoient tout ce qui se passoit
dans les pays les plus reculés; qu'ils y en-
voyoient des Divinités qui les instruisoient
de tout, & qu'il n'y avoit que ce qui arrivoit journellement dans l'Isle qu'ils igno-
roient, parce qu'ils étoient peu curieux de
le savoir.

Nous apprîmes encore que le chemin par
lequel nous étions montés dans la partie supérieure de l'Isle, étoit la seule route pour
y parvenir ordinairement; que la grande af-
fluence de voyageurs que nous avions ren-
contrés, étoit des Sauvages qui s'efforçoient
de parvenir au haut de la montagne; qu'une
grande partie restoit en chemin, & qu'un
grand nombre étoit à peine arrivé aux trois
quarts, qu'ils se cassoient la tête en faisant

un faux pas , ou rouloient du haut en bas ;
que ce dernier accident étoit d'autant plus à
craindre pour les Pélerins , que lorſque quelqu'un d'eux venoit à rouler ainſi , il en faiſoit tomber toujours beaucoup d'autres , ſur-
tout s'il étoit déja avancé dans ſa route , &
qu'ils barroient ſouvent le chemin , de façon
que ceux qui les ſuivoient , étoient obligés
de les fouler aux pieds , & de leur paſſer ſur
le corps pour avancer. Il ajouta que ce que
nous avions pris pour des ſtatues , n'en étoit
point , qu'il y avoit pluſieurs façons de déïfier
les hommes , & que chaque façon avoit ſa
gradation ; que ces prétendues ſtatues étoient
des Sauvages qui aſpiroient à la Déïfication ;
que la préparation par laquelle on les faiſoit
paſſer , étoit de les endurcir de maniere qu'ils
ne puſſent plus rien ſentir de ce que reſſen-
tent les hommes ; qu'à meſure qu'ils acque-
roient de la dureté , ils étoient placés plus
haut dans le chemin ; & que ſelon la place
plus ou moins haute qu'ils avoient , ils étoient
plus ou moins près de la Déïfication. Nous
conçûmes alors pourquoi tous les Voyageurs
ſe proſternoient devant eux ſur la route , comme nous l'avons déja dit.

Quand notre Maître de Langue fût parti

nous reftâmes , Rofwick, Richard & moi,
un gros quart d'heure fans rien dire. Chacun de nous faifoit fes réflexions en fon particulier , ou plutôt n'en faifoit point ; car
nous étions comme des gens de Province qui
entrent pour la premiere fois à l'Opéra, qui
voient tout , & ne voient rien.

J'avoue que l'hiftoire des Statues me fit
une impreffion dont je ne fus pas le maître.
Je rompis pourtant le filence , & adreffant
la parole à mes deux camarades , je leur demandai , en riant , s'ils ne commençoient pas
à être pétrifiés. Rofwick fortit de fa létar-
gie , & me dit : » qu'il ne favoit pas ce qu'il
» étoit , mais qu'il fe trouvoit dans un éton-
» nement qu'il ne pouvoit pas exprimer. Si
» nous n'avions pas déja vu de nos propres
» yeux une partie de ce que cet homme vient
» de nous dire , je croirois qu'il auroit per-
» du la tête. Je vois bien que ceux qui habi-
» tent cette montagne, font des Sorciers ; je
» n'y croyois pas , mais je ne peux pas me re-
» fufer à croire ce que je vois «. Richard
alors prit la parole, & nous dit : » Mes
» amis, outre que notre Religion ne nous
» permet pas de croire qu'il y ait d'autres
» Dieux que celui que nous adorons, je penfe

» qu'on ne peut pas avoir une grande opi-
» nion des Divinités qui se laissent ainsi pren-
» dre par le nés. Il n'est pas douteux que ce
» sont des Sorciers, je suis très - fâché que
» nous soyons parmi eux ; car s'il alloit leur
» prendre fantaisie de me changer en statue ,
» pour me déïfier ensuite , je ne serois point
» du tout content ; que diable gagnerois-je
» à ce marché ? Comment, je ne serois plus
» sensible au plaisir d'aimer mes amis , de
» les voir & d'en être aimé ? Je ne goûte-
» rois plus la satisfaction qu'on trouve à faire
» du bien ? Je perdrois cette horreur natu-
» relle qui nous détourne de faire le mal ?
» Je serois indifférent aux peines & au bon-
» heur des autres? Tous les plaisirs les plus
» permis me seroient interdits ? Je ne croi
» pas que l'honneur d'être une Divinité, &
» les charmes du Blandif, pussent jamais me
» dédommager de ce que j'aurois perdu. Je
» croi que cet état est un annéantissement,
» plutôt qu'une Déïfication. Cela est même
» tout opposé à l'idée que nous devons avoir
» d'une Divinité ; car comme elle doit être
» plus vertueuse que les hommes, elle doit
» ressentir plus vivement la satisfaction que
» la vertu nous procure , ou nous porte à re-

» chercher : or cette fatisfaction eft celle
» d'obliger. Je ne puis pas en imaginer une
» plus complette, puifqu'on trouve dans cette
» action le double avantage de remplir le
» plus effentiel , le premier de fes devoirs
» envers les autres hommes , & de fuivre les
» mouvemens de fon cœur «.

Ce difcours fut prononcé avec tant d'em-
portement , que cela même nous fit rire.
» Mon pauvre Richard, lui dit Rofwick,
» tu ne vois que la moitié du danger. Si tu
» n'es pas changé en ftatue , tu feras au
» moins changé en quelque gros animal,
» comme ceux que tu as déja vus , & qu'ils
» ont privés de l'ufage de la raifon, pour
» en tirer plus de fervice. Voilà encore ce
» que je ne conçois pas ; apparemment que
» ces animaux fo   employés à des chofes
» dont la raifon feroit révoltée. Pour moi ,
» je m'imagine que fi j'étois un Dieu, com-
» me on veut qu'ils foient , je n'ordonne-
» rois que des chofes bonnes & honnêtes, &
» je choifirois pour exécuter mes commande-
» mens, ceux qui auroient plus de raifon &
» plus de vertu. Après tout, mes amis, raf-
» furons-nous , puifque ces Divinités-là fe
» prennent par le nés, & que nous favons

» le fecret, il faudra les y prendre. Quant
» à moi, je leur donnerai tant de Blandif,
» tant de Blandif , qu'ils ne me change-
» ront ni en animal ni en ftatue. Vous
» qui riez , me dit-il , où en feriez-vous
» fi votre femme étoit dans ce pays , & qu'il
» plût à un de ces Sorciers de s'humanifer
» avec elle ? Cela vous plairoit-il ? Vous au-
» riez beau vouloir en empêcher, on vous
» déifieroit tout comme les autres , & par
» amour pour votre femme on commenceroit
» par vous pétrifier, pour vous empêcher de
» reflentir le chagrin que cet honneur caufe
» à ceux qui n'y font point faits «. Ma foi je
vis bien qu'il ne falloit pas trop plaifanter
avec Richard. S'il avoit voulu m'épargner
cette réflexion , après les avantures que j'a-
vois déja elfuyées, je lui en aurois eu grande obligation ; & je ne fai fi , malgré la fatisfaction que j'aurois eue de l'avoir auprès
de moi , je n'étois pas auffi content de la
favoir à Londres ; quoique Milord Brifork ,
qui avoit donne les cent guinées pour me
faire affaffiner , ne laifsàt pas que de m'in-
quietter beaucoup.

Nous fûmes au jour indiqué préfenter nos
armes au Golif , qui eft la Divinité fupérieure

aux autres. Le cérémonial fut toujours le même ; il se fit rendre compte de tout ce qui concernoit la fabrication & l'usage de ces armes, & nous fit tirer plusieurs coups, & recharger en sa présence. Cet exercice ne se fit pas devant lui-seul ; une multitude de *Saprados*, nom des autres Divinités, se réunirent autour de nous par curiosité. Le Golif, tout sorcier qu'il étoit, trouva nos armes fort curieuses, & nous témoigna que, quoiqu'il les connût déja de réputation, il étoit bienaise de les avoir vües. Aussi-tôt nous le suppliâmes d'accepter un de nos fusils, avec de la poudre & des balles. Il reçut notre offre avec bonté & majesté ; & s'étant fait apporter un arc & un carquois magnifique rempli de fléches, il nous en fit présent. Ce trait de grandeur & de générosité nous donna bonne idée de lui ; & comme nous n'en avions encore reçu que des bienfaits, nos allarmes se calmerent un peu. Sur le champ ayant mis du Blandif dans nos jattes, nous lui exprimâmes notre reconnoissance le plus pathétiquement qu'il nous fut possible. Il y fut sensible, & nous dit qu'il vouloit nous faire voir quelques traits de sa puissance, & qu'il étoit persuadé que, quoique nos climats possédassent des arts merveilleux, nous serions frappés d'admiration.

A l'instant le Golif prit une baguette, qu'il remua assez légerement, & tout d'un coup nous nous trouvâmes transportés sur une petite éminence, d'où nous découvrions un très-grand pays. Dès que nous y fûmes, le Golif fit un second signe avec sa baguette, & nous vîmes paroître un nombre prodigieux d'hommes, qui se battoient les uns contre les autres. Pendant qu'ils s'égorgeoient ainsi respectivement, nous entendions un tonnerre affreux qui grondoit de tous côtés. Ce spectacle nous fit horreur ; & nous suppliâmes très-respectueusement le Golif de vouloir bien le faire cesser ; il nous l'accorda : un seul mouvement de la baguette fit tout disparoître, à l'exception d'une très-grande quantité de morts, qui resterent sur le champ de bataille. Nous pensâmes d'abord que c'étoit une vision qu'un pouvoir magique nous procuroit, sans qu'il y eût la moindre réalité; mais notre Maître de Langue, à qui nous en parlâmes, nous désabusa; & il nous apprit qu'il étoit péri, dans ce petit espace de tems, plus de dix mille Sauvages.

Après cette opération, nous fûmes remis

dans le Palais comme nous en étions sortis.
Là on amena deux Sauvages ; le Golif les
touciia du bout de sa baguette ; à l'inftant
ils furent métamorphosés , l'un en groffe bête
armée de dents & de griffes d'une longueur
prodigieufe ; l'autre en statue, telle que nous
en avions trouvé fur le chemin qui monte
de la partie baffe à la partie haute. Quand
Richard vit ce monftre à fes côtés, il en eut
penr , & recula quatre pas en faifant une grimace épouvantable. En effet, fi cet animal
s'étoit jetté fur lui, c'étoit fait du Wayferdan , il étoit dévoré. A l'égard de la ftatue,
nous nous en approchâmes , afin de pouvoir
la tâter. Nous trouvâmes qu'elle étoit d'une
matiere affez ferme, mais qui n'étoit rien de
plus. Le Golif nous demanda fi elle étoit bien
dure : nous lui répondîmes que non. Il la re-
toucha une feconde fois ; & nous nous apperçûmes qu'elle avoit acquis une nouvelle dureté. Au troifiéme coup de baguette, elle
nous parut auffi dure que du marbre. Dans
cet état le Golif l'anima ; nous obfervâmes
que le Golif étoit mauvais Sculpteur , car il
lui avoit fait la bouche , les mains & les on-
gles d'une grandeur qui n'avoit nulle proportion avec la petiteffe de la tête & celle des

jambes, qui étoient faites comme fi elles n'euffent pas été deftinées à rendre les fervices ordinaires. Je pris la liberté de demander fi les gens qui font ainfi métamorphofés, reffentoient quelque chofe comme nous. On me répondit que non, & qu'ils n'avoient d'autres fenfations que celles qu'on leur donnoit en les métamorphofant.

Quand nous eûmes affez contemplé ces deux fpectacles, nous témoignâmes au Golif que nous ferions charmés, s'il vouloit leur rendre leur premiere forme. Il fe fit apporter une efpéce de médaille, qu'il nous mit en main. Par fon ordre nous en touchâmes ces deux objets, qui dans le même moment revinrent dans leur premier état.

Cette médaille, dont la matiere eft fort dure, ne laiffe pas que d'être artiftement travaillée. D'un côté eft un Sauvage aux genoux d'une belle femme toute nue, dont les traits font réguliers; elle touche d'un doigt les yeux le cet homme, & d'un autre doigt le côté gauche de la poitrine; autour eft écrit : Monalabar pid agara touskiros. Je ne connois point dans notre Langue de Subftantif, pour rendre le terme monalabar, à moins que ce ne foit celui de *fauvegarde,* pris pour le privilége qui empêche d'entrer dans certains lieux ; en ce cas les termes ci-deſſus ſignifieront : *Sauvegarde à ce que je touche*.

Sur le revers, eſt une figure humaine du ſexe maſculin, marchant ſur les mains, com-me on voit quelquefois les Danſeurs de cor-de ; devant lui paroît une eſpéce de précipi-ce, de l'autre côté duquel on apperçoit un groupe d'animaux, ayant le haut d'une fem-me, & le bas d'une chevre, qui ſemblent tirer de toute leur force un cordage, dont le bout eſt attaché fort indéçemment à cette figure humaine. A l'autre bord de la mé-daille, c'eſt à-dire derriere cette même fi-gure, ſont d'autres animaux de différentes ſortes, à peu près comme des cochons, des tigres, des oiſeaux de proie, qui ſemblent, les uns avec leurs pattes, les autres avec leur bec, chercher à précipiter la démarche de la figure dont je viens de parler ; de façon qu'on diroit que tous ces perſonnages, dont les uns pouſſent & les autres tirent, tendent de concert à une même action, qui eſt de faire tomber dans le précipice cette figure hu-maine

Je m'imagine que ce petit tableau n'eſt

qu'une allégorie. J'y ai réfléchi long-tems; mais j'avoüe de bonne foi que j'ignore ab- folument ce que fignifient l'un & l'autre côté de cette médaille. Mon Maître de Langue me dit pourtant qu'il croyoit que le premier étoit le portrait d'une femme, que le Ciel avoit rendue immortelle, mais qui erroit dans la partie baſſe de l'Iſle, ſans avoir jamais voulu habiter dans la partie haute. Il ajouta qu'on tenoit encore que les Dieux lui avoient accordé le privilége de garantir de tous les enchantemens. Cette fable ne nous fit pas beaucoup d'impreſſion. Le Lecteur après tout eſt libre de croire ou de ne pas croire, & de faire tels commentaires qu'il lui plaira. J'ai encore une médaille de cette eſpéce; ſi ceux qui font profeſſion de les deviner, veulent en faire un examen particulier, je la leur communiquerai très - volontiers; mais peut- être n'y connoîtroient-ils rien, ſur-tout quand ils auront lu la ſuite de cette Relation.

Notre ſurpriſe étoit trop grande, pour que le Golif ne s'en apperçût pas. D'ailleurs, nous ne cherchions pas à la lui cacher. Les miracles que la baguette & la médaille avoient opérés, nous avoient jettés dans un étonne- ment que le Lecteur peut ſe repréſenter plus

aifément que je ne peux l'exprimer. L'attitude de Richard avoit quelque chofe de fingulier ; fes yeux étoient fixes, fa bouche béante ;
fes membres immobiles ; en un mot, on eût
dit qu'il étoit pétrifié. Le Golif ne put pas
s'empêcher d'en fourire. Rofwick profita de
ce moment de bonne humeur, pour le fup-
plier de vouloir bien nous laiffer examiner
la baguette magique ; il y confentit de la
meilleure grace du monde. Nous découvrîmes qu'elle étoit de deux compofitions différentes : la moitié étoit blanche comme de
l'argent ; l'autre jaune comme de l'or ; le
tout étoit dur & pefant comme ces mé-
taux.

Quand nous eûmes exprimé notre admiration, & payé le tribut de loüanges que
méritoient des chofes fi furprenantes, le Golif nous dit d'un air affable : *Etrangers, je
veux que ma grandeur & ma bonté foient portées jufques dans les pays les plus reculés de mon
Empire.* A l'inftant s'étant fait apporter deux
autres médailles, il en donna une à chacun de
nous, & joignit à ce riche préfent, celui d'u-
ne feule baguette pour nous trois. En nous
comblant ainfi de fes bienfaits, il nous avertit qu'il falloit que nous portaffions la mé-

daille fur le cœur, obfervant d'appliquer immédiatement fur la peau le côté du M o-
N A L A B A R, ou *Sauvegarde*. Il ajouta que
tant que nous la porterions ainfi, nous n'aurions rien à craindre d'aucun enchantement;
mais que fi le revers étoit appliqué fur la même partie, nous ferions, jour & nuit, tour-
mentés par les animaux dont elle nous offroit l'image ; de façon que nous deviendrions à la fin leur victime.

A l'égard de la baguette, il nous dit encore qu'elle contenoit une grande partie de
fes pouvoirs; qu'avec elle rien ne nous feroit impoffible; que nous pourrions métamorphofer tout ce que nous voudrions, comme nous lui avions vu faire; mais que le
bout jaune avoit bien plus d'efficacité que
l'autre; & qu'ainfi il ne falloit s'en fervir, que
pour opérer les grandes merveilles, & dans
le cas où le bout blanc n'auroit pas affez de
vertu, ou une vertu affez prompte.

Ce tréfor ayant été remis dans les mains
de Rofwick, comme le plus ancien, nous fîmes des actions de graces proportionnées à la
grandeur du préfent; après quoi nous prîmes congé du Golif, & nous nous en re-
tournâmes dans notre maifon. Rofwick, en

traverfant les appartemens, portoit cette baguette comme en triomphe ; fon regard &
fa démarche avoient quelque chofe d'imper-
tinent, ils annonçoient qu'il fentoit intérieurement le nouveau pouvoir dont il étoit revêtu. Auffi ne fit-il pas femblant de s'appercevoir que tous ceux qui fe trouvoient fur fon
paffage, foit Divinités, foit perfonnages d'u-
ne autre efpéce, nous rendoient des hommages qui alloient jufqu'à la baffeffe ; on eût dit
qu'il y étoit accoutumé, & qu'il s'imagi-
noit qu'ils lui étoient dus.

Cette obfervation nous donna fujet de rire,
quand nous fûmes arrivés dans notre maifon.
Notre ami nous dit qu'il avoit affecté cet
air de fuffifance, pour humilier tous ces petits Dieux, & vanger les mortels ; mais je
ne fus pas la dupe de fa réponfe, je fentis
bien qu'elle ne faifoit que fervir d'excufe à
une faute qu'il reconnoiffoit, fans cependant
ofer l'avoüer dans le moment, ainfi qu'il en
convint de bonne foi, après l'application de
la médaille.

J'avois omis de dire quelque chofe d'effentiel, que nous apprîmes encore dans la fuite,
concernant ces médailles ; elles font toutes
copies les unes des autres, & on prétend

qu'il n'y en a qu'une d'originale. On n'ofa
toutefois m'aflurer pofitivement dans quel lieu
elle fe trouvoit ; ce qui me furprit beaucoup ;
car un grand nombre de gens fe vantent de
le favoir à point nommé. Quoiqu'il en foit ,
on peut donner pour certain qu'elle exifte ;
fur cet article tout le monde eft d'accord. Ce
qui eft de fingulier , c'eft qu'il y a depuis
long-tems une police & un cérémonial en
cette partie , dont le Lecteur ne fera pas fâché d'être inftruit.

1º. Les copies primitives de cette médaille font regardées comme l'original même , &
la garde en eft confiée à deux fortes de *Sauva-*
ges , dont les uns s'appellent *Holicharcs*, &
les autres *Golilovres*. Voici ce que ces deux
efpéces ont de commun entr'elles , & les
points dans lefquels elles different.

Les *Holicharcs* & les *Golilovres* font chargés
de garder avec foin les médailles , d'empêcher qu'on ne les altere , qu'on ne les enleve
pour leur en fubftituer d'autres , ou qu'on en
fafle de fauffes copies pour répandre dans le
public. Ils font encore obligés d'en faire ufage , pour guérir ceux qui font moleftés par
quelque enchantement. Mais on ne s'adref-
fe pas indiftinctement aux uns & aux au-

tres pour toutes fortes de maladies. Il eſt
des enchantemens qui vous faſcinent les
yeux ou l'eſprit, de maniere que tantôt vous
arrachez un arbre pour en cueillir ſeulement
les fruits, & tantôt vous croyez voir rire
ceux qui pleurent, ou vous vous imaginez
que vous leur faites du bien quand vous les
aſſommez. Les *Golilovres* ſont tenus de toucher de la médaille ceux qui ſont enforcelés
de cette façon, & ils le font *gratis*.

Il eſt une autre eſpéce de ſortilége qui
rend les gens preſque fous, au point qu'ils
vivent & broutent comme les bêtes ſauvages; la nourriture qu'ils prennent alors leur
cauſe une maladie mortelle; & quoique ſouvent ils conſervent en apparence & au dehors leur fraîcheur & leur embonpoint, néanmoins tout le dedans eſt couvert de taches
noires, & il eſt ſûr qu'on eſt perdu ſans reſſource, à moins que la médaille ne vous rende à votre premier état. Dans ce dernier cas
c'eſt aux *Holichares* qu'il faut recourir; & ils
ne peuvent pas vous refuſer leurs ſervices,
parce qu'ils ſont prépoſés & payés pour
cela.

Cependant, comme les *Holichares* avoient
voulu peu-à peu guérir toutes ſortes de ma-

ladies, à caufe des rétributions que les guéri-
fons leur procuroient, il en étoit réfulté deux
maux : le premier, c'eft que devenus Sorciers eux-mêmes, ils avoient trouvé le fecret
de perfuader à un homme fain qu'il étoit malade par un fortilége, & fous le prétexte de
le guérir, ils l'enforceloient véritablement.
Cela fait, ils lui donnoient une fauffe copie
des médailles en queftion, lefquelles copies
fe payoient fort cher, & contribuoient à
nourrir l'enchantement, ou même à le procurer. Il eft aifé de fentir combien ce malheur étoit grand par rapport aux Sauvages,
& par rapport au Golîf, auquel cela enle-
voit un grand nombre de bons Sujets.

Le fecond mal qui arriva, fut que fur les
plaintes portées au Golif de la part des *Golilovres*, ayant été réfolu par lui de faire retirer du public toutes les médailles de con-
trebande, les *Holicharcs* oferent attaquer la
fidélité de celles du dépôt des *Golilovres*, fou-
tinrent que celles qu'on croyoit fauffes étoient
bonnes, en propoferent de femblables pour
piéces de confrontation, & diffimulerent les
anciennes qui leur avoient été originairement
confiées. Les chofes furent embrouillées de
façon, que le Golif, tout Golif qu'il étoit,

ne favoit lefquels croire, & donna pendant
quelque tems dans le piége qu'on lui tendoit. Enfin la querelle fe décida par une épreu-
ve éclatante. Le Golif fe fit apporter une médaille de chaque efpéce, & fit venir deux Sauvages. Un d'eux ayant été touché avec la médaille de nouvelle fabrique, devint fi furieux,
fans toutes fois perdre la figure humaine,
que fans refpect pour le Golif, il fe jetta fur
la baguette magique, l'arracha des mains de
fon Maître, & voulut la dévorer. Au même
inftant l'autre médaille lui ayant été appliquée, " redevint dans fon premier état, remit la baguette dans les mains du Golif, fe
jetta à fes pieds, & ne voulut point fe relever, que lorfqu'il fut perfuadé qu'il avoit obtenu fon pardon, & qu'on ne lui imputoit
point à crime, l'effet magique qui l'avoit
tranfporté. On ne voulut pas réïtérer l'expérience fur le fecond Sauvage; en effet, c'eft
affez d'une de cette efpéce pour fe décider.
Auffi les fauffes médailles furent-elles profcri-
tes, & les *Golilovres* chargés de veiller fans
ceffe à empêcher la récidive. Cependant on
m'a affuré que, malgré leurs précautions, il
s'étoit gliffé un grand nombre de ces copies
informes, & qu'on vend des prix exhorbi-

tans ; on dit même que quelques-unes font enchantées, mais on s'en défie préfentement; les autres ne font ni bien ni mal, elles n'ont aucune vertu, & ne font inventées que pour l'utilité des Fabriquans.

2°. A l'égard du cérémonial, il eft bon d'obferver que le Golif n'a point ces médailles dans fa poffeffion. Son pouvoir fans bornes, qui le difpenfe de la néceffité d'y recourir, a introduit l'ufage que voici. Les perfonnes qui en font les dépofitaires, ne les lui préfentent jamais que lorfqu'il les demande de lui-même, ou qu'à l'occafion de quelque grand événement, il veut bien permettre qu'on les faffe paroître à fa Cour. La raifon qu'on nous en rendit, c'eft qu'il n'y a aucun pouvoir capable de balancer le fien, fi ce n'eft celui de ces médailles. On craint donc qu'elles ne lui portent une efpéce d'ombrage, mais c'eft mal-à-propos, car il ne paroît jamais fi grand que quand il réunit enfemble ces deux pouvoirs. Cela n'arrive pourtant pas auffi fouvent qu'on fe l'imagineroit. Il y a à fa Cour un grand nombre de médailles fauffes, & de gens qui les débitent comme fous le manteau ; elles perdent néceffairement leur crédit pendant quelque tems, lorf-

que

que les véritables ont paru ; & c'est ce qui fait
qu'on éloigne, autant qu'il est possible, la cérémonie de cette présentation. Aussi nous dit-
on qu'il falloit que le Golif nous eût regardés
comme des hommes différens des autres hommes, pour nous avoir honorés d'un bienfait si
singulier.

CHAPITRE IV.

Nous faisons l'essai des présens du Golif. Ou-
ragan effroyable qui survient. Nous nous
déterminons à quitter le Mont-des-Vents, &
à parcourir l'Isle. Nous prenons congé du
Golif. Il nous fait de nouveaux dons. Nous
voyageons dans ses Etats. Usage que nous
faisons de la Baguette & des Médailles.
Nouvelles merveilles que nous découvrons.
Léger crayon d'une partie du Gouverne-
ment. Nous quittons le pays, sans le savoir,
& sans le vouloir.

ON peut bien penser qu'après quelques
réflexions sur tout ce que nous avions
vu, notre premier soin fut de faire l'épreu-
ve de la vertu des dons que nous avions reçus.
Rofwick & moi nous commençâmes par nous
appliquer la médaille divine, comme on nous
l'avoit enseigné ; ce qui se fit, en la suspen-
dant à notre cou par le moyen d'un petit cor-
don. Avant que Richard eût fait la même
opération, je m'avisai de le toucher du bout

blanc de ma baguette, dans l'intention de le changer en mouton; aussi-tôt la métamorphose fut faite. Roswick alors s'étant retourné, & ne trouvant plus notre Sauvage, fut d'abord surpris, & finit par un éclat de rire si violent que je crus qu'il en étoufferoit. Dans cette appréhension, je pris sa médaille, que je tins éloignée de sa poitrine; & dans l'instant je le métamorphosai en statue, par le secours de la baguette. Mais comme ce changement subit s'étoit fait dans l'accès de sa convulsion, il conserva sous la forme d'une statue la même attitude; il sembloit faire la même grimace. Enfin ma position entre cette statue grotesque & mon mouton se trouva si plaisante, que je fus un quart d'heure dans un accès de rire aussi violent que celui qui m'avoit fait peur pour Roswick.

Quand je fus revenu à moi, je voulus commencer par rendre Richard à lui-même, en le touchant avec la médaille. Ma premiere tentative fut infructueuse, ce qui me jetta dans un embarras épouvantable : j'eus beau toucher & retoucher, rien n'opéroit; mon pauvre Sauvage restoit toujours mouton. Une réflexion acheva de me désespéter. *Si ces médailles*, disois-je, *étoient si puissantes, à pré-*

E ij

sent que j'ai laissé retomber celle de Rosvvick,
sur sa poitrine, il devroit avoir repris sa pre-
miere forme. Enfin, après m'être livré à une
foule d'idées folles & singulieres, j'observai
que la médaille de Rosvvick s'étoit retournée
en retombant, & n'étoit plus appliquée du
même côté. Je revins donc à Richard, & je
recommençai mon opération, en le touchant
du bon côté. Cette seconde tentative eut tout
le succès que j'en attendois, & j'eus alors une
troisiéme comédie, qui fut de voir Richard
éclater de rire à son tour comme Rosvvick
& moi nous avions fait. Quand nos ris furent appaisés, je m'approchai de notre ami;
si-tôt que j'eus retourné la médaille, la métamorphose cessa. Cette double scene servit à
nous égayer le reste du jour. Il ne fallut pas
d'autres expériences pour nous convaincre de
l'étendue du pouvoir qu'on nous avoit confié.
Dieu sçait si nous étions contens. La médaille surtout qui nous mettoit à l'abri de tout
danger, étoit ce qui nous donnoit le plus de
satisfaction. Un trait qui doit encore augmenter le merveilleux de ces métamorphoses,
c'est qu'elles se font sans que le métamor-
phosé s'en apperçoive; tout ce qui lui reste
quand il redevient homme, c'est le souvenir

de son dernier état, & la surprise du changement que la métamorphose avoit fait en lui.

Le lendemain, notre Maître de Langue étant venu, nous voulûmes nous amuser un peu à ses dépens. D'abord nous le changeâmes en âne; il se mit à braire d'une si grande force, qu'il nous fut impossible de soutenir cette belle musique. Je pris donc promptement la baguette, & de l'âne je fis une pie; elle couroit partout, sautant, jabottant, & nous divertit infiniment. Quand ce pauvre homme eut repris sa forme naturelle, il n'osoit ni s'enfuir ni nous regarder, il avoit peur qu'on ne lui jouât quelqu'autre tour. Nous le rassurâmes; & après quelques éclaircissemens qu'il nous donna sur la médaille, comme je l'ai déja dit, il prit congé de nous; mais, soit par crainte, soit par mécontentement, il ne revint plus nous voir.

Le bruit de notre fortune nous attira un grand nombre de partisans. Nous eûmes bientôt une cour nombreuse; mais bien-tôt aussi leurs visites nous devinrent fort à charge; car chacun venoit chargé de Blandif; notre maison en étoit infe.... deur nous en paroissoit insupport.... pouvions pas réfister. Il arriva même quelquefois à Richard de brufquer des Divinités, en difant durement : LABOC DRAMIR CULABOR , qui fignifie mot à mot, *Va-t'en, vilain, tu fens mauvais.*

Nous pafsâmes quelque tems à parcourir cette montagne, & nous allions toujours fans Blandif. Notre baguette nous tranfportoit partout, nous faifoit ouvrir toutes les portes ; tout le monde étoit à notre dévotion ; c'étoit à qui nous préviendroit ; on fe difputoit l'honneur de nous fervir. Pendant ce tems il furvint un ouragan épouvantable, & nous fûmes témoins oculaires de fes ravages. Des maifons fort élevées furent renverfées de fond en comble ; une troupe d'Infulaires qui étoient grimpés fur cette montagne, furent enlevés & précipités en-bas ; c'étoit une confternation générale. Nous remarquâmes cependant qu'un grand nombre de ces mêmes Infulaires trouvoient le fecret de fe garantir de l'ouragan. Les uns fe lioient par le milieu du corps avec une efpéce de cordage au bout duquel étoient attachés deux crampons d'un métal jaune, comme celui de la baguette. Ces crampons fervoient à les accrocher au premier lieu fixe, capable de les retenir. D'autres fe

cachoient presque tous entiers dans les mi-
nes de Blandif. Mais le premier moyen nous
parut le plus sûr & le plus usité. Pour nous,
nous n'avions besoin d'aucun secours étranger ; notre baguette nous tenoit lieu de tout.

Ce spectacle cependant ne laissa pas que
de nous mettre du noir dans l'esprit. Nous
ne pouvions pas nous défendre de mille inquiétudes qui se succédoient les unes aux autres. Nous ne dormions point tranquilles ;
nous appréhendions en nous couchant que,
pendant notre sommeil, quelque coup de
vent ne nous emportât, sans nous donner le
tems de nous reconnoître. Enfin nous nous
mîmes dans la tête tant de chimeres, que
nous prîmes le parti d'aller remercier le Golif, & de quitter son séjour.

L'odeur du Blandif nous étoit devenue si
désagréable, que nous mîmes en délibération si nous nous en servirions dans la visite que nous nous proposions de lui rendre.

Nous craignions de choquer cette Puissance en manquant au cérémonial, & de perdre les dons qu'il nous avoit faits. Après bien
des réflexions, je fis observer que nous n'a-
vions aucun caractere qui nous permît, ou qui
demandât de nous de déroger à cette coutume

grotefque ; que le Blandif étoit de pur cérémonial , comme parmi nous le ftile & le langage des Cours.

» Nous ne manquerons point , difois-je
» à ce que nous devons au Golif, en ne
» frondant point ouvertement des ufages que
» nous ne fommes point obligés de réfor-
» mer ; nous ne le plongeons point dans de
» nouveaux égaremens , nous ne lui dégui-
» fons point la vérité dans les chofes où
» nous fommes tenus de la lui dire ; notre
» objet n'eft que de lui faire des remercimens
» Dans les Cours d'Europe , nous dirions
» Grand Prince , à un Prince qui ne le fe-
» roit point du tout. Nous appellerions, Vo-
» tre Grandeur , un homme qui fouvent n'au-
» roit que de la petiteffe. S'il étoit poffible
» qu'un Pape fût un mauvais fujet, nous le
» qualifierions néanmoins de Sainteté , de
» Saint-Pere , & le tout parce que cela eft
» d'étiquette. D'ailleurs , quelque mauvais
» que foient des ufages , dès qu'ils font éta-
» blis dans une Cour, il ne faut jamais les
» attaquer brufquement ; on révolteroit, au
» lieu de convaincre ; on irriteroit le mal au
» lieu de le guérir. En un mot , ce n'eft ja-
» mais le particulier qui peut réformer le

» Prince, c'eft au Prince à fe réformer lui-
» même ; & à nous feulement à lui infinuer,
» quand nous avons un caractere qui nous
» y autorife. Faifons donc un effort fur nous-
» mêmes, & quelque répugnance que nous
» ayons pour le Blandif, il faut que nous
» rempliffions cette partie du cérémonial ;
» contentons-nous d'en mettre moins que
» les autres, & tout fera concilié «.

Mon avis fut fuivi ; nous nous rendîmes
fur le champ aux pieds du Trône du Golif.
Rofwick porta la parole, lui exprima, dans
les termes les plus énergiques, toute la reconnoiffance que nous avions de fes bienfaits ; & conclut en lui demandant la permiffion de nous retirer, & même de quitter
l'Ifle dès que nous en trouverions l'occafion.

Cette demande le furprit ; il voulut en favoir la raifon. Nous lui dîmes que nous n'é-
tions pas dignes de demeurer dans un féjour
fi augufte ; que la curiofité nous portoit à parcourir tout fon Empire ; & que nous étions
fi frappés d'admiration de toutes les merveilles que nous avions trouvées dans fa Cour,
que nous voulions joüir de l'avantage de les
publier par tout. Nos réponfes, qui furent
accompagnées de l'exercice du Blandif, le fa-

tisfirent beaucoup ; il nous dit fort obligeamment, qu'il étoit vrai que ce féjour n'étoit
pas le féjour des *hommes* ; qu'à caufe de cette
nouveauté il s'eftimeroit fort heureux s'il
pouvoit nous y conferver ; que cependant il
ne vouloit point s'oppofer à nos defleins. Il
ajouta qu'il nous accordoit, non-feulement
ce que nous demandions, mais qu'il fouhai-
toit que nous trouvaffions dans le refte de fes
Etats de quoi contenter notre curiofité. Il nous
avertit en même tems que dès que nous les
aurions quittés, la baguette nous quitteroit
auffi ; qu'elle pouvoit bien nous fervir à paffer dans un autre pays ; mais q'auffi-tôt qu'elle nous y auroit tranfportés, elle reviendroit
d'elle-même dans fes mains ; que c'étoit un
ordre irrévocable ; qu'il étoit fâché de ne pouvoir le changer pour nous ; mais que les médailles & fes autres bienfaits étoient les feules
chofes qui pouvoient nous refter. En même
tems il fe fit apporter deux arcs & deux carquois, femblables au premier qu'il nous avoit
donné, & nous en fit préfent avec toutes les
graces imaginables.

Dès que nous fûmes de retour dans notre
maifon, nous apprîmes que, pendant que
nous avions été dans le Palais, il étoit en-

core survenu un coup de vent épouvantable ;
qu'il avoit même brisé une statue d'une grandeur immense , & qu'on regardoit comme
inébranlable. Cet événement nous fit accé-
lerer l'exécution de notre projet. Nous nous
déterminâmes à parcourir toute l'Isle où nous
nous trouvions, avec la ferme résolution de
nous servir ensuite de la baguette, pour nous
transporter tout d'un coup en Europe.

Nous quittâmes donc le Mont-des-Vents
le 19 Juillet 1698 ; c'est-à-dire, environ
cinq mois & demi après qu'on nous y eût
fait monter. Nous arrivâmes tout d'un coup
au bas de cette montagne, où nous ne vîmes que ce que nous avions vû en y mon-
tant. Un grand nombre de gens de tout sexe se rassembla autour de nous, sans toutefois nous fermer le passage. Le parfum que
le Golif avoit précédemment répandu sur
nous, continuoit d'exhaler une odeur qui attiroit toute cette multitude.

Comme notre objet étoit de nous divertir, aussi-bien que de satisfaire notre curiosité ; Roswick remarqua une grande Sauvagesse plus jolie que les autres ; il la toucha
de sa baguette, dans le dessein de la changer en petit oiseau : elle étoit nonchalam-

E vj

ment appuyée fur un Sauvage, qui croiſ-
ſoit jeune, bienfait & vigoureux, & qui la
ſoutenoit en lui paſſant un de ſes bras autour
du corps. Ce premier coup de baguette ne
fit aucun effet. Roſwick s'arrêta, & en fut
étonné. Il me communiqua ſa ſurpriſe ; mais
comme j'avois obſervé qu'il ne l'avoit tou-
chée que du bout blanc, je lui conſeillai d'eſſayer l'autre bout ; ce qui réuſſit ſur le champ.
La fille métamorphoſée en oiſeau vola ſur
l'épaule de Roſwick, & ſe mit à le careſſer,
à le bequeter, en battant tendrement des aî-
les, & ne ceſſant de gaſouiller le plus joli-
ment du monde. Le pauvre Sauvage jetta
auſſi-tôt des cris qui nous ſurprirent beaucoup ; je lui en demandai la raiſon : il me dit
qu'il étoit au déſeſpoir, que rien ne pouvoit
le conſoler de la perte qu'il venoit de faire ;
& il nous expliqua que cette Sauvageſſe,
qu'il étoit au moment d'épouſer, & de laquelle il étoit aimé tendrement, étoit le ſeul
bien dont il fit cas dans le monde. Il nous
ſupplia de la lui rendre, & il trouva le ſecret
de nous attendrir.

L'éminence du nouveau pouvoir dont nous
étions revêtus, ne nous avoit point ébloüis :
nous étions au contraire bien réſolus de ne

nous en servir que pour nous procurer la douce satisfaction de faire du bien. Nous rendîmes donc cette jeune Sauvagesse à son amant ; & nous fûmes véritablement touchés de trouver parmi ces peuples grossiers, des sentimens qui ressembloient si fort à la vertu.

Cependant le genre de métamorphose que Roswick avoit choisi pour cette Sauvagesse, & le manége singulier du petit oiseau avoient égayé notre imagination ; car il ne faut pas croire que la baguette ou nos médailles nous dépoüillassent des priviléges de l'humanité ; sur quoi l'on me permettra de dire en passant, que ces priviléges, ces dons du Ciel, sont bons en eux-mêmes, l'abus seul en est mauvais. La gayeté de note imagination passa dans nos propos, à son tour elle contribua à échauffer nos idées.

Nous apperçûmes une troupe de jeunes filles, que la curiosité, & peut-être quelqu'autres motifs faisoient accourir vers nous. Nous leur dîmes de s'approcher ; elles obéïrent très - respectueusement. Quand nous les eûmes toutes bien examinées, nous leur fîmes beaucoup de questions. On nous en montra une de loin, qu'on nous dit être adorée d'un jeune homme de son âge, sans qu'elle voulût absolument répondre à son amour. Nous la fîmes venir près de nous ; nous voulûmes favoir d'elle quel étoit le fujet de fon averfion. El-le convint de bonne foi que ce Sauvage avoit tout ce qu'il falloit pour fe faire aimer ; qu'il lui manquoit cependant une chofe effentiel-le, un troupeau auffi nombreux que celui qu'elle avoit.

Tandis qu'elle nous parloit ainfi, on nous fit appercevoir ce même Sauvage, qui fuivoit de loin les pas de fa maîtreffe : nous l'envoyâ-mes chercher ; nous l'interrogeâmes, & il nous confirma tout ce qu'on nous avoit dit de lui.

A peine eut-il achevé, que la Sauvageffe fou-pira, en le regardant tendrement. No us nous en apperçûmes, & nous la mîmes dans le cas de nous avouer qu'elle n'avoit ainfi rebuté fon amant, que par l'obéïffance qu'elle devoit à fon pere & à fa mere. Elle ajouta, en nous montrant du doigt un Sauvage fort laid & fort mal bâti, qu'elle craignoit même de fe voir forcée d'époufer un homme pour lequel elle n'auroit jamais que de la répugnance. Plus nous faifions de queftions, plus l'affaire nous paroiffoit intéreffante. Après que nous eûmes délibéré un moment, nous ordonnâ-mes encore qu'on nous amenât le pere & la mere, avec le futur qui étoit de leur choix.

Toutes les parties étant ainsi en notre présence, nous demandâmes au pere & à la mere, pour quelle fin ils vouloient marier leur
fille, & quelles raisons ils avoient de contraindre son choix. Ils nous firent des raisonnemens qui n'auroient point été extraordinai-
res parmi un peuple plus policé, chez qui les
Arts auroient éguillonné l'ambition. Après
cela nous fîmes aussi quelques questions au
prétendu : je lui demandai pourquoi il per-
sistoit à vouloir épouser cette jeune fille qui
ne l'aimoit point. Il voulut s'excuser, en disant que, comme il avoit un grand troupeau, il la rendroit heureuse. Aussi-tôt toute
cette jeunesse s'écria : CHIDALP, CHIDALP ;
justice, justice.

Leurs cris étant cessés, Roswick dit aux
parens : *Quand vous avez soif, seriez-vous
contens si l'on vous présentoit à manger ? Quand
vous avez froid, qu'on vous mit à l'ombre pour
vous rafraîchir ? Répondez-moi.* Ces bonnes
gens convinrent qu'ils en seroient très-fâchés,
& qu'ils auroient lieu de se plaindre. *Pourquoi donc,* repliqua Roswick, *voulez-vous
donner un troupeau à celle qui vous demande
un homme ? Et vous,* continua-t'il, en s'a-
dressant au futur, *n'êtes-vous pas injuste aussi*

de vouloir que celle qui ne peut pas se donner
à vous, se donne à votre troupeau, & qu'elle
se rende malheureuse pour vous rendre heureux ?
Puisqu'on nous demande justice, nous la fe-
rons.

Aussi-tôt il toucha de la baguette la jeune
fille, & la changea en cage ; ensuite l'amant
fut touché, & changé en oiseau, qui, par
l'ordre de Rosbwick, fut sur le champ se
renfermer dans la cage. Cette seconde métamorphose fut suivie d'une troisiéme. Le futur
ayant été touché, devint un Sabrak, qui est
le bœuf du pays, armé de cornes comme les
notres. *Tenez*, dit Rosbwick aux parens, *puis-*
que vous aimez tant les troupeaux, contentez-
vous ; cet animal servira à augmenter le vôtre.

Cet éclat imprima dans tous les spectateurs
un respect & une terreur proportionnés à la
justice que nous venions d'exercer. Le pere
& la mere de la fille voyant que nous nous
mettions en devoir d'emporter cette cage,
vinrent se jetter à nos pieds, & jurerent publiquement d'exécuter cette allégorie dans son
sens naturel. A cette condition, nous fîmes
cesser la métamorphose, & le mariage fut
conclu sur le champ, au grand contentement
de toute la jeunesse, qui fut témoin de cette

ſcène. L'opération finie, on nous demanda
grace pour le Sabrak ; nous l'accordâmes,
& nous lui reſtituâmes ſa figure humaine &
groteſque, dont nous l'avions dépouillé. Je
m'imagine que cette ſeule leçon l'aura em-
pêché, le reſte de ſes jours, de chercher à
épouſer une fille malgré elle, dans la crainte
de devenir encore un Sabrak.

Comme un acte de Juſtice, de quelque
nature qu'il ſoit, eſt toujours un acte fort
ſérieux, nous nous contraignions pour ne pas
éclater de rire. Il faut avoüer que les idées
folles de Roſwick nous en donnoient bien
ſujet. L'oiſeau, la cage, le bœuf, faiſoient
au total une ſcène ſi comique, que le plus
grave Magiſtrat, eût-il été même de Grand-
Chambre, n'auroit pû garder entierement ſon
ſérieux.

Le dénouement fut tellement du goût des
jeunes Sauvageſſes, qu'elles ſe mirent toutes
à danſer autour de nous ; c'eſt leur façon
d'honorer les grands Perſonnages. Nous trouvâmes qu'elles avoient beaucoup de légereté,
la peau aſſez blanche, la taille déliée, les
dents belles, & les yeux pleins de feu. Richard fut le premier à dire à Roſwick : *Ami,*
celle-ci eſt jolie, un petit coup de baguette peut

moi, j'en voudrois faire *une tourterelle.* Auſſi-
tôt dit, auſſi-tôt fait ; ſon exemple fut ſuivi :
Roſwick & moi, nous en fimes autant pour
chacun de nous, après quoi, nous nous
tranſportâmes ailleurs, ayant chacun une
tourterelle, tantôt ſur l'épaule, tantôt ſur le
doigt, tantôt dans notre eſtomach.

On ne croiroit pas que ce petit rien augmenta chez moi la démangeaiſon que j'avois
de retourner en Angleterre. Les petites ca-
reſſes tendres que cet oiſeau me prodiguoit,
m'en rappelloient d'autres, qui m'avoient été
bien plus cheres. Le tableau de l'amour &
de la fidélité de la tourterelle, échauffoit,
malgré moi, mon imagination, & me faiſoit tomber dans une rêverie ſi profonde, que
Roſwick s'en étant apperçû, nous propoſa
de congédier nos oiſeaux ; ſon avis fut ſuivi
ſur le champ.

Le Lecteur doit bien s'imaginer qu'avec
notre baguette, & les préjugés du pays dont
j'ai parlé précédemment, nous étions ſur
toute choſe *à bouche que veux-tu.* Ainſi il
me pardonnera, ſi je n'entre ici dans aucun
détail.

Ce que nous avions déja vu, nous faiſoit
conjecturer que ces Inſulaires avoient des

loix, une police, des fiftêmes, une forme
ftable d'adminiftration. Cherchant donc à nous
en inftruire, nous arrivâmes dans une efpéce
de Ville, ou Village affez grand ; il pouvoit
être compofé d'environ trois mille cabanes ;
ce qui formoit autant de familles, & pouvoit
produire une trentaine de mille ames. A
peine eûmes-nous fait quatre cens pas, que
nous vîmes un grand concours de monde ;
qui entroit dans une cabane plus fpacieufe
de beaucoup que les autres. Nous fuivîmes
la foule ; & nous apperçûmes au milieu d'une
grande falle, une ftatue tout-à-fait grotefque, qui étoit placée fur un amphithéâtre
affez élevé, & qui avoit autour d'elle quatre
animaux auffi finguliers que fa figure.

Cette ftatue portoit une efpéce de tête
d'âne, ornée cependant d'une très-belle cri-
niere, mais qui n'avoit qu'une feule oreille ;
fes pattes étoient armées de griffes affez lon-
gues ; fes reins paroiffoient fort fouples, les
jambes très-petites, le milieu du corps ni homme ni femme. Les quatre animaux qui l'environnoient, avoient une tête de finge, placée
fur le corps d'un ours, mais d'un ours dont
la gueule & les griffes étoient plus grands
que nature. Ils avoient chacun devant eux

un grand trou, fur le bord duquel ils étoient affis.

Je me fuis fervi du mot de ftatue pour défigner la premiere figure, parce que tout fon corps étoit auffi dur que le marbre : elle étoit cependant animée ; du moins elle re-muoit la tête, & fe courboit de tems en tems comme on feroit ici pour faluer ref-pectueufement. Nous crûmes d'abord que c'é-toit un Automate, qui repréfentoit quelque Divinité du pays ; mais les animaux que nous voyions autour d'elle & pleins de vie, arrê-terent toutes nos conjectures. Nous remar-quâmes que quantité de gens s'empreffoient de lui parler, & en s'approchant d'elle, ils témoignoient un refpect qui reffembloit beau-coup à un culte religieux. Tout cela paroif-fant mériter notre attention, nous voulûmes être éclaircis.

Les premiers Sauvages à qui nous nous adreffâmes, nous dirent que cette ftatue étoit un habitant de l'ifle qui avoit été déïfié ; que l'ufage étoit de le métamorphofer ainfi ; afin que, n'ayant en lui que les mouvemens qu'on lui donnoit, on fût plus affuré de fes œuvres & de fa foumiffion. Nous demandâmes quelles étoient fes fonctions ; on nous dit qu'il étoit

chargé de l'adminiſtration du Canton, en ce
qui regarde la perception des tributs qu'on
avoit coutume d'envoyer au Golif. On nous
expliqua encore que les quatre animaux qui
l'environnoient, étoient auſſi des Sauvages mé-
tamorphoſés pour adminiſtrer ſous les ordres
du premier.

Après ces inſtructions, nous nous tînmes à
l'écart, pour contempler de loin ce qui ſe
paſſoit. Nous remarquâmes d'abord qu'il y
avoit deux ſortes de gens qui s'approchoient
de la ſtatue ; les uns étoient chargés de fruits
du pays ; les autres ne portoient rien. Les
premiers dépoſoient leurs fruits aux pieds d'un
des quatre animaux, qui, ſur le champ, les
faiſoit paſſer du côté où la ſtatue avoit une
oreille. Là ils rendoient compte de l'objet
qui les amenoit. L'animal, qui étoit leur in-
troducteur, répondoit par un ſigne de tête ;
la ſtatue en faiſoit autant ; & ſans autre examen l'affaire étoit jugée.

A l'égard de ceux qui s'avançoient les
mains vuides, nous trouvâmes qu'il y en
avoit de deux eſpéces ; les uns, qui nous
paroiſſoient comme le commun des Sauvages
du pays, ſe tenoient du côté où il n'y avoit
point d'oreille : ils crioient tous enſemble ;

& de toutes leurs forces ; mais ni la ſtatue ; ni les animaux, ne paroiſſoient les entendre ; & ils s'en retournoient comme ils étoient ve- nus. D'autres, ayant la tête ornée de belles plumes, & étant ſuivis d'un grand nombre d'eſclaves, ſi-tôt qu'ils arrivoient, étoient placés, par un des quatre animaux, près la ſtatue, & du côté de l'oreille. Ceux-là n'a- voient pas proféré quatre paroles, que la ſtatue leur accordoit ſon ſigne de tête, & ils s'en retournoient.

Roſwick ſe perdoit dans ſes commentaires ; Richard reſtoit immobile, & comme un hom- me qui ne peut pas croire ce qu'il voit. J'ap- pellai donc un Sauvage, pour achever de nous éclaircir. Cet homme nous fit remarquer que tous les fruits qu'on apportoit, étoient pouſ- ſés, par chacun de ces animaux, dans le trou qui ſe trouvoit devant lui. » Ils occupent cet » emploi, ajouta-t'il, juſqu'à ce que le trou » ſoit plein ; après cela ils partagent le total » avec quelque Divinité qui leur fait faire » quelques pas de plus vers la Déïfication ; » de maniere qu'ils deviennent quelquefois » *Chiabif* : (c'eſt le nom qu'ils donnent à » cette ſtatue.) C'eſt par lui que nous apprî- » mes auſſi qu'il y avoit parmi eux des eſ-

» claves & des gens riches, qui les avoient
» en leur poffeffion. «

Ce pauvre homme, relativement aux queftions que nous lui fîmes, nous dit encore
qu'il étoit bien malheureux ; qu'on lui avoit
fait favoir qu'il eût à fournir cette année fix
fabraks pour tribut ; & que de trente deux,
il ne lui en reftoit pas un ; qu'ils étoient
morts d'une maladie épidémique ; qu'il étoit
venu pour expofer fa fituation, & demander
fa décharge ; mais que depuis une heure il
crioit fans pouvoir fe faire entendre. Je lui
demandai s'il n'avoit point quelques fruits,
il nous répondit qu'il n'en poffédoit aucun,
fans quoi il en auroit préfenté aux Goud-
lidches, c'eft-à-dire, aux animaux dont j'ai
parlé, afin d'être placé du bon côté de la
ftatue. *Mais*, lui dis-je, *fi ce Chiabif eft
inftitué pour vous rendre juftice en cette partie, le but de fon inftitution n'eft donc pas rempli ; car, à ce que je vois, les affaires ne font
de ce côté-ci, ni jugées ni examinées ; & de
l'autre, elles font jugées fans examen.* » Il eft
» vrai, me dit-il, en foupirant. Mais com-
» ment voudriez-vous que cela fût autrement?
» Un Sauvage devient Chiabif dans un inf-
» tant ; point de préparation préliminaire,

» fi ce n'eft pour la forme ; un coup de ba-
» guette en fait l'affaire : encore les Minif-
» tres du Golif, qui font ceux qui font cette
» métamorphofe , lui impriment-ils tous fes
» mouvemens, de façon qu'il ne dépend pas
» de lui d'en avoir d'autres ; ainfi il n'eft
» qu'un automate , qui agit en conféquence
» de la détermination qu'on lui a donnée.
» Ce mal eft d'autant plus grand , que le
» Golif n'eft pas à portée d'en être inftruit.
» Cependant fi je ne paye pas , quoique je
» n'aye plus rien , je ferai mis en terre tout
» vivant , jufqu'au cou , à moins que des
» perfonnes d'un grand crédit, & amies du
» Golif, comme il paroît que vous êtes , ne
» me prennent fous leur protection. «

Nous nous fentîmes attendris jufqu'au fond
de l'ame de la fituation cruelle où étoit ce
pauvre malheureux ; en conféquence , nous
prîmes la réfolution de lui rendre fervice.
Pendant que nous en délibérions , nous vîmes deux autres Sauvages chargés de fruits
qui s'avancerent comme ceux dont j'ai déja
parlé , & obtinrent tout de fuite ce qu'ils de-
firoient. Notre homme nous dit qu'ils étoient
venus pour le même objet que lui ; c'eft-à-
dire , pour être affranchis, quoiqu'ils n'euffent

fait

fait aucune perte. Dans le même moment
nous entendîmes de grands cris : c'étoit le
pere de notre Sauvage dont on se saisissoit ,
pour aller l'enterrer , parce qu'il étoit , comme son fils, dans l'impuissance de payer , &
par la même raison. Je me sentis alors transporté d'indignation , je m'avançai brusquement , suivi de mes deux amis & du Sauvage ; j'arrêtai les gens qui alloient faire
l'exécution ; ils m'obéïrent sans peine, parce
que nous conservions toujours, comme je
l'ai déja dit , l'odeur du parfum , ce signe
évident de la haute faveur du Golif. M'é-
tant ainsi approché du Chiabif, je le vis s'in-
cliner comme s'il eût voulu me baiser les
pieds. Aussi-tôt l'ayant touché fortement de
ma médaille , il redevint homme. » Mal-
» heureux, lui dis-je, vois les maux que tu
» causes ; vois les injustices que tu fais ; jette
» les yeux sur ce misérable , qui a tout perdu,
» & à qui tu vas ravir le seul bien qui lui
» reste , la liberté. Le Golif n'en sera pas
» mieux payé , & son Sujet en sera plus à
» plaindre. Si tu cherchois véritablement les
» intérêts de son maître , aurois-tu déchargé
» ceux-ci qui s'en vont, & qui n'ont rien
» perdu ? Souffrirois-tu que ces quatre vilains

II. Partie. E

» animaux fuſſent ſans ceſſe les Miniſtres de
» tes iniquités ? Eſt-il poſſible que ton oreille
» ne ſoit jamais tournée du côté où vien-
» nent en foule ceux qui n'ont d'autre pro-
» tection que la juſtice de leurs demandes ?
» Et comment oſes-tu prononcer ſi rapide-
» ment ſans examen ? Comment peux-tu
» ſavoir ce que tu ne prens ni le tems ni
» la peine d'apprendre ? Entens du moins ces
» cris, & ſaches que c'eſt toi qui les occa-
» ſionne. Tremble à la vûe du châtiment que
» je vais exercer. « Dans le moment, ayant
touché de la baguette ces quatre animaux,
je les changeai en Sabraks, & je les donnai
à mon *Sauvage* & à ſon pere. Notre Chiabif fut ſi frappé de crainte & d'horreur de
ſes égaremens, qu'il ſe jetta, la tête la premiere, dans un des trous dont j'ai parlé ; il
ſe bleſſa tellement, qu'il étoit déja mort quand
il en fut retiré.

J'avoüe que le dénoüement de cette ſcène
me déplut beaucoup ; je fus fâché de lui avoir
expoſé ſi durement la vérité. Ce ſiſtême, aux
grands maux les grands remedes, n'eſt pas
toujours vrai. Il en eſt des maladies de l'ame
comme de celles du corps ; quelque graves
que ſoient celles-ci, ſouvent elles demandent

moins des remedes violens, qui portent par-
tout l'inflammation, que des bains, ou des
chofes adouciſſantes qui commencent par calmer le feu du fang; & en le purifiant tout
doucement, le préparent à foutenir une opération douloureufe, comme une amputa-
tion, ou quelque chofe d'équivalent.

Comme nous étions fort curieux de nous
inſtruire de toutes les particularités du pays,
nous nous tranſportâmes le lendemain fur une
colline fort élevée pour découvrir la plaine.
Nous apperçûmes une campagne fort vafte,
coupée de plufieurs ruiſſeaux, couverte d'arbres de toute eſpéce, & beaucoup de cabanes
placées fans ordre, à une certaine diſtance
les unes des autres. Rofwick me propoſa d'y
faire un petit tour, ce que j'acceptai, fous
la condition que nous reviendrions coucher
dans la Ville ou le Village dont je viens de
parler.

Au moyen de notre baguette, nous par-
courûmes très-promptement plus de cinquante
lieues de pays. Plus nous nous éloignions
du centre de l'Ifle, ou du Mont-des-Vents,
& plus tout ce que nous trouvions nous paroiſſoit miférable. Beaucoup de terres incul-
tes, peu de troupeaux, encore moins d'ha-

E ij

bitans. Le fol fembloit pourtant affez fer-
tile ; nous en jugeâmes par une efpéce de
mil-fort grand & fort épais. Nous voulûmes favoir la raifon de cette pauvreté générale ; nous interrogeâmes quelques-uns des
habitans , & nous apprîmes d'eux qu'ils n'en-
femençoient la terre, qu'autant qu'ils y étoient
abfolument forcés pour vivre ; qu'ils fe nourriffoient ordinairement de quelques animaux
fauvages, qu'ils attrapoient comme ils pouvoient ; qu'ils élevoient peu de troupeaux,
parce que les raifons qui les empêchoient de
cultiver plus de terres , les empêchoient auffi
d'élever plus de troupeaux.

» Il y a ici , dit l'un d'eux , des oifeaux
» d'une groffeur prodigieufe , & d'une force
» proportionnée. Ils enlevent un Sabrack,
» & l'emportent dans leurs griffes. Dans le
» tems de la moiffon ils mangent tout ; &
» il faut que nous cachions, avec grand foin,
» nos grains & nos troupeaux , pour qu'ils
» ne puiffent pas les trouver. Il y en a même
» de différentes tailles , mais ils font tous
» également dangereux. Au moyen de cela ,
» le peu de fruit que nous retirons de notre
» travail, & la mifere continuelle où nous
» fommes, nous mettent dans l'impoffibilité de

» faire aucune tentative pour en fortir «.

Je leur repréfentai que plus ils couvriroient la terre de grains & de troupeaux, plus il leur en refteroit ; & qu'ainfi le mal dont ils fe plaignoient, loin de les décourâger, devoit les porter à faire de plus grands efforts.

» Point du tout, nous repliqua-t'il ; car » nous avons obfervé que l'abondance de » grains & de troupeaux, ne fait que nous » attirer une plus grande quantité de ces oi- » feaux. D'ailleurs, à quoi nous ferviroit d'a- » voir chez nous plus de denrées que nous » n'en pouvons confumer ; elles ne pourroient » pas nous procurer d'autres commodités, » attendu que fi nous voulions les tranfporter » pour les échanger avec nos voifins, ce » feroit les expofer à de noùveaux rifques. » Nous avons vu plufieurs fois des habitans » vouloir conduire des Sabraks du côté de » la côte ; ils en perdoient la moitié en che- » min, quelquefois même le tout ; car lorf- » que le conducteur veut faire quelque dé- » fenfe, le cri de ces oifeaux fait qu'ils s'at- » troupent ; & le conducteur aime mieux s'en- » fuir, & tout abandonner, que de périr «.

Pendant qu'on nous tenoit ces difcours, un de ces oifeaux vint à paffer. Richard vou-

F iij

lut lui décocher une flèche ; mais le Sauvage lui arrêta le bras, en lui difant : LANTRENAD BOQUIR BIND , *ne tirez pas, je ferois perdu;* Rofwick, fans s'arrêter à fon propos, lâcha un bon coup de fufil à l'oifeau, & le fit tomber. A l'inftant le Sauvage jetta de grands cris, comme fi on l'eût bleffé lui-même ; il fe profterna le vifage par terre, fans ofer fe relever. Nous crûmes d'abord que c'étoit le bruit du fufil qui lui avoit fait peur. Cependant, comme il répétoit fans ceffe : DRI GOLIF SPAROD MING , *Grand Golif, ayez pitié de moi ;* nous connûmes bien qu'il y avoit chez lui autre chofe que de la peur. Par notre ordre ce Sauvage fe releva, & dit à Rofwick : *Seigneur, je vois bien que vous êtes le Grand Golif : il n'y a que lui qui lance le Broubouclak ;* (c'eft le nom qu'ils donnent au tonnerre.) *Vous voyez bien qu'il n'a pas tenu à moi d'empêcher qu'on décochât une flèche à votre Bloudfokre,* c'eft-à-dire, à l'oifeau dont je viens de parler. Rofwick lui répondit avec bonté : *Ami, je ne fuis point le Golif ; il a feulement de l'amitié pour moi ; mais quel intérêt prend-il dans ces Bloudfokres ?* » Vraiment, nous repliqua-t'il, ce font des » animaux qu'il aime beaucoup. Soit qu'il

» les mange , ſoit qu'il ne les faſſe ſervir
» qu'à ſes plaiſirs , il ne veut pas qu'on les
» tue ; ſans cela il y auroit fort long-tems
» que nous en ſerions débarraſſés. Bien des
» gens prétendent pourtant qu'il ne les con-
» noît preſque pas , ou du moins pour ce
» qu'ils ſont ; mais que ces oiſeaux ſont ſeu-
» lement les animaux favoris des Divinités
» qui l'entourent. On dit qu'elles ſe font ap-
» porter une grande partie de la chaſſe qu'ils
» font ; qu'elles ſe ſervent du nom du Go-
» lif, pour nous perſuader qu'ils chaſſent uni-
» quement pour lui ; tandis que ſi on lui en
» donne quelque choſe , c'eſt certainement
» la portion la plus modique. Pour moi ,
» ajouta-t'il , je le croirois volontiers ; car le
» Golif, qui ſait bien que nous lui ſommes
» attachés & dévoüés plus qu'à nous-mêmes ,
» n'a pas beſoin de ces oiſeaux ; il n'auroit
» qu'à ordonner , nous lui enverrions tout
» ce qu'il demanderoit : cependant , nous
» dit-il encore , en examinant plus attenti-
» vement l'oiſeau , je ne crois pas que celui-
» ci ſoit un Bloudſokre , mais bien un Ho-
» licharc ; en tout cas , vous ſavez que ce
» n'eſt pas ma faute s'il eſt mort. Mais , lui
» dîmes-nous, on nous avoit donné une autre

» idée des Holicharcs. Oh vraiment, repli-
» qua-t'il, nous en avons de deux fortes. Il
» y en a qui nous font tout le bien qu'ils
» font obligés de nous faire ; & ceux-là ref-
» tent toujours hommes. Mais il en eft d'au-
» tres qui ne font pas fi-tôt faits Holicharcs,
» qu'ils fe métamorphofent en oifeau, com-
» me celui-ci, par plufieurs raifons. La pre-
» miere, parce qu'ils font métier d'aller à
» la découverte des corps morts qu'ils aiment
» beaucoup ; & dès qu'un de nous eft ma-
» lade, ils le fentent de fi loin, qu'ils vien-
» nent en troupe entourer la maifon. La fe-
» conde, c'eft que la diftance prodigieufe
» que leur voï met entr'eux & nous, les
» empêche d'entendre les cris des malheu-
» reux qu'ils enforcellent, & laiffent fouf-
» frir, au lieu de les guérir. La troifiéme
» raifon enfin, eft qu'ils ne peuvent quitter
» la compagnie des *Cuperliches*, efpéce d'oi-
» feaux qui volent toujours à perte de vûe,
» ainfi que les autres, & qu'on révére ici
» comme des Divinités. Les Holicharcs dont
» je parle, ne ceffent de leur rendre un culte
» religieux, parce que, dit-on, c'eft à ce
» même culte qu'ils font redevables de ce
» qu'ils font «.

Nous fîmes beaucoup de réflexions sur ce propos ; & la rencontre que nous avions faite la veille de la statue & des quatre animaux, nous fit craindre que notre Sauvage ne fût pas, comme on dit, initié dans tous les myſteres de ſon pays. Pour nous éclaircir davantage, nous réſolûmes d'attraper un oiſeau en vie : notre projet fut bien-tôt exécuté, mieux même que nous n'oſions l'eſpérer. En effet, le moment d'après pluſieurs vinrent à paroître ; ils ſembloient aller de compagnie à peu près comme des cignes, ou des oyes ſauvages, parmi leſquels on en voit toujours un à la tête des autres. Les deux derniers cependant voloient côte à côte, s'entr'aidant pour ſoutenir en l'air une ſauvageſſe. Par le plus grand hazard du monde, Roſwick, voulant me la faire appercevoir, ſe ſervit de ſa baguette pour me les montrer, comme on fait avec le doigt ; ce mouvement la fit ſans doute briller ; & dans le même inſtant, ces oiſeaux ſe rendirent à nos pieds. Ils avoient tous, comme le précédent, un bec & des griffes prodigieuſes, mais le plumage d'une beauté admirable. A l'égard de la Sauvageſſe, comme les métamorphoſes, dans ce pays, ne ſe font que par dégré, apparem-

ment que la sienne ne faisoit que commencer, car elle n'avoit point de plumes, mais
seulement un duvet fort léger. D'ailleurs,
sa figure, qui n'étoit aucunement changée,
annonçoit qu'elle étoit fort jeune.

A peine les eûmes-nous examinés, que
nous reconnûmes que deux de ces oiseaux
étoient de vrais *Gulardilfs*, comme ceux que
nous avions trouvés à notre premier voyage
dans une Isle voisine de celle des Pingades.
Nous les touchâmes avec nos médailles; &
sur le champ ces animaux prirent la forme
d'une très-jolie femme. Quant aux deux autres,
ils ne se trouvoient pas tout-à-fait semblables
à celui que nous avions tué; mais nous ne
fûmes pas long-tems sans savoir ce qu'ils
étoient : dès que nous les eûmes touchés,
comme les deux premiers, ils devinrent hommes; il n'y eut que la Sauvagesse qui ne
tâta point de la médaille. Nous la laissâmes
avec son duvet, sans que je puisse en donner d'autre raison, sinon que cela nous plut
ainsi.

Le Lecteur peut bien s'imaginer quel fut
l'excès de notre surprise; nous voulûmes
promptement être instruits de tout ce qui
concernoit un phénomene si étonnant. Nous

commençâmes par interroger la plus jolie des
deux femmes ; & voici ce qu'elle nous répondit d'un air interdit & confus, circonftances qui ne permettent pas de douter de
la fincérité de fes réponfes. » Etrangers, nous
» tenons un grand état dans ce Royaume.
» Les Dieux, à qui le Golif confie une par-
» tie de l'adminiftration de fon Empire, dé-
» daignent d'entrer dans tous les détails qu'e-
» xigent leurs fonctions : comme il faut ce-
» pendant que le fervice fe faffe, bien ou
» mal, ils prennent des Sauvageffes, dont ils
» font des *Cuperliches*, qui font les oifeaux
» dont nous avions la forme il n'y a qu'un
» moment. Ils retirent de nous un double
» avantage : celui de les amufer par notre
» ramage mélodieux, & celui de fe déchar-
» ger fur nous de tous les foins qu'ils ne
» veulent pas prendre. L'utilité qui nous en
» revient eft auffi de deux fortes : 1°. Nous
» fommes comblées de gloire & de plaifirs ;
» car nos complaifances pour les Dieux qui
» nous protegent, ne nous gênent jamais fur
» les différens goûts que les Sauvages peu-
» vent nous faire naître. 2°. Comme nous
» devenons le canal des graces auprès d'eux,
» nous les vendons ; & ce négoce nous fait

» faire une fortune rapide & brillante. Il y
» a des Cuperliches de tous étages ; l'usage
» de s'en servir a gagné peu à peu tous les
» ordres de l'Etat ; & il ne se fait gueres
» d'affaires où nous n'entrions pour quelque
» chose ; on fait tant de cas de nous, qu'on
» nous permet de manquer de foi publique-
» ment, tandis qu'on regarde comme cri-
» minelle toute autre femme qui se donne à
» plusieurs à la fois, ou qui quitte le com-
» merce d'un homme pour rechercher celui
» d'un autre, attendu qu'il n'y a parmi nous
» que les mâles qui ayent le droit de chan-
» ger. Celle-ci que vous voyez, est ma ri-
» vale & mon associée ; quoiqu'il ne soit pas
» possible que nous nous aimions, l'intérêt
» nous empêche de nous diviser. Nous avons
» déja fait trois Chiabifs, six Bloudsokres,
» un Holicharc & deux *Troubados*, qui
» sont des gens de grande considération dans
» les Armées. Trente mille Sabraks ont été
» notre récompense «.

A ces mots elle détourna la tête, & ayant
apperçu le cadavre de l'oiseau que nous avions
tué d'un coup de fusil. Ah, quel meurtre,
dit-elle, en jettant un grand cri ! Ah, pauvre Holicharc ! Vous le voyez, continua-

c'elle, vous le voyez, ce malheureux : c'est nous qui l'avions fait Holicharc. En cette qualité, on lui avoit confié un magafin confidérable, dont le fond est établi & mis en réferve pour ceux qui en ont abfolument befoin ; & la facilité de s'approprier ce dépôt l'avoit rendu riche tout d'un coup. En achevant elle tomba dans une fi grande trifteffe, qu'elle ne pouvoit plus parler.

Notre curiofité augmentant à mefure qu'on nous inftruifoit, nous voulûmes encore favoir quels étoient les autres perfonnages. L'un d'eux nous avoüa qu'il étoit une efpéce de *Troubados*, qui étoit né de parens fort pauvres fur le bord de la mer ; que par la protection d'une *Cuperliche* fa parente, il avoit fait d'abord une petite fortune dans des emplois fubalternes ; que l'ayant partagée avec des *Cuperliches* de plus grande importance que la premiere, il avoit trouvé le fecret de faire canonifer fes vices, & ériger en vertu les trahifons les plus noires, tant contre fon Bienfaiteur que contre l'Etat ; qu'il venoit par le même fecret d'étouffer les cris de fa nation, aux ennemis de laquelle il avoit vendu les conquêtes faciles qu'il avoit été obligé de faire fur eux, & dont il avoit ainfi fait fon profit particulier. Il nous dit encore que l'autre étoit un *Bloudfokre*, qui touchoit à la Déïfication, attendu qu'il ne partageoit plus fon profit, comme les autres, entre fa *Cuperliche* & leur protecteur commun ; mais qu'il avoit fait avec eux un traité, par lequel, en leur payant tous les ans le convenu, le furplus lui appartenoit, à quelque quantité qu'il pût monter ; qu'ainfi il feroit bientôt en état d'acheter l'honneur d'être déïfié. Hélas ! ajouta-t'il, par quel charme fecret nous avez-vous deffillé les yeux ! exempts de fcrupules, de remords, d'inquiétudes, nos cœurs n'étoient ouverts qu'au plaifir de tout facrifier à notre ambition : nous joüiffions par avance de la gloire d'être élevés à l'honneur où nous avions droit de prétendre, fans être troublés par les cris de nos victimes ; ils ne pouvoient pas pénétrer jufqu'à nous : mais maintenant cette fortune ébloüiffante qui nous féduifoit, nous paroît auffi criminelle, que la caufe qui l'a produite eft infâme. Nous ne voyons plus en nous qu'un objet de regrets, de honte & de défefpoir. Ayez donc pitié de nous. Rendez-nous à notre premier état, ou ôtez-nous-en le fouvenir.

» Ami, lui dit alors Richard, touché de

» sa situation, ne te défespere pas, nous te
» rendrons fervice. Mais nous voulons favoir
» auparavant quelle eft cette Sauvageffe avec
» fon duvet que vous voituriez fi finguliere-
ment ; & comme une femme connoît mieux
» que nous une autre femme, je vais m'a-
» dreffer à celle-ci : Allons, petit *Cuperli-*
» *che*, rendez-nous raifon de cela «. Richard
fut obéi, & elle s'exprima ainfi. » Cette
» femme n'eft pas une *Cuperliche* en titre
» d'office comme nous, elle pourra la deve-
» nir, & elle commence à joüir d'une par-
» tie du culte qu'on nous rend : elle eft *Pou-*
» *poulade*, c'eft-à-dire mariée ; comme elle
» penfe que le mépris & l'eftime n'ont d'au-
» tre réalité qu'autant qu'ils produifent des
» effets utiles, & qu'elle fait que les hommes
» jugent de la caufe par l'effet, elle met tout
» en œuvre pour que fon mari, qui n'a au-
» cun mérite, foit néanmoins traité comme
» s'il en avoit beaucoup, & pour qu'on le faffe
» jouir des biens réels qui y font attachés,
» ou qui doivent l'être. Elle n'eft pas aflez
» riche pour acheter notre protection ; mais
» elle fe fert de tous fes charmes pour don-
» ner de l'amour aux gens que nous proté-
» geons le plus ; & par contre-coup les in-

» fluences de notre crédit feront parvenir son
» mari ; pour peu qu'il commence à acquérir
» quelque chose , il fera réfluer dans nos
» mains une partie de ses profits , & le dou-
» ble manége de la femme & du mari accé-
» lereront beaucoup leurs affaires. Il est sûr
» qu'il réussira ; car la premiere qualité &
» la plus essentielle pour parvenir , est une
» pleine sécurité sur la conduite de sa fem-
» me , quand elle est ambitieuse & jolie «.

Après tous ces éclaircissemens , nous fûmes fort embarrassés sur le parti que nous
avions à prendre. Nous appréhendions que
cette derniere avanture , jointe à la mort du
Chiabif , ne nous mît de mauvaises affaires sur le corps , & qu'on ne nous accu-
sât auprès du Golif de vouloir renverser l'ordre établi dans ses Etats. D'un autre côté ces
pauvres gens nous faisoient pitié , & nous
voulions leur faire du bien ; enfin , pour ne
point faire de fausses démarches , & nous ménager le tems d'y réfléchir , nous leur ordon-
nâmes d'aller nous attendre où nous devions
coucher ; & comme il y avoit plus de cinquante lieues de distance , nous les y envoyâ-
mes d'un coup de baguette , en leur promet-
tant qu'ils auroient lieu d'être contens de
nous.

Nous nous tranſportâmes enſuite ſur une colline, d'où ayant découvert un petit bras de mer qui nous ſéparoit d'un autre pays qui nous paroiſſoit fort grand; nous prîmes indiſcrettement & ſans réflexion le parti de nous y rendre

A peine eûmes nous mis pied à terre, que la baguette s'échappa des mains de Roſwick, & diſparut à nos yeux. Nous comprîmes alors que nous n'étions plus dans les Etats du Go-lif, & nos regrets furent proportionnés à la perte que nous faiſions; car non-ſeulement nos pouvoirs, notre grandeur, tout s'éclip-ſoit dans le même moment, mais nous per-dions encore l'eſpoir de retourner bien-tôt en Europe, comme nous l'avions projetté. Quant à moi, je crus que j'en mourrois de douleur; & ce ne fut qu'avec bien de la peine qu'on parvint à me conſoler un peu.

CHAPITRE V.

Nous nous trouvons dans l'Isle de Goudlas.
Idée du Pays & des Habitans. Nous y ac-
quérons de la consideration. Effets de cette
consideration. Election d'un Roi.

NOus passâmes le reste de la journée &
la nuit dans l'affliction. Nous nous
disposions, le lendemain au matin, à tenter
le passage du bras de mer, afin de rentrer
dans l'Isle de Laïquhire, & de nous aller jetter aux pieds du Golif, pour obtenir de lui
la même faveur qu'il nous avoit accordée.
Notre projet étoit, dès que nous aurions reçu la baguette, de nous rendre tout d'un trait
à Londres.

L'eau se trouva si grosse, non seulement ce
jour-là, mais pendant trois autres encore,
qu'il ne nous fut pas possible d'exécuter notre
dessein. Je maudissois les obstacles qui s'op-
posoient à ce que je regardois comme mon
bonheur; mais j'ignorois, hélas! que dans
ces momens le Ciel nous combloit de ses bon-

tés. Nous vécûmes pendant quatre jours de coquillages. Le cinquiéme jour la mer étant plus calme, nous vîmes, dès la petite pointe du jour, une efpéce de canot, qui, du bord oppofé, traverfoit de notre côté. Il étoit conduit par deux Sauvages, defquels nous nous approchâmes pour les prier de nous paffer. Comme ils nous reconnurent, ils nous témoignerent leur furprife de ce que nous leur demandions. » Amis, nous dirent-ils, vous » ignorez donc ce qui fe paffe dans notre » Ifle. Le *Troubados*, à qui vous avez rendu » la forme d'un homme, eft retourné dans » fa maifon ; fa femme & fes enfans n'ont » jamais voulu le recevoir ; il en eft mort » de chagrin. La baguette divine qui vous » avoit été confiée, eft retournée dans les » mains du Golif ; tout le monde le fait. On » a appris auffi l'ufage que vous en aviez fait ; » & toute la montagne retentit des plaintes » qu'on porte contre vous au Golif ; de ma- » niere qu'il vous a fait chercher par-tout » pour vous punir. Il eft d'autant plus per- » fuadé qu'il ne peut pas s'en difpenfer, que » ce font tous vos amis qui vous chargent ; » & qu'ainfi il ne peut plus douter de la vé- » rité de tout ce qu'on vous reproche, &

» de la mauvaife intention dans laquelle vous
» l'avez fait «.

D'après cet avis, nous n'eûmes garde de
fonger à repaffer ; nous ne penfâmes plus qu'à
nous tirer d'affaire dans le nouveau pays où
nous nous trouvions. Dans cette intention,
nous priâmes ces deux Sauvages de nous donner quelques éclairciffemens. Nous apprîmes
d'eux, que ces lieux étoient habités par des
peuples qui n'avoient point de Roi depuis un
tems immémorial ; qu'ils étoient naturellement bons, affables & vigoureux : mais comme chaque famille faifoit une efpéce de petit état, qu'il y avoit parmi eux de fréquen-
tes diffentions ; que la mer les entouroit de
tous les côtés ; qu'ils s'appelloient *Goudla-*
fours, du nom de *Goudlas* qui eft celui de
leur Ifle. Ils nous offrirent de nous conduire
chez une famille avec laquelle ils faifoient
un petit commerce de grains du pays, que
j'ai déja dit reffembler beaucoup à du mil.
Nous acceptâmes leur propofition, ainfi que
quelques rafraîchiffemens qu'ils nous donnerent. Chemin faifant, ils nous parlerent beaucoup des Bloudfokres, & nous dirent que ces
animaux étoient caufe qu'ils n'ofoient faire
ouvertement leur négoce ; qu'ils ne pouvoient

aller que la nuit, & qu'en un mot cela leur
portoit un gros préjudice.

Dès que nous eûmes traversé un petit bois,
nous trouvâmes la cabanne où nos Sauvages
alloient. Nous fûmes fort surpris d'y rencon-
trer des gens qui parloient la langue de l'Isle
que nous quittions. Ce fut pour nous un grand
motif de consolation & d'espérance. Nous fûmes reçus très-bien à leur façon. On nous
donna du pain fait avec l'espéce de mil dont
j'ai parlé, du poisson desséché, des fruits, &
une liqueur assez bonne qu'ils tirent de ces
mêmes fruits.

Notre habillement, notre figure, & le récit de notre avanture dans l'Isle de Laïquhire
nous attira bien-tôt un grand concours de
monde ; & nous reçûmes des éloges univer-
sels de l'opération que nous avions faite sur le
Chiabif, sur les Goudliches & les Bloudsokres. Nous ne fûmes pas même long-tems à
nous appercevoir que nous étions en vénération dans ce pays.

Il n'y avoit pas huit jours que nous habi-
tions dans ce nouveau monde, lorsque plusieurs familles s'assemblerent pour une grande chasse. On vint en troupe & en cérémonie nous en prier. Nous ne manquâmes pas

d'aller au rendez-vous général. Comme il étoit important pour nous de foutenir la haute idée qu'on avoit prife de notre mérite, nous portâmes, Rofwick & moi, nos fufils. Pour Richard, il fe fervit du bel arc que le Golif lui avoit donné.

Les Goudlafours n'avoient pas d'abord fait beaucoup d'attention à nos fufils ni à nos piftolets, ils ne favoient ce que c'étoit, & ils croyoient que nos arcs & nos fabres étoient les feules armes que nous portions. Mais quand ils nous virent n'avoir que cela dans nos mains, ils nous regarderent avec étonnément, & nous firent alors quelques queftions. Nous leur dîmes vaguement que l'effet les inftruiroit plus que tout ce que nous pourrions leur raconter. Cela fit que la curiofité engagea un affez bon nombre de Sauvages à ne pas nous quitter.

A peine eut-on un peu battu le bois que nous entourions, qu'on nous cria : CHADOU-BIR, SPRADAMOG, *Etrangers, prenez garde à vous.* Auffi-tôt nous vîmes fix ou fept animaux de la grandeur d'un daim, & à peu près de la forme d'une biche. Nous tirâmes deffus, Rofwick & moi, nous tuâmes chacun le nôtre avec nos fufils. Dans le moment il s'é leva de grands cris de toutes parts ; on s'approcha de nous à la hâte , on nous vit recharger nos fufils , fans y rien comprendre ; ce qui fut un nouveau fujet d'admiration pour les fpectateurs. Ceux qui battoient le bois , attirés par le bruit de nos armes & par les cris de leurs camarades , s'empreſſerent auſſi de ſe rendre de notre côté. Cela fit fortir douze gros oiſeaux. Richard en tua un d'un coup de fléche , & moi l'autre. Sur le champ Roſwick arrêta un troiſiéme *Gougigos* , qui paſſoit à trente pas de lui : (c'eſt le nom qu'ils donnent aux animaux dont je viens de parler.) Il y en avoit une ſi grande quantité , que Roſwick & moi , nous en tuâmes encore chacun deux en moins de trois heures de tems. Il y en eut dix en tout de tués ; fept par nous , & trois par les Goudlaſours , non compris nos deux gros oiſeaux , & une eſpéce de mouton ſauvage , qu'ils appellent *Mufran* , que Richard tua auſſi.

Quand la chaſſe fut finie , toute la troupe ſe ramaſſa autour de nous , & nous mit à chacun une couronne de branches d'arbres ſur la tête. La chaſſe en entier fut apportée ſur pluſieurs brancards à notre cabanne. Notre hôte prit deux Gougigos , un oiſeau &

le Mufran. Nous abandonnâmes tout le reste
à nos compagnons de chasse. Cet acte de
générosité leur plut beaucoup ; & ceux qui
partagerent la proie revinrent une heure après,
chargés de différens fruits, dont ils nous firent présent. Nous n'en fûmes pas fâchés ;
nous les donnâmes à notre hôte, afin de lui
être moins à charge.

Il est inutile de raconter ici tout ce qui
se passa lors de l'examen de nos armes. On
peut aisément se représenter tous les effets de
la curiosité & de la surprise de ces Insulaires.
Un mois s'écoula sans événemens bien remar-
quables. Nous chassions de tems en tems, &
de tems en tems aussi nous pacifiions des que-
relles qui s'élevoient ; les contestans venoient
nous trouver pour les regler.

Nous étions assez bien pour la vie ani-
male ; mais comme nul des habitans ne connoissoit d'autre pays que le sien, & qu'on
n'avoit aucun souvenir que quelque Vaisseau
se fût montré dans ces parages, nous pen-
sions, avec l'amertume la plus cruelle, que
nous etions relégués dans cette Isle pour le
reste de notre vie.

Un jour que nous étions à deux cens pas
de notre cabanne, tous trois assis au pied
d'un

d'un arbre, à prendre le frais, nous vîmes
paroître dans la plaine trois gros corps de
Sauvages, qui marchoient féparément fans
fe mêler, & s'avançoient vers nous. Nous
ne laiffâmes pas que d'être un peu intrigués.
Pour moi, qui penfois que j'avois perdu déja ce que j'avois de plus cher, je n'étois que
médiocrement inquiet de tout ce qui pouvoit
nous arriver. Ces trois troupes s'approche-
rent, & formerent une grande enceinte autour de l'arbre où nous étions. Alors nous
nous levâmes, & nous fûmes au-devant de
fix Sauvages, qui paroiffoient être députés
des trois bandes, deux de chacune, pour venir à nous. Sans nous donner le tems de faire
des queftions, voici le compliment qu'ils nous
firent.

» Etrangers, nous fommes convaincus que
» vous êtes plus fages, plus éclairés, plus
» adroits, plus intelligens, plus vertueux que
» nous : nous venons vous prier de deux cho-
» fes ; la premiere, que vous preniez cha-
» cun une femme pour nous donner de vo-
» tre race ; la feconde, que vous foyez nos
» Rois. L'Ifle fera divifée en trois cantons,
» chaque Roi aura le fien : nous voilà une
» troupe de chaque canton ; nous tirerons

» au fort le Roi qui doit nous commander «

Ce compliment nous furprit beaucoup. Comme Richard, qui n'avoit pas la repartie bien vive, parloit auffi fort mal la langue, & que j'avois trop de chagrin dans la tête pour avoir l'efprit bien préfent, nous laiffâmes à Rofwick le foin de leur répondre, en lui difant feulement en Anglois qu'il ne falloit pas accepter.

Rofwick prit donc la parole, & commença par leur crier : *Approchez tous, & je vous répondrai.* Ils obéirent, & il continua en ces ter-» mes : » Mes amis, nous vous avons obliga-» tion de la grande opinion que vous avez de » nous, & des bons traitemens que nous avons » reçûs de vous. En revanche, nous fommes dé-» terminés à vous rendre fervice autant & auffi » fouvent que nous le pourrons. Le premier tri-» but que nous devons payer à la reconnoiffan-» ce, eft de vous parler toujours vrai, de ne ja-» mais vous tromper. Cela pofé, écoutez-» moi bien. Nous ne ferons point vos Rois, » parce que nous ne comptons point demeu-» rer toujours parmi vous. D'ailleurs vous » ne favez pas ce que vous demandez. Si » nous vous gouvernions, nous voudrions ré-» former chez vous mille ufages qui nous

» paroiſſent extravagans & dangereux, & deſ-
» quels vous auriez de la peine à vous dé-
» faire, parce que vous y êtes attachés de-
» puis long-tems. Le joug de nos Loix & de
» la Juſtice vous paroîtroit trop dur, & nous
» vous deviendrions odieux, parce que nous
» croirions manquer à notre miniſtere, ſi
» nous favoriſions vos égaremens. Si cepen-
» dant vous voulez être gouvernés, ſi vous
» avez véritablement envie d'avoir de bon-
» nes loix qui rectifient vos mœurs; & ſi,
» croyant que nos lumieres puiſſent vous être
» utiles, vous êtes bien réſolus de ſuivre nos
» avis, commencez dès ce moment par nous
» en donner des preuves, en vous réuniſſant
» tous, pour ne former qu'un même corps,
» pour n'avoir qu'un même chef: vous en
» aurez plus d'union parmi vous; & n'étant
» pas diviſés, vous en ſerez plus forts pour
» réſiſter à ceux de vos voiſins qui voudroient
» vous attaquer. Dans ce cas, choiſiſſez en-
» tre vous celui que vous croirez le plus di-
» gne de vous commander. Nous vous jurons
» de l'aſſiſter de nos conſeils; & nous ne de-
» mandons pour récompenſe, que la pro-
» meſſe de votre part de nous aider à retour-
» ner dans notre pays, ſi l'occaſion s'en pré-

» fente. A l'égard des femmes que vous nous
» propofez de prendre, c'eſt un point que
» nous difcuterons quand nous aurons réglé
» le premier. Retournez donc chez vous ; con-
» fultez-vous, & refléchiſſez fur ce que je
» viens de vous repréſenter..

Le lendemain, dès le matin, tous les Infulaires revinrent, & s'aſſemblerent plus de
huit à dix mille dans une grande plaine, vis-
à-vis notre cabanne. Les mêmes députés nous
dirent qu'ils étoient convenus de fuivre les
avis que nous leur avions donnés la veille ;
qu'il n'y avoit d'embarras que fur le choix
du Roi, attendu que claque canton en pro-
pofoit un, & fembloit ne point vouloir en
accepter un d'un autre canton.

Cette premiere difficulté nous parut d'abord
aſſez épineufe ; mais je m'aviſai d'un petit
ſtratagême qui me réuſſit fort bien. M'étant
avancé au milieu de ce peuple, je leur demandai fi chacun ne vouloit pas que le Roi
fût choifi parmi ceux de fon canton. Tous
répondirent qu'oui, & que c'étoit cela qui
les diviſoit. *Eh bien*, leur repliquai-je, *fi vous
voulez faire ce que je vais vous preſcrire, vous
aurez tous un Roi de votre canton, & cependant
vous n'en aurez qu'un.* Il s'éleva auſſi-tôt des

cris de joie & d'admiration ; ils applaudirent à ma propofition, comme à une chofe merveilleufe & inconcevable, & ne ceflerent pendant un quart d'heure de répéter de toute leur force : LABOUL PRIDALI, qui fignifie, *Sageffe Divine*. Quand ce bruit fut appaifé, je fis figne de la main qu'on m'écoutât.

Alors je leur dis ; *Jurez, par votre Dieu, de vous regarder tous comme une feule famille, un feul corps, un feul canton foumis à un feul Roi*. Dans le moment même, ils éleverent les deux mains en l'air, qui eft chez eux le figne du ferment, & crierent par trois fois : BRIGAM, c'eft-à-dire, *je jure*. Ayant fait approcher les trois Candidats, je dis au peuple : » Maintenant que vous ne faites qu'un » feul & même canton, dès que vous choi- » fiffez un Roi parmi vous, chacun doit le » regarder comme choifi dans fon canton «.

Après cela, je demandai à cette multitude, fi elle ne recevroit pas pour Roi, celui des trois qui, à leur avis, répondroit le mieux en peu de mots à la queftion que j'allois leur faire. Ils y confentirent tous d'une voix unanime. Je demandai donc à ces trois perfonnages : *Qu'eft-ce qu'un vrai Roi ?* Il me fut répondu par le premier : *Le dépositaire de tous les pouvoirs de son peuple, réunis dans sa per-sonne pour le bonheur de tous.* Par le second ; *Un chef proposé pour ordonner en juge, récom-penser en maître, & punir en pere.* Par le troisiéme : *Le fléau des vices, & le modele de toutes les vertus, qu'il est obligé de faire pra-tiquer par ses sujets.* Cette réponse fut pro-noncée avec une noblesse & une fermeté sans égale. Nous en fûmes surpris, Rosvick, Ri-chard & moi. *Hélas ! nous dit celui-ci, quand il seroit Wayserdan, il n'auroit pas mieux répondu.*

Pendant qu'il nous faisoit part de cette ré-flexion, il s'éleva un grand bruit parmi les Sauvages ; & aussi-tôt une trentaine s'avan-cerent, & placerent une couronne de bran-ches d'arbre sur la tête de celui qui avoit ré-pondu le dernier : en lui disant : *Tu regneras sur nous ; fais serment de ne jamais t'écarter de la loi que tu viens de te prescrire toi-même, & nous allons te jurer fidélité.* Ces sermens res-pectifs furent faits dans la forme du premier dont j'ai parlé ; & cette cérémonie étant achevée, ce nouveau Roi s'avança vers nous, à la tête des Sauvages qui l'avoient couronné.

Tous enſemble nous ſommerent de tenir la promeſſe que nous leur avions faite ; en conſéquence, d'aider le Roi de nos lumieres, & de travailler à établir parmi eux un ſage & ſolide gouvernement.

CHAPITRE VI.

Nous établissons des Conseils & des Loix. Religion du Pays. Ministres de cette Religion. Leurs Mœurs. Nous réformons ces Ministres. Nous établissons une Police pour l'administration de la Justice & la culture des terres.

LE premier mois se passa en fêtes & en réjouissances ; on ne voyoit que cela dans toutes les parties de l'Ifle. Nous nous laissâmes entraîner par le torrent, bien résolus de prendre notre revanche, après avoir donné un tems suffisant à la fermentation, qu'une nouveauté de cette espéce cause naturellement dans l'esprit du peuple.

Pendant ce tems, nous refléchissions mûrement, Roswick, Richard & moi, sur la conduite que nous devions tenir, sur la réforme que nous avions à faire, sur les établissemens qu'il étoit bon de former. Nous sentions qu'il nous falloit fronder mille préjugés ; que si nous nous armions d'une ri-

gueur trop févere, loin de guérir, nous ne
ferions qu'aigrir, révolter, rendre le mal in-
curable, & faire retomber fur nous le poids
de la haine publique. D'un autre côté, nous
nous armions contre ces fentimens qui, plutôt enfans de la foibleffe que de la clémen-
ce, n'ont pour but que de tolérer les vices,
n'ayant ni affez de force pour les réprimer,
ni affez de baffeffe pour les autorifer ouvertement. Entre ces deux extrémités, confidé-
rant que nous ferions peut-être long-tems
dans cette Ifle, & qu'il falloit opérer par degrés des changemens fi violens, nous nous
déterminâmes à conduire ce peuple au temple
de la vertu, par un chemin dont la pente fût
affez douce pour ne point le rebuter.

Nos fpéculations avoient trois objets principaux : les mœurs, la culture des terres &
la relation avec les peuples voifins. Nous partageâmes entre nous, du confentement du
Roi, ces trois objets. Richard fe chargea de
veiller à la culture des terres ; Rofwick au
commerce extérieur ; & moi j'eus dans mon
lot l'adminiftration de la Police intérieure.

Mais comme il falloit que toute notre
machine fût bien organifée au-dedans, avant
de fonger à lui faire prendre l'effor au-dehors

G v

il fut arrêté que Rofwick & moi, nous nous chargerions en commun du détail de la Police, en attendant qu'elle eût acquis une certaine confiftance.

Le premier acte d'autorité que nous fîmes, fut d'établir un Confeil, compofé de vingt-quatre anciens de l'Ifle ; nous les chargeâmes de deux chofes : la premiere, de regler les conteftations qui s'élevoient parmi les habitans : la feconde, d'écouter les plaintes qui léur feroient portées par le peuple, d'examiner les reglemens que nous ferions, & de nous faire part des obfervations qu'ils feroient fur l'un & l'autre objet. » Ce petit Sénat, » étoit il dit, à la tête duquel le Roi fera » toujours réputé préfent, repréfentera le » corps entier de la nation, reftera dépofi-» taire des droits du Peuple & du Roi, con-» formément aux loix fondamentales & im-» muables qui vont être confiées à fa garde, » tant pour leur éxécution que pour leur con-» fervation, & qui n'auront de force coacti-» ve qu'après leur enrégiftrement «.

Suivant ce plan, il fut fait un petit Code, qui fut dépofé dans les archives de ce Tribunal. Nous nous fervîmes, pour le dreffer, des notions que nous avions prifes à Way-

ferdanos. On me permettra bien d'en rapporter ici les parties les plus intéressantes.
Voici d'abord le préambule.

Le nouveau Gouvernement qu'on vient
d'établir, doit être à jamais regardé comme
un traité fait pour le bien de tous, entre la
Nation & tous ceux qui à l'avenir regneront
fur elle. Par ce traité, la Nation doit à fon
Roi respect & obéissance, & le Roi doit à
fon peuple protection & justice. Sa protection mettra l'Etat à l'abri des insultes des
peuples voisins ; lui fera regarder les biens
du corps entier & de chaque membre en
particulier, comme le fien propre ; il ne cef-
fera de voir en lui la double qualité de Chef
de la Nation, & de pere de chaque citoyen.
La Justice ne pouvant point être de nouvelle
création, & fon existence étant indépendante
de la volonté des hommes, le Roi regardera
la Justice comme au-dessus de lui ; il ne voudra que ce qu'il est juste qu'il veuille, & il
fe souviendra qu'il est institué pour l'exercer :
en conséquence, il ne verra dans tous fes Sujets que des enfans qui lui font tous égaux,
& dont il doit être le Juge impartial, l'autorité fouveraine comme un dépôt qui lui est

çonfié pour le bien général ; & le traité en vertu duquel il regne , comme un acte dont la Justice veut que les engagemens respectifs soient à jamais remplis sans altération. Dans la crainte que ces principes fondamentaux ne s'alterent par la suite des tems , il a été arrêté ce qui suit.

PREMIERE LOI.

Tous les ans , au renouvellement de l'année , le Peuple & le Roi s'assemblèront dans le Temple , pour y rappeller leurs obligations réciproques , en renouvellant chacun leur serment.

I I. Le Roi jurera d'être le fléau de tous les vices , & le modele de toutes les vertus qu'il est obligé de faire pratiquer ; de ne point s'écarter des devoirs que lui impose la double qualité de Chef & de Pere commun ; de ne point oublier que l'autorité dont il est revêtu , est un dépôt sacré qui lui est confié, pour conserver & non pour détruire ; pour assurer la liberté & le bonheur de chaque citoyen , & non pour l'anéantir ; pour procurer, en un mot , le bien du général & du particulier.

I I I. Les Conseillers jureront de faire observer les Loix de l'Etat, de rendre la justice
avec toute l'intégrité requise; de veiller au
bien du peuple, & à la conservation des droits
du Roi; de s'opposer à toute nouveauté qui
tendroit à déranger l'harmonie & l'ordre de
la constitution du Gouvernement, à celles
surtout qui énerveroient l'autorité confiée par
la Nation à son Roi, & porteroient ainsi atteinte à la liberté du citoyen, aux droits du
Roi, & à ceux de l'Etat; de se regarder
comme traîtres envers toute la Nation, s'ils
étoient en cette partie susceptibles de foiblef-
se, & de plutôt mourir que de trahir la vérité.

I V. Le Peuple jurera de regarder son Roi
comme son pere & son maître; de lui
porter respect, obéissance, fidélité *, de ré-

---

* En lisant ces Relations, j'ai demandé moi-
même à M. de Richordie, pourquoi lui qui étoit
Français, n'avoit pas placé l'amour pour le Roi
au rang des obligations. On n'aime point par
obéissance, me répondit-il; l'amour n'est jamais l'enfant du devoir, mais l'acte d'une volonté
libre: ce sentiment est un tribut qu'on paye, parce qu'on ne peut pas le refuser; mais c'est le
persez

vérer ſes Juges, & de leur obéir comme au
Roi même, qui leur a confié une partie de
ſon autorité, pour le repréſenter dans la partie de ſon miniſtere dont il ne pourroit ſeul
remplir toute l'étendue, & de laquelle il eſt
obligé de ſe décharger ſur eux.

V. Tous jureront de ſe regarder comme
membres d'un même corps, & de tout ſacri-
fier pour ſa conſervation.

V I. Tous jureront de recevoir comme
premiere Loi, *de ne point faire aux autres*
ce que nous ne voudrions pas qui nous fût fait.

Voilà les ſix premiers Articles du petit Code dont le Sénat fut rendu dépoſitaire. Il y
avoit beaucoup d'autres loix concernant le
vol, le meurtre, les voies de fait, &c. ; mais
ce détail n'eſt pas aſſez intéreſſant, pour
qu'il en ſoit ici fait mention.

Nous travaillâmes pendant quelque tems à

_____

perſonnel d'un Roi, & non ſon autorité, qui
peut nous aſſujettir à cette contribution. Voilà
pourquoi les Sultans ſont obéis, & les Bourbons
adorés.

compofer la Maifon du Roi; nous lui établîmes des Officiers, des Gardes, un cérémonial; & cet état ayant été arrêté, il fut mis
dans le Dépôt du Confeil des vingt-quatre,
afin qu'il fût à jamais confervé, & fuivi fans
altération ni augmentation.

Ce que j'ai précédemment appellé les
mœurs, ou la police intérieure, avoit trois
objets : les devoirs du Peuple vis-à vis de
l'Etat & du Souverain; ceux de citoyen à citoyen, & leur conduite dans ce qu'ils avoient
de culte religieux.

Cette derniere partie nous faifoit une peine
extrême; ce peuple adore le Soleil, lui rend
un culte tout-à-fait bifarre & extravagant.
Nous nous faifions un très-grand fcrupule d'é-
tablir des loix pour nourrir fon idolatrie :
d'un autre côté, nous penfions que ce n'étoit
pas dans ces premiers momens qu'il falloit
fonger à l'en tirer. Nous réfolûmes donc de
commencer à plier ces efprits fauvages au
joug de l'obéiffance, à les accoutumer à goûter le frein des loix, à craindre & refpecter
l'autorité à avoir horreur du vice, à aimer
la vertu; & nous décidâmes que lorfque nous
verrions des progrès fuffifans pour nous en
faire efperer de plus effentiels, nous entre-

prendrions de leur faire connoître le vrai
Dieu. En attendant, nous arrêtâmes qu'il falloit réformer en cette partie ce que nous
trouverions de plus groſſier, afin de préparer
peu-à-peu la matiere d'un ſi grand ouvrage.

Richard, de ſon côté, s'occupoit moins
des moyens de pacifier les conteſtations qui
s'éleveroient au ſujet des terres, que des éta-
bliſſemens qu'il falloit faire pour les prévenir.
En conſéquence, il nous propoſa ſon plan;
& quand nous l'eûmes travaillé tous trois de
concert, il en réſulta l'Ordonnance dont voici les Articles principaux.

Le Spadogif (c'eſt le nom du Roi, qui dans
notre Langue répondroit à ces termes - ci,
l'œil toujours ouvert.) : *Le Spadogif, qui veil-*
le ſans ceſſe au bien de ceux qui lui ſont confiés,
veut, ordonne, & fait ſavoir à tous ce qui ſuit.
C'eſt la formule que nous choiſîmes, pour
être le préambule d'étiquette de toutes les
Ordonnances.

ARTICLE PREMIER.

Nous déclarons que ce qu'on doit appeller
l'Etat, eſt un corps politique formé d'une

tête, qui est le *Spadogif*, & dont tous les citoyens sont les membres.

I I. Chacun se regardera comme appar-
tenant à ce corps dont il fait partie, & se
souviendra que dans un corps il ne doit point
y avoir de membre inutile.

I I I. Quoique chaque membre du corps
ait des propriétés qui lui soient particuliè-
res, aucun d'eux cependant n'a rien qui ne
se rapporte au bien & à l'utilité du corps
entier. Ainsi chaque citoyen doit penser que
ses biens, ses fonctions, ses talens doivent
concourir au soutien de la chose commune.

I V. Nous déclarons tous les fonds de terre
qui forment cette Isle, appartenir en propriété à l'Etat.

V. Ces mêmes biens seront distribués à
proportion de ce qu'il peut cultiver; & la
joüissance de la portion que chacun obtien-
dra, sera propre & perpetuelle à lui &
ses enfans, jusqu'à ce qu'il s'en soit dépouillé
volontairement, ou qu'il l'ait perdue par
quelques contraventions à la Loi.

V I. Comme tous les fonds font à l'état, ils doivent tous contribuer aux befoins de l'Etat ; dans quelques mains qu'ils paffent, ils n'y pafferont qu'avec cette charge réelle ; & tout poffeffeur ne poffedera qu'à cette condition.

V I I. Chacun fournira un contingent plus ou moins fort , à proportion du plus ou moins de terres qu'il poffedera ; & ce contingent fera fixé irrévocablement par chaque *Piroug* de terre , felon fa qualité.

V I I I. Le *Piroug* de terre eft la *Chibe* en quarré ; & afin que cette mefure foit invariable, il en fera renfermé une dans le Dépôt de notre Confeil.

I X. On entendra , par les befoins de l'Etat, l'entretien du *Spadogif*, de fa Maifon , de fes Gardes , de fes Confeillers , de fes Juges , de fes Troupes , & de tous ceux qui ne font point en état de travailler.

X. Notre Autorité fuprême difpenfera ceux qu'elle jugera à propos, & fi long - tems qu'elle le voudra , du payement du contingent. Mais comme perfonne n'eft au-deffus de l'Etat, perfonne auffi ne peut le priver du droit qu'il a d'exiger ce contingent; ainfi on recevra cette grace comme une exemption momentanée, & non pas comme l'extinction d'une charge réelle dont rien ne peut affranchir. On recommencera donc à la payer dès que nous ferons convaincus, & que nous déclarerons que l'Etat en a befoin.

X I. Pour prévenir les conteftations qui s'éleveroient au fujet de la poffeffion des terres, chaque conceffion fera bornée; c'eft-à-dire, que chacun y fera planter un arbre fec, fur lequel fera fon nom, la quantité qu'elle contient, & fes bornes.

X I I. Il y aura des Officiers pour rédiger par écrit toutes les conventions que les citoyens feront entr'eux; ils en conferveront la minute, & ils en porteront une copie dans un Dépôt public que nous allons établir à ce deffein, loin du feu & de tout autre accident.

X I I I. Chacun portera dans ce Dépôt un écrit qui conftate du *bornage* de fes poffeffions. S'il les vend ou les échange, l'acte qui le conſtatera y ſera pareillement dépoſé:

XIV. Si quelqu'un, ayant négligé une année de cultiver une partie de ſa terre, un autre la cultive, la récolte appartiendra en entier à ce dernier. Si cela ſe fait de concert entr'eux, la convention qu'ils auront faite ſera exécutée. Si au contraire on a uſé de violence pour s'emparer de ce terrein, toute la ré-colte appartiendra au Propriétaire du fonds.

XV. Si un Citoyen, après avoir atteint l'âge de vingt ans, & n'ayant aucun empê-chement, néglige pendant ſix ans de cultiver, ou faire cultiver portion de ſes terres; & qu'un autre, pendant ce même tems, les ait enſemencées, cette portion reſtera au dernier en propriété.

XVI. Si un Citoyen, dans le même cas du précédent, avoit laiſſé toutes ſes terres in-cultes pendant le même eſpace de tems, il ſera pendant ſix autres années eſclave de ceux qui le dénonceront; & ils le forceront de cultiver ſes propres fonds à leur profit, après lequel tems il y rentrera; ſauf, en cas de réci-dive, à reſter eſclave toute ſa vie.

Cette Ordonnance contenoit quelques autres articles de détails peu essentiels. Elle fut reçûe avec tout l'applaudissement possible. Chacun se trouva content de ce qu'il joüiroit en paix d'autant de terre qu'il pourroit en cultiver. Cet arrangement parut d'autant plus sage, que, d'après les observations de Richard, nous avions reconnu que l'Isle avoit, à peu près, quarante-cinq lieues de long, sur vingt ou vingt-cinq de large, & qu'elle ne renfermoit pas plus de dix-sept mille habitans. D'ailleurs, comme nous nous étions attachés à démontrer, dans un stile simple, la justice & la nécessité du contenu de cette Ordonnance, chacun se sentit comme forcé de l'approuver, & de s'y soumettre.

Nous artangeâmes encore que le Roi, ses Officiers, ses Gardes, ses Conseillers, ses Magistrats, en un mot tous gens publics, n'auroient point de terre à faire valoir personnellement; mais que sur les tributs il leur seroit assigné de quoi subsister, eux, & leur famille. Nous statuâmes cependant que chacun d'eux pourroit avoir un petit terrein, qui seroit pour eux un objet plutôt de délassement que de fatigue. Nous divisâmes aussi le pays en différens cantons, par rapport à la chaffe ; le Roi avoit le fien , fes Officiers en avoient un autre , fes Magiftrats auffi , ceux du peuple furent diftribués relativement au partage des terres.

Quand nous eûmes bien fait toutes nos fup-putations , il fut dreffé un tableau du tribut que chaque *Piroug* payeroit tous les ans en tems de paix , & de celui qu'il payeroit en tems de guerre. Il fut dit que ceux qui fe-roient le fervice , ne payeroient rien ; mais que fi leurs terres reftoient en friche pen-dant ce tems, ceux qui ne porteroient pas les armes, pourroient les faire valoir , auquel cas ils leur en rendroient la moitié.

Plus de dix-huit mois s'étoient déja écoulés fans aucun événement remarquable, autre que les établiffemens dont je viens de parler, & le détail de l'exécution. Le travail affidu que nous faifions , nos peines d'efprit , & le chan-gement de climat & de nourriture , nous fi-rent tomber malades Rofwick & moi. La diéte & le repos nous tirerent heureufement d'affaire ; mais cela n'empêcha pas que notre indifpofition ne durât près de fix femaines , & ne mît toute l'Ifle dans une allarme qui ne peut s'exprimer. Pendant ce tems il arriva une petite avanture , dont Richard fut le héros, & qu'on ne sera peut-être pas fâché de trouver ici.

Les *Goudlasours* ont l'esprit vif ; ils sont naturellement subtils, adroits, déliés. On conçoit aisément que la vertu ne cheminoit point à grands pas dans un pays où l'on étoit accoutumé de couronner le vice. De tems en tems ces génies pervers étoient rappellés à leurs préjugés, & à leurs mauvaises inclinations.

Nous fûmes avertis qu'il se glissoit un abus considérable dans l'administration de la Justice : beaucoup d'habitans ne sachant pas lire, & n'ayant qu'une idée confuse des Loix que nous venions d'établir, se persuadoient qu'ils exposeroient mal leurs droits devant les Juges, & craignoient de succomber dans les contestations qui leur survenoient. Cette idée les conduisoit naturellement à aller trouver un compatriote qui sût lire, & à le prier de prendre en main leur défense ; ils lui apportoient quelques présens pour l'y déterminer. Comme cela arrivoit fréquemment, plusieurs personnes en firent un métier, de maniere qu'elles furent bien-tôt regardées comme des gens dont le suffrage pouvoit faire quelque impression, & dont la science étoit d'une grande reſſource pour obtenir un jugement en ſa faveur.

Ces Docteurs comprirent qu'il étoit important pour eux de remporter beaucoup de victoires, parce que cela leur procuroit beaucoup de pratique ; en conſéquence, ils diſputoient avec toute la chaleur poſſible ; ils nioient les faits les plus évidens. L'appas du gain leur fourniſſoit mille ſubterfuges, mille détours. Comme nos Loix n'étoient pas encore d'un grand détail, leur impudence n'alloit pas juſqu'à changer leurs textes; mais ils ajoutoient des commentaires, tiroient des conſéquence., & faiſoient des applications, ſelon que l'intérêt de leurs cauſes le demandoit. Leurs raiſonnemens captieux produiſoient deux effets : quelquefois ils embarraſſoient les Juges, qui n'avoient pas l'eſprit aſſez préſent pour les ſuivre pas à pas; & toujours ils excitoient l'admiration de l'auditoire, qui applaudiſſoit d'autant plus volontiers, qu'il n'y comprenoit rien. De tous ces *Ambages*, il réſultoit que la Juſtice couroit riſque d'être trahie, ou le Juge d'être critiqué.

Nous autres Européens, nous regardâmes ce mal comme d'une conſéquence dangereuſe;

reufe ; nous réfolûmes de tâcher de l'arrêter dans fon principe, & d'y travailler dès que nous ferions bien rétablis. En attendant, nous engageâmes Richard à préfider au Conſeil un jour que nous favions qu'il y avoit une affaire fort fimple, qui cependant faifoit déja grand bruit, tant elle partageoit d'avance les fuffrages du Public, fans que nous puffions foupçonner pourquoi ni comment. Nous nous flattions que la préfence d'un de nous en impoſeroit, & rendroit les conteſtans, ou leurs défenſeurs, plus circonſpects. Richard fe trouva donc à la tête des vingt-quatre ; dès qu'on eut permis d'entrer, un *Sauvage* s'avança, & demanda audience. Voici quel fut fon diſcours : » Meſſieurs, le *Spadogif* m'a accordé » fix *pirougues* de terre en quatre morceaux » contigus : en voici l'acte. Mon voiſin *Cu-* » *libof* eſt venu il y a fept mois, armé d'un » nindar ; (c'eſt une eſpéce de hache.) Il » eſt entré dans un dé ces morceaux, à la » culture duquel je travaillois ; il m'a forcé » de me retirer, & l'a enſemencé malgré » moi, qui ai été obligé de céder à la force. » Voici cinq hommes qui ont été témoins » des violences qu'il m'a faites. La Loi 14 » de l'Ordonnance des Terres, me donne

II. Part.   H

» le droit de prendre pour moi la récolte
» qu'il veut avoir. J'ai attendu le tems de
» la moiſſon pour demander juſtice, parce
» qu'il n'auroit ſervi de rien de me plaindre
» plutôt. Je vous prie donc maintenant de
» prononcer entre nous deux «. Dans l'inſtant les cinq témoins s'avancerent, & atteſ-
terent le fait par ſerment.

Quand cela fut fait, il ſe préſenta un Sauvage qui demanda la permiſſion de défendre
l'innocence de Culibof. On lui fit ſigne de
parler; & voici mot pour mot quel fut ſon
diſcours, car je l'ai par écrit. » Meſſieurs, il
» n'eſt point étonnant que parmi un peuple qui
» n'a connu juſqu'ici de regles que ſes paſſions,
» & à qui la ſageſſe de vos loix commence
» à peine à deſſiller les yeux, on voye en-
» core regner le menſonge, la mauvaiſe foi
» & l'avarice. Mais ce qui me ſurprend, &
» ce qui vous ſurprendra auſſi ; car qui eſt-ce
» qui n'en ſeroit pas ſurpris ? c'eſt que ces
» infamies criantes oſent ſoutenir les regards
» pénétrans des Juges éclairés qui nous en-
» tendent , & ſur - tout d'un des premiers
» Chefs de nos Légiſlateurs, le grand Ri-
» chard, devant qui nous avons l'honneur de
» parler. Mais ma réflexion eſt peut-être dé-

» placée, puifque les fruits fcandaleux de ce
» germe de corruption ofent fe montrer à
» l'afpect du Soleil, notre grand Dieu, qui
» voit tout, puifqu'il éclaire tout. Ne trou-
» vons plus extraordinaire que rien ici-bas ne
» leur imprime du refpect.

» Armez-vous donc, Meffieurs, de toute
» votre tranquillité, pour voir, fans frémir,
» les myfteres d'iniquité que je vais vous
» dévoiler, ou plutôt que votre courroux &
» votre indignation s'enflamment, afin que le
» crime trouve un châtiment qui lui foit pro-
» portionné.

» Pour vous rendre la chofe plus fenfible,
» je vais divifer mon difcours en trois par-
» ties. Dans la premiere, je ferai voir que
» ce dont on accufe Culibof, eft impoffible:
» dans la feconde, je prouverai qu'il n'eft pas
» vrai: dans la troifiéme, je démontrerai que,
» quand même cela feroit, nos loix défen-
» dent expreffément à *Chourik* de s'en plain-
» dre, & lui interdifent le droit de rien de-
» mander.

» Premierement je foutiens la chofe im-
» poffible; car peut-il tomber fous le fens,
» qu'un homme puiffe tout à la fois faire
» violence à un autre & enfemencer un mor-

» ceau de terre ? Cela peut-il s'exécuter dans
» le même moment. Voilà pourtant ce que
» prétend Chourik ; quelle abfurdité ! D'ail-
» leurs, Culibof eft plus petit que Chourik;
» par conféquent celui-ci étant le plus grand,
» doit être le plus fort. Ne devroit-il pas rou-
» gir de ce que fon avarice le met dans la dure
» néceffité de convenir qu'il eft un menteur
» ou un poltron. Mais tel eft l'effet de la
» paffion, elle nous aveugle au point de ne
» pas voir que nous nous deshonorons en-
» vain, pour tâcher de prouver un fait dont
» tout le monde voit la fauffeté au premier
» coup d'œil, & même l'impoffibilité.

» En fecond lieu, je prouve que le fait
» n'eft pas vrai : 1º. Parce qu'il eft impoffi-
» ble. 2º. Parce qu'il eft abfolument faux.
» En effet, Culibof a mis fix jours de travail
» à faire la culture en queftion : pendant ce
» tems Chourik a été en différens endroits;
» il n'eft donc pas vrai qu'on lui ait fait vio-
» lence ; on doit plutôt dire qu'il a confenti
» librement à l'enfemencement de Culibof;
» & quand même il y auroit eu quelque lé-
» gere conteftation entr'eux, ce dont on ne
» convient pas, j'ofe avancer qu'elles au-
» roient eu un objet tout différent de celui

» dont il s'agit. Eh qui ne fait pas que les té-
» moins font d'intelligence, & doivent par-
» tager avec Chourik le fruit de leur im-
» pofture commune ? Je veux bien ne point
» approfondir cette partie, on les connoît
» affez pour qu'on rende juftice à ma mo-
» dération.

» Enfin, Meffieurs, mon dernier moyen
» eft la fixiéme Loi de notre Code, qui nous
» eft donnée comme la bafe & la premiere de
» toutes nos Loix : *Ne faifons point aux au-*
» *tres*, nous dit-elle; *ce que nous ne voudrions*
» *pas qu'ils nous fiffent*. Vois, Chourik, vois
» ta condamnation litterale dans cette Loi
» refpectable. Vous l'avez entendu, Mef-
» fieurs, c'eft le texte même que je vous
» rapporte. Si Chourik avoit travaillé, il ne
» voudroit pas qu'un autre lui enlevât les
» fruits de fon travail ; quand même il au-
» roit avec force & violence enfemencé chez
» fes voifins, voudroit-il que ces voifins priffent
» la récolte ? Non, fans doute, parce qu'il
» auroit femé dans le deffein de recueillir lui-
» même. Pourquoi donc, au mépris d'une
» Loi fi jufte, fi pofitive, entreprend-il au-
» jourd'hui de faire fubir à Culibof un
» fort qu'il ne voudroit pas qu'on lui

H iij

» fît fubir ? Voilà, Meffieurs, ce qui vous
» crie vengeance, comme je vous crie juf-
- tice «.

Dès qu'il eut achevé fon plaidoyer, Richard dit tout haut : *Nous allons difcuter cette*
affaire entre nous, & fûrement nous ferons une
juftice dont on fera content. Qu'on fe retire un
moment pour nous laiffer en liberté. Quand tout
l'Auditoire fut retiré, il dit aux Vingt-quatre
qu'il étoit extrêmement fcandalifé de l'abus
dangereux qu'ils avoient laiffé introduire ;
qu'ils auroient dû l'étouffer dès fa naiffance ;
qu'il étoit cependant encore tems d'en arrêter le progrès par un châtiment qui ferviroit
d'exemple. Dans le même moment il fit appeller fecrettement trois grands Sauvages,
aufquels il donna fes ordres. En conféquence, ils furent trouver M. l'Avocat, & fous
quelque prétexte, le conduifirent à 200 pas
de la troupe qui l'environnoit, & lui faifoit
compliment. Là ils fe jetterent fur lui, le dé-
pouillerent, & lui firent préfent de vingt
coups de bâton. Ce pauvre diable courut à la
Salle d'Audience, dans l'équipage où on l'a-
voit mis, & fe mit à crier de toutes fes forces
en demandant juftice. Ses partifans répétoient
la même demande à haute voix ; d'autres

rioient; le tout enfemble faifoit un tapage épouvantable. Richard alors s'étant levé, fe fit faire filence : *Ami*, lui dit-il, *que t'a-t'on fait ?* M. l'Avocat lui conta en deux mots la chofe au plus jufte. *Je vois bien,* lui repliqua Richard, *que tu dis la vérité ? car tu n'employe pas de longs difcours. Voyons maintenant comment nous te rendrons juftice. Qu'on faffe entrer ces trois coquins.* Ils furent amenés, chargés des dépouilles de M. l'Avocat, ils les tenoient encore dans leurs mains. Comme Richard avoit bien expliqué fes intentions, elles furent auffi bien exécutées ; il leur déclara le chef d'accufation intentée contr'eux, & leur ordonna de fe défendre. Un des trois prit donc la parole, & dit :

» Meffieurs, trois moyens de défenfe :
» 1°. La chofe dont on nous accufe, n'eft
» pas poffible ; car on ne peut pas dépouiller
» un homme & le battre en même tems.
» 2°. La chofe n'eft pas vraie, foit parce
» qu'elle n'eft pas poffible, foit parce qu'on
» nous a vus dans la campagne fans nous que-
» reller. 3°. Quand cela feroit, la Loi lui
» défend de fe plaindre ; car s'il en avoit fait
» autant, il ne voudroit pas qu'on le fît pu-
» nir. Ainfi, étant obligé par la Loi de nous

» traiter comme il voudroit qu'on nous trai-
» tât, le droit de demander qu'on nous pu-
» niffe lui eft interdit «.

M. l'Avocat, à qui le reffentiment des coups
de bâton faifoit auffi reffentir plus vivement
le faux de cet argument baroque, l'interrompit, tout en feu, & en l'accablant d'invectives : *Coquin*, lui dit-il, *eft-ce que cette Loi,
qui eft la Juftice même, nous défend de demander juftice, & de vouloir ce qu'il eft jufte &
utile que nous voulions ? Non, miférable, fon
objet n'eft que de nous obliger à faire tout le
bien que nous pouvons, & de nous empêcher de
faire le mal, comme vous venez de faire, fcélé-
rats que vous êtes.* Il alloit continuer, lorfque Richard l'interrompit, & en élevant la
voix, lui dit d'un ton de *Wayferdan* fâché :

» Ecoute-moi, je te fais pendre fi tu m'in-
» teromps. Tu voulois, il n'y a qu'un mo-
» ment, me perfuader que, parce qu'il n'eft
» pas poffible qu'on puiffe en même tems
» faire violence à un homme, & travailler
» à la terre, je devois croire qu'il ne fe peut
» pas que Culibof ait commencé par faire
» violence à Chourik, & cultivé enfuite le
» champ de ce dernier. Eux prétendent auffi
» que n'ayant pas pu te battre & te dépouil-

» ler en même-tems, il n'eſt pas poſſible qu'ils
» ayent commencé par te mettre nud, &
» fini par te donner des coups de bâton. De
» ce que Culibof n'a pas fait violence pendant
» ſix jours de ſuite, tu concluois qu'il n'en avoit
» fait aucune. Ceux-ci, à leur tour, de ce qu'ils
» ne t'ont pas battu tout le long du chemin,
» concluent qu'ils ne t'ont point battu du tout.

» Mais pour accélérer, ſaches que c'eſt par
» mon ordre que tu as été bien étrillé : & tu
» dois m'en avoir obligation ; car, ou tu
» plaidois le faux avec connoiſſance de cauſe
» pour pallier le crime, ou tu raiſonnois mal
» ſans le ſavoir. Dans le premier cas, tu ſeras
» corrigé pour ta vie d'un très-vilain vice :
» dans le ſecond, les coups de bâton t'auront
» ouvert l'eſprit, & d'un ſot ils auront fait
» un homme judicieux, qui entend les loix
» dans leur vrai ſens, comme tu viens de le
» faire voir par ta derniere réponſe. Allons,
» qu'on lui rende ſes vêtemens ; & vous,
» Chourik, vous ferez la récolte, elle vous
» appartient. Mes amis, ajouta-t'il, quand
» on eſt capable de tromper les Juges pour
» les autres, que ne fera-t'on pas pour ſoi
» vis-à-vis des hommes ordinaires ? Eh bien,
» je vous déclare que dès demain on publiera

» une Loi qui ordonnera que tout défenseur,
» avant de parler, fasse serment de ne dire que
» ce qu'il pense, de ne certifier que ce qu'il
» fait, & elle déclarera infâme quiconque au-
» ra violé ce serment. Si ce châtiment ne
» suffit pas, je ferai couper la langue «.

Le plan & la tournure de Richard avoient
été trop bien exécutés, pour ne pas rendre
sensible à tout le monde, & le danger de
cet abus, & la nécessité de le corriger : Aussi
cet expédient eut-il tout le succès qu'on pouvoit en attendre. Richard eut l'approbation
générale. Dès le lendemain l'Ordonnance fut
publiée ; & tant que nous avons resté dans
cette Isle, nous avons eu l'agrément de voir
notre petit Barreau purgé de pareilles sotti-
ses. On y voyoit, pour ainsi dire, briller en
petit tout ce que celui du premier Parlement
de France nous fait voir en grand. Je prie
Messieurs les Avocats, que cet éloge regarde
seuls, de vouloir bien me pardonner cette
comparaison.

Quoique nous n'osassions pas encore toucher le point essentiel de la Religion, &
cela pour les raisons que j'ai déduites précédemment, nous crûmes cependant, au bout
de deux ans, que notre autorité étoit assez

affermie pour tenter une premiere réforme :
d'ailleurs nous trouvions les esprits assez bien
disposés. Nous résolûmes donc de mettre la
main à l'œuvre, & de nous conduire de maniere à préparer ces cœurs idolâtres à recevoir
un jour les Vérités sacrées, qui peuvent leur
ouvrir le Royaume des Cieux.

Notre grande appréhension étoit, que le
mépris pour leurs *Pronisers* (c'est ainsi qu'ils appellent les Prêtres du Soleil) n'entraînât celui de leur Religion, & qu'avant de croire
la nôtre, ils commençassent par ne rien croire.* Nous craignions que dans cet intervalle
où il n'y auroit plus de foi parmi eux, les loix
civiles ne perdissent de leur crédit ; & nous
sentions qu'il falloit, pour éviter un plus
grand mal, leur laisser leurs erreurs, jusqu'à
ce qu'ils les sacrifiassent à la connoissance de
la vérité.

En voulant donc commencer notre réforme par ce qu'il y avoit en cette partie de
plus grossier & de plus extravagant, nous
jugeâmes à propos, non pas de corriger les
Pronis.rs, mais de les forcer à se corriger
eux-mêmes, & les autres.

Comme le peuple, en matiere de foi, croit
aisément tout ce qui lui est enseigné par des

E vj

* *Theod. le
Gr. est une
preuve de ce
que peut le
respect pour
les Ministres
de Dieu.
L'Angl. fait
voir que la
dépravation
des mœurs
d'un Clergé
entraine le
mépris, com-
me le mépris
entraine la
perte de la
Religion.*

Docteurs qu'il respecte ; en revanche il examine scrupuleusement leurs mœurs, & c'est par elles qu'il juge s'il doit les croire. Notre plan étoit de faire de ces *Pronifers* un corps respectable, pour nous en servir dans la suite à la conversion du peuple entier. Je rens raison de toutes nos démarches, afin qu'un Lecteur trop zélé ne nous impute pas de la foiblesse ou de la tiédeur sur cet objet.

Suivant ce sistême, nous n'avions garde, comme je viens de le dire, de chercher à réformer les *Pronifers* ; mais aussi ne voulant point laisser subsister le désordre, voici ce que nous fîmes, afin de les contraindre à établir parmi eux un ordre convenable à leur état.

Au mois de Juillet 1695, on publia une Ordonnance, dont voici les articles principaux.

» Le *Spadogif* qui veille sans cesse au bien
» de ceux qui lui sont confiés, veut, ordon-
» ne, & fait savoir à tous ce qui suit.

ARTICLE PREMIER.

» Nous déclarons que toutes les œuvres

» des hommes , en tant qu'elles font des actes
» exterieurs par lefquels ils communiquent
» entr'eux, font, fans aucune diftinction ,
» foumifes à l'autorité que nous avons fur
» tous nos Sujets, comme hommes, & fur
» toutes les actions qu'ils font en cette der-
» niere qualité.

» II. Pefuadés que le Grand Dieu ne fait
» point de cas d'une foi morte, qu'il n'eft
» véritablement honoré que par les œu-
» vres ; & que c'eft la fainteté du culte
» religieux qui le détermine à répandre fur
» nous fes influences ; le zéle que nous avons
» pour le bien de notre peuple , nous fera re-
» doubler d'attention , pour diriger les œu-
» vres de tous nos Sujets , de maniere à main-
» tenir ce culte dans toute la pureté qu'il doit
» avoir.

» III. Nous avons obfervé que les *Proni-*
» *fers* , par un excès de complaifance pour vo-
» tre corruption paffée, fe font prêtés à un
» grand nombre d'abus qu'ils blâment eux-
» mêmes. En conféquence , nous leur permet-
» tons de les réformer ; & pour prévenir tou-
» tes les oppofitions qu'ils pourroient y trou-

» ver, nous ordonnons même qu'ils ayent à
» y travailler le plus promptement qu'il leur
» fera poſſible.

» I V. Quoique nous ne doutions point de
» leur zéle, nous enjoignons à notre Conſeil
» d'y veiller avec la derniere attention. Nous
» lui ordonnons d'employer l'autorité dont il
» eſt dépoſitaire, pour que nous ſoyons
» promptement obéis en cette partie.

» V. Nous déclarons qu'il ſera inceſſam-
» ment établi par nous un Conſeil *Proniféri-*
» *que*, auquel nous donnons commiſſion de
. » dreſſer les Reglemens qu'il croira néceſſai-
» res. Voulons néanmoins que ces Reglemens
» ne puiſſent être publiés, qu'après qu'ils au-
» ront été examinés & approuvés de nous
« par le miniſtere de nos Magiſtrats.

» V I. En cas de délai, nous nous réſer-
» vons de faire nous-mêmes ces Reglemens;
» & comme leur exécution intereſſe l'ordre &
» le bien public, auquel nos Magiſtrats ſont
» ſpécialement obligés de veiller pour toute
» la nation, nous leur enjoignons d'être ſans
» ceſſe en garde contre les contraventions,

» novations, abus quelconques qui pourroient
» furvenir, & de punir rigoureufement tous
» ceux, de quelque état qu'ils foient, qui
» contreviendront aux Reglemens qui feront
» publiés «.

Je ne parlerai point des autres articles de
cette Ordonnance ; je dirai feulement que ce
que j'en rapporte ici, fuffit pour faire voir
que nous ne cherchions à faire des correc-
tions que pour le bien de ceux qui les recevoient ; que nous prenions toutes les me-
fures poffibles pour ne point les décréditer,
& que nous ne voulions pas cependant manquer notre coup, par trop d'égards qui alors
feroient dégénérés en foibleffe, & auroient
certainement rendu inutiles toutes nos bonnes intentions.

Quand ce nouveau Confeil eut été établi,
nous donnâmes une formule du ferment que
chaque membre devoit prêter à fa réception
entre les mains du Doyen des 24 Magiftrats,
Le voici.

» Je confeffe tenir de notre Grand Dieu
» le pouvoir de lui offrir de l'encens & des
» facrifices, comme étant celui qui m'a ap-
» pellé à cet augufte miniftere.

» Je reconnois que la fainteté de ces fonc-
» tions demande de moi des mains plus pu-
» res, un cœur plus droit, des mœurs plus
» integres qu'on n'en exige des autres hom-
» mes.

» Je jure en conféquence de ne m'occuper
» que de la grandeur de mes obligations, &
» de travailler fans relâche à honorer ce
» Grand Dieu, & à engager de parole &
» d'exemple tous les autres à lui rendre ce qui
» lui eft dû.

» Je confeffe être membre de l'Etat, &
» que le titre de *Pronifer* n'a point détruit en
» moi celui de Sujet. Je reconnois en cette
» qualité le *Spadcgif* pour mon Chef & mon
» Maître ; je jure de lui être fidéle & obéif-
» fant comme doit être un Sujet.

» Je confeffe que les biens qui nous ont
» été diftribués, appartiennent à l'Etat. Je
» reconnois les tenir de la libéralité du *Spado-*
» *gif*, ainfi que les immunités qui les accom-
» pagnent. Je jure de faire fervir ces mêmes
» biens aux befoins de l'Etat, toutes les fois
» que j'en ferai requis.

» Je confeſſe tenir du *Spadogif* l'autorité
» qu'il lui a plu unir à mon miniſtere ; qu'elle
» m'eſt confiée comme un dépôt qui ne peut
» s'accroître qu'au préjudice des autres auto-
» rités, & par conſéquent au détriment de
» l'ordre & de l'œconomie de la choſe com-
» mune. Je reconnois que je n'en puis faire
» uſage que ſous ſon inſpection ou celle des
» Magiſtrats prépoſés pour y veiller. Je jure
» de n'introduire aucune nouveauté, & de ne
» déroger aucunement aux uſages & regle-
» mens qui ſeront revêtus de ſon approba-
» tion.

» Je confeſſe que dans la partie ſacrée de
» mon miniſtere, je ne ſuis qu'un moyen
» dont notre Grand-Dieu s'eſt ſervi pour ſe
» communiquer d'une façon ſenſible aux au-
» tres hommes. Je reconnois que lors de cette
» communication, ni eux ni moi ne ceſſons
» d'être hommes, & conſéquemment d'être
» ſous l'autorité de celui qu'il a établi pour
» les gouverner en cette qualité. Je jure de
» ne jamais chercher à introduire le deſpotiſ-
» me & l'arbitraire dans cette partie de mes
» fonctions, ſoit à raiſon de leur forme eſſen-
» tielle & immuable, ſoit dans celle qui ne

» l'eſt pas, & qui par conſéquent dépend de
» la volonté abſolue du *Spadogif.*

» Je jure enfin d'être auſſi bon Sujet que
» bon *Pronifer* ; de reſpecter le Spadogif,
» comme l'image vivante de notre Grand-
» Dieu ; d'être un exemple de ſoumiſſion à
» ſes ordres, de reconnoiſſance envers ſes
» bienfaits, d'amour pour ſa perſonne, de
» vénération & d'obéiſſance à ſes Magiſ-
» trats «.

Il eſt aiſé de voir, par tout ce que je viens
de dire, que nous avions trouvé dans cette
Iſle un culte & des Prêtres établis. Quelques
antiquités que nous découvrîmes, jointes à
la conformité du langage avec celui des *Laï-*
quhirois, nous ont fait penſer que ces deux
nations pouvoient n'en avoir fait qu'une autrefois ; & que lors de la diviſion, la Religion & le Gouvernement de cette Iſle avoient
été changés, ou tout d'un coup, ou peu à
peu, par une filiation d'événemens que nous
ignorons. Mais, ſans me jetter dans des ſpé-
culations peu intéreſſantes, je me bornerai à
rapporter ſeulement les faits remarqua-
bles que je ſuis en état de certifier.

Le Conseil *Proniférique* fut donc établi, & composé de douze membres, qui tous prêterent le serment dont je viens de parler ; & afin qu'il ne fût jamais perdu de vue, il fut arrêté que ce serment seroit renouvellé tous les ans. Ce nombre de douze étoit bien suffisant pour le district qui leur étoit confié.

Il restoit encore dans l'Isle une quantité prodigieuse de *Pronifers*, en comparaison du petit nombre d'habitans qu'elle renfermoit. La premiere chose que nous fîmes, fut de dispenser de la culture des terres les douze *Mingalos*. (c'est le nom qu'on donna à ces Conseillers.) On leur assigna des revenus ; on les mit à l'instar des Magistrats. Notre objet étoit qu'ils eussent plus de tems à vacquer à leurs fonctions, & que ce bienfait nous les attachât plus étroitement. Le terme de *Mingalos* est composé de deux mots de la langue du pays : *Mingis*, *Aloien* ; il répond à peu près à celui d'*Amphibie* pris allégoriquement, & il veut dire, *Prince & Sujet*.

Le grand nombre de *Pronifers* qu'il y avoit attira notre attention ; nous examinâmes pourquoi cette vocation étoit recherchée par tant de gens, quelles étoient leurs fonctions, leurs mœurs ; nous rapprochâmes le tout du véritable intérêt de l'Etat, pour favoir s'il ne lui feroit pas avantageux que ce nombre fût réduit.

Les recherches que nous fîmes alors, nous firent découvrir qu'avant notre arrivée, les Goudlafours, qui n'avoient aucunes loix, aucune forme de gouvernement, avoient cependant du refpect & de la vénération pour leurs *Pronifers*; que ceux-ci même étoient les feuls qui avoient quelque autorité.

Comme ce peuple fentoit que fans le fecours du Soleil il mourroit de faim, il traitoit bien les *Pronifers* pour attirer la protection du Soleil ; & les *Pronifers* de leur côté les menaçoient de tems en tems, & fe fervoient des mauvais tems & autres dérangemens de faifons, pour établir la folidité de leurs menaces. Le tout enfemble leur avoit confervé une ombre de crédit qui leur attiroit très-fouvent des préfens confidérables en fruits & en grains ; & au moyen duquel ils étoient parvenus au point d'établir, comme de droit *Solaire*, une forte de redevance annuelle, & qu'ils percevoient franche & quitte, fans être obligés de travailler.

Lorfqu'on fit le partage des terres, ils ne voulurent point fe préfenter, & ils ne vinrent demander leur contingent que parce que Richard les y obligea. Sans vouloir interdire les aumônes, il voulut qu'ils fuſſent contraints de cultiver ainſi que les autres hommes.

A l'égard de leur façon de vivre, elle ne laiſſoit pas que d'avoir des attraits. 1º. Ils étoient révérés parmi un peuple qui ne révéroit rien. 2º. Ils n'achetoient cette vénération par aucun travail. 3º. il sn'avoient aucune fatigue que celle qu'ils vouloient bien prendre pour leur plaiſir. 4º. Ils ne manquoient de rien ; au contraire, ils avoient tout en abondance. 5º. Dans les petites guerres qui s'élevoient dans l'Iſle, on ne les voyoit jamais ſe mêler ; ils reſtoient renfermés dans leurs maiſons, à l'abri des accidens des armes. Cette poſition étoit trop avantageuſe, pour n'être pas enviée. Voilà pourquoi nous trouvâmes une ſi grande quantité de ces *Pronifers*.

D'après ces découvertes, nous ne fûmes pas long-tems à conclure que ſi les *Pronifers* reſtoient ſur le même pied, leur nombre deviendroit à charge, à cauſe de leur inutilité. Nous ſentîmes bien que Richard avoit fait un coup de partie, en les aſſujettiſſant à la culture des terres. Nous en fûmes même d'autant mieux convaincus, que nous obſervâmes que depuis la publication de l'Ordonnance des terres, il y avoit bien moins d'Insulaires qui avoient embraflé cette profession.

Il étoit dangereux d'enlever à ce peuple, que je viens de dépeindre, une partie de ses *Pronifers* ; il auroit cru que le Soleil se feroit mis en colere ; & au premier mauvais tems tout auroit été en combuftion. Nous crûmes donc qu'il ne feroit pas fage de faire un coup d'éclat. D'un autre côté auffi nous craignîmes que le nouvel établiffement du Confeil *Proniférique* ne réveillât l'ancien goût pour le métier. Guidés par une politique plus rafinée que celle des Goudlafours, nous prîmes un jufte milieu. Nous réfolûmes de faire fervir les préjugés même du peuple, à rendre cette profeffion trop peu agréable, pour que beaucoup de perfonnes s'empreffaffent d'y entrer.

Ayant donc fait affembler les douze *Minga-los* dans la Salle, & en préfence des 24 Magiftrats ; le Roi, à qui nous avions communiqué nos obfervations & notre plan, s'y étant auffi rendu, je prononçai la harangue dont nous étions convenus.

» Meffieurs, le Roi notre Maître va » vous dire par ma bouche, quel eft le fujet

» qui vous raſſemble , quelles ſont ſes in-
» tentions , & quels vont être vos devoirs.

» Le culte religieux qu'on doit au Grand-
» Dieu eſt la choſe la plus grave , la plus im-
» portante ; celle qui demande dans les *Pro-*
» *niſers* plus de régularité , dans les autres
» hommes une obéiſſance plus prompte , plus
» uniforme , & de la part de leur Chef plus
» de zéle & plus d'attention. Le Prince qui
» nous gouverne eſt trop pénétré de ſes de-
» voirs , pour ſe permettre la plus petite né-
» gligence dans une matiere qui doit faire
» ſa principale occupation. Il a obſervé que
» le grand nombre de *Proniſers* eſt contraire
» au but de leur véritable inſtitution. Com-
» me les hommes ſont naturellement enclins
» au vice , il eſt à croire que plus leur nom-
» bre eſt multiplié , & plus on court riſque
» d'y trouver des gens vicieux. Le peuple ,
» qui par ce qu'il voit , juge de ce qu'il
» ne voit pas , dès qu'il a reconnu des vices
» dans quelques membres , n'héſite pas à
» penſer que le corps entier en eſt pareille-
» ment infecté : Dès-lors il ceſſe de reſpec-
» ter le Grand-Dieu dans ſes Miniſtres ; &
» du manque de reſpect , il paſſe rapidement
» à l'abandon du culte auquel il eſt obligé.

„ Ce même nombre , quelque confidérable
„ qu'il fût , feroit au contraire un très-grand
„ bien , fi tous ceux qui le compofent étoient
„ vertueux. Il y auroit parmi nous plus de
„ facrifices offerts , plus de prieres, plus d'e-
„ xemples de vertu , & le Grand - Dieu ré-
„ pandroit fur nous fes graces en plus gran-
„ de abondance. Il faut donc fe propofer
„ fortement deux chofes : la premiere , de
„ retrancher de ce corps refpectable tous les
„ membres inutiles qui ne fervent qu'à l'é-
„ nerver : la feconde , d'empêcher qu'un pa-
„ reil abus ne puiffe encore s'introduire à
„ l'avenir.

„ Le *Spadogif* a obfervé que l'aifance que la
„ piété des Infulaires vous procure, & l'i-
„ naction dans laquelle elle vo   permet de
„ vivre, font les raifons princip les qui en-
„ gagent tant de gens à embraffer cette pro-
„ feffion. Cependant cette inaction eft con-
„ traire aux loix immuables de la nature. Le
„ Grand-Dieu n'a pas voulu que la terre produi-
„ sît fans le fecours des travaux de l'homme; il
„ l'a fait de façon qu'il peut travailler, &
„ il a voulu même que le travail fût falutaire
„ au corps.

„ D'ailleurs , l'harmonie d'un Corps poli-
„ tique

» tique étant en petit , ce que l'harmonie na-
» turelle de l'Univers entier est en grand ;
» la réunion des hommes pour vivre en so-
» ciété ne produiroit aucun avantage , si cha-
» cun de ceux qui la composent , ne se re-
» gardoit comme étroitement obligé de cul-
» tiver cette société ; c'est-à-dire , de travail-
» ler autant qu'il est en lui , pour qu'il en
» résulte quelque avantage pour le bien com-
» mun.

» La paresse ou l'inaction est donc double-
» ment condamnable. D'après cette réflexion ,
» je vais vous indiquer un expédient bien
» simple , qui vous conduira aux deux objets
» que vous devez vous proposer. C'est , Mes-
» sieurs , d'établir des regles qui assujettissent
» les *Pronisers* au travail journalier.

» Pour cet effet , il seroit bon de faire un
» Reglement qui déterminât la quantité de
» terrein que chaque *Proniser* seroit tenu de
» faire valoir. On feroit néanmoins des dis-
» tinctions nécessaires : par exemple , vous
» Messieurs les *Mingalos* , qui êtes chargés de
» veiller sans cesse à maintenir le bon or-
» dre ; qui , sous l'inspection des Magistrats ,
» avez un certain détail de Police ; qui êtes
» obligés , par état , d'instruire le peuple , de

II. Partie.   I

» former des Sujets, d'offrir des facrifices,
» des prieres publiques ; il eft jufte que l'on
» vous décharge de tout autre emploi, &
» que vous ne travailliez à la terre, que pour
» vous délaffer de vos autres travaux, & en-
» tretenir vos corps en fanté. A l'égard des
» autres *Pronifers*, il faudroit les divifer en
» deux claffes. Les uns feroient défignés par
» vous pour les prieres publiques & l'obla-
» tion des facrifices ; le nombre en feroit ré-
» glé, & nul autre ne pourroit s'en mêler
» que ceux que vous auriez nommés. Ceux-ci,
» dont tout le tems ne feroit pas employé,
» feroient tenus de cultiver feulement autant
» de terres qu'il en faut pour leur fubfiftance ;
» & on les déchargeroit du tribut que paye
» chaque *Piroug* de terre. Dans la feconde
» claffe, nous placerions les furnumeraires ;
» mais comme tout leur tems feroit à eux,
» il feroit auffi à propos d'ordonner qu'ils cul-
» tiveroient la plus grande quantité de terrein
» qu'un homme ordinaire peut cultiver. Sur
» les fruits qui en proviendroient, ils re-
» tiendroient leur nourriture, & le refte fe-
» roit porté au Tréfor public, pour la fub-
» fiftance des vieillards. On ajouteroit enco-
» re à ce Reglement un article qui fixeroit la

» quotité de grains, de fruits & de *Ribak*,
» (c'est le vin du pays) qu'ils pourroient re-
» tenir, & cela, afin qu'il ne foit pas à leur
» difpofition d'en abufer, pour faire des ex-
» cès qui feroient fcandaleux. Sur cette bafe
» on élevera folidement un plan de vie ré-
» gulier; & les bons effets qui en réfulte-
» ront, rempliront tout ce que nous defi-
» rons. Plufieurs *Pronifers* qui ont embraffé
» cet état par des motifs qui en font indi-
» gnes, l'abandonneront plutôt que de fe
» foumettre à cette regle; & déformais il ne
» fe préfentera pour y entrer que des perfon-
» nes véritablement dévouées au bien public,
» & appellées par le Grand-Dieu même pour
» être les Miniftres du culte qu'il exige de
» nous. Nous verrons alors cette profeffion
» fainte, auffi révérée qu'elle le doit être:
» vous-mêmes en ferez plus refpectables, &
» plus refpectés; votre autorité en fera plus
» grande; & votre bon exemple fera d'un
» plus grand fecours que la rigueur de nos
» Loix.

» Voilà, Meffieurs, ce que j'avois à vous
» propofer. Le Spadogif qui vous confidere,
» & qui cherche à ménager votre crédit,
» veut que cette réforme paroiffe être votre

» ouvrage. Ainſi travaillez ſur ce modéle ; &
» dès que nous aurons examiné votre Regle-
» glement, il ſera rendu autentique, en le
» revêtant du ſceau de l'autorité ſuprême du
» *Spadogif.* Je finis par une réflexion : ſaiſiſ-
» ſez-la bien. Ainſi que les vertus, les vices
» ſe tiennent, & forment, pour ainſi dire,
» une eſpéce de famille. Le plus petit déſor-
» dre dans les mœurs, de quelque nature
» qu'il ſoit, en eſt donc un dans l'Etat, &
» il a une liaiſon, une affinité avec des dé-
» ſordres plus grands. De-là concluez que
» tout ce qui eſt correction des mœurs ap-
» partient à celui qui eſt chargé de mainte-
» nir l'ordre dans l'état. S'il vous tranſmet en
» cette partie une portion de ſon autorité
» c'eſt pour que vous l'exerciez d'une maniere
» conforme à ſes vuës. Son eſprit doit vous
» animer ; ſon intention doit être la vôtre ; &
» comme le bien public eſt ſon unique but,
» que cet objet ſoit à jamais la bouſſolle de
» votre conduite, & qu'il vous dirige ſans
» ceſſe dans le choix des moyens que vous
» prendrez pour le remplir. Mais ſongez que
» ces moyens ſont ſimples, ſoumis à ſes vo-
» lontés ; vous devez en prêcher l'exécution
» de parole & d'exemple, & porter les au-

„ tres à l'obéiſſance par un principe d'a-
„ mour, afin de lui épargner la peine de fai-
„ re ſentir à perſonne le poids de ſon auto-
„ rité. Connoiſſez à ce diſcours que ſi le
„ *Spadogif* eſt un pere tendre qui vous aime,
„ il eſt auſſi un Maître abſolu qui doit &
„ veut être obéi.

Cette harangue, toute courte & toute ſim-
ple qu'elle étoit, produiſit un très-bon effet.
Les *Mingalos* ſentirent bien, 1°. Qu'il falloit que les choſes fuſſent comme on les propoſoit. 2°. Qu'il étoit de leur intérêt perſonnel d'établir des regles qui leur attireroient
un plus grand crédit, une plus grande vénération. Le Reglement fut donc fait ſur le
plan que nous avions tracé, & libellé dans le
goût & dans l'eſprit du diſcours que j'avois
prononcé.

Quand ce Reglement eut été publié, nous
eûmes la ſatisfaction de voir la plus grande
partie des *Pronifers* quitter le métier. Il en
reſta peut-être une centaine, outre les douze *Mingalos* : ainſi ce nombre n'étoit plus
exorbitant au *prorata* de celui des habitans,
que j'ai déja dit monter à dix-ſept mille, ou
environ. Ce qu'il y a d'admirable, c'eſt que
de dix ou douze ſectes différentes, c'eſt-à-

dire : dont la forme extérieure du culte ne se
resſembloit point, il n'y en eut plus qu'une
ſeule : tous les *Pronifers* qui reſterent, ſe réunirent pour ne former qu'un même corps,
pour n'avoir qu'une même loi, qu'un même
culte ; & je peux certifier que pendant les
deux ans qui avoient précédé, on voyoit tous
les jours s'élever une ſecte nouvelle. Le premier qui en avoit envie, établiſſoit des regles inconnues juſqu'alors, formoit des dou-
tes, des difficultés, des embarras qui n'é-
toient venus dans l'eſprit d'aucun autre : ſes
idées en faiſoient naître encore de plus folles ;
& d'imagination en imagination, ils étoient
tous diviſés. Chaque Secte de *Pronifers* avoit
ſes partiſans, parmi leſquels elle étoit auſſi
aimée & reſpectée, que détestée & mépriſée
de ſes confreres. Depuis le moment, au contraire, où nous les aſſujettîmes au travail,
on ne vit plus régner parmi eux ces enfans
de l'oiſiveté : ils vécurent dans une union
que nous regardâmes comme quelque choſe
qui pouvoit contribuer beaucoup au grand
projet qui nous tenoit tant à cœur.

Il arriva cependant une petite difpute qui
d'abord fut fort vive, & mit beaucoup de
chaleur dans les eſprits ; mais c'eſt la ſeule

fois : en voici le fujet. Un *Pronifer* , dans un grand difcours préparé , avança cette Propofition : *Le principe de toutes les productions de la Terre eft dans le Soleil , car fans lui la terre ne produiroit rien ; c'eft lui qui la force de produire , de façon que nous devons tout au Soleil , & rien à la Terre.*

Quelques-uns de fes camarades firent attention à cette idée , dont la nouveauté les frappa. Après y avoir bien réfléchi & s'être confultés , ils furent trouver le Docteur. Là nouveaux débats , nouvelles conteftations ; il en réfulta deux opinions : d'abord celle du Docteur qui n'en voulut pas démordre ; enfuite la feconde : *Que ce principe étoit dans la Terre , & qu'elle pouvoit produire fans l'influence du Soleil.* Chacun des *Pronifers* , & même des *Mingalos* , prit parti : chacun auffi vouloit avoir la raifon de fon côté. Quand ceux qui penfoient différemment s'entrerencontroient , ils commençoient par difputer les uns contre les autres ; & finiffoient par s'accabler d'invectives ; ils étoient prêts d'en venir aux mains. Nous ne fîmes pas d'abord grande attention à ces puérilités : cependant cela ne laiffa pas de faire un fchifme qui pouvoit avoir des fuites très-dangereufes.

Un jour plufieurs Pronifers, de fentimens oppofés, vinrent nous trouver ; ils nous parlerent de leurs débats. Je leur dis qu'ils étoient fous ; qu'il ne leur ferviroit de rien d'approfondir des queftions vaines, defquelles ils ne pourroient tirer aucune utilité ; qu'il valoit bien mieux recueillir les grains, que de favoir qui eft - ce qui nous les procuroit. Ce difcours tout folide qu'il étoit, ne les fatisfit point. Les uns prétendoient que fi le Soleil n'étoit pas réputé faire feul toute l'opération, il en feroit moins révéré, & qu'ainfi la Religion en fouffriroit. D'autres difoient que, fi la Terre ne pouvoit pas produire fans le Soleil, il en réfulteroit que ce feroit la faute du Soleil, lorfque la Terre ne produifoit pas ; qu'on le feroit ainfi auteur des malheurs qui arrivent aux hommes, & que cela répugnoit au bon fens.

Ces Meffieurs les Docteurs nous étalerent alors toute la fubtilité & tout le rafinement dont ils étoient capables. Si le Soleil fait tout, difoient ceux qui tenoient pour la Terre, pourquoi la labourer ? Il s'enfuivra qu'elle produira forcément ; qu'il eft inutile de la cultiver, & qu'il faut fe borner à attendre tout du Soleil ; car s'il paroît, elle fera con-

trainte de produire, & s'il ne paroit pas, le
travail fera perdu. Il eft fûr, ajoutoient-ils,
qu'il eft certaines productions que la Terre
ne peut pas faire fans le concours du Soleil,
mais dans ce cas même elle eft coopérante ;
il en eft d'autres auffi qu'elle peut faire feule, & fans le fecours d'une chaleur étrangere.
Leurs Adverfaires vouloient qu'on leur expli-
quât ce qu'on entendoit par les termes d'*influence* & de *coopérante* : ils parloient.pref-
que tous enfemble avec chaleur, & ne s'entendoient pas. Nous eûmes beau dire & beau
faire, ils s'en retournerent auffi entêtés qu'ils
étoient venus, & auffi acharnés les uns contre les autres.

Huit jours fe pafferent encore dans cette
pofition. Richard nous tira heureufement
d'embarras. Comme la chofe avoit trait à
fon diftrict, il la prit à cœur ; & fans nous
rien dire, il envoya chercher tous les *Pronifers du* pays, & tous les *Mingalos* ; il les in-
terrogea tour-à-tour ; il fit placer à gauche
ceux qui tenoient pour la premiere opinion,
& à droite ceux qui tenoient pour la feconde. Il s'en trouva auffi un petit nombre qui,
avoüant bonnement qu'ils n'y comprenoient
rien, déclaroient qu'ils ne fe mêloient point

I v

de cette difpute. Ceux-ci , il les fit fortir , &
les renvoya. Après cela il prit trois *Minga-*
los & trois *Pronifers* de chaque parti , & dit
tout haut : *Mes enfans , ces douze perfonnes*
vont examiner la chofe , & régler votre diffé-
rend. Ce qu'ils arrêteront tous douze de con-
cert , fera la loi générale. Si quelqu'un y con-
trevient , je le fais renfermer pour le refte de
fes jours.

Les douze Docteurs étant reftés feuls avec
Richard , il leur déclara , fans beaucoup de
complimens , qu'ils ne boiroient ni ne man-
geroient qu'ils ne fuffent tout d'accord; en
conféquence , qu'il alloit les faire garder dans
cette maifon jufqu'à ce moment. Ce qui fut
dit , fut fait. Au bout de quinze à feize heures de tems , il en fortit un Ecrit qui portoit,
que *fans chercher à fixer les bornes ni l'étendue*
des pouvoirs de la Terre & du Soleil , on de-
voit reconnoître qu'elle coopéroit à l'œuvre de
la production ; mais qu'elle avoit befoin du So-
leil. On confeffoit qu'on ignoroit comment l'un
agiffoit fur l'autre , & l'on ftipuloit la prifon
perpétuelle pour quiconque chercheroit jamais à
l'approfondir.

Richard ayant été appellé , fut fi content
qu'il les embraffa tous fraternellement , les

régala bien, & courut vers nous, le Régle-
ment à la main. Il entra, d'un air satisfait,
en nous disant : *Mes amis, il faut promptement sceller & faire publier ce que je tiens.
Tout le monde est d'accord. Les grands man-
geurs ne seront jamais que des sots qui ne s'en-
tendront point. Vive la diette pour donner de
l'esprit.* Il nous conta son avanture ; nous en
rîmes beaucoup. Le Reglement fut publié ;
& il n'a plus été question de divisions pendant tout le tems que nous avons demeuré
dans ce pays. Pour nous mettre plus sûrement
à l'abri de pareil événement, nous fîmes une
Ordonnance qui défendoit , sous peine de
prison perpétuelle, à toute personne de répandre dans le public aucun Ecrit, avant qu'il
eût été examiné par les *Mingalos* & par les
Magistrats. Même peine fut stipulée contre
ceux qui dans leurs discours avanceroient des
propositions nouvelles , & qu'on ne pourroit
pas regarder comme des conséquences directes & immédiates du corps de Doctrine &
de Morale qui seroit dressé dans la suite.
Nous ajoutâmes que lorsque ces Propositions
tendroient directement ou indirectement à
augmenter les droits des *Pronifers* au préjudice de l'autorité de l'Etat, les Auteurs se

roient réputés criminels de Leze-Majefté, &
comme tels, punis de mort.

Le Roi eut d'abord de la peine à goûter
cette Loi ; mais nous lui fîmes comprendre
qu'en fait de Religion, la nouveauté la plus
légere eft toujours très-dangereufe ; que fi
chaque particulier avoit la liberté d'ajouter fes
idées à la croyance une fois reçue, on viendroit infenfiblement au point de douter de
tout, de mettre tout en difpute ; qu'enfin l'ambition étant une paffion naturelle à
l'homme, dans quelque condition qu'il foit,
il étoit à craindre que les *Pronifers* ne fe fer-
viffent de la liberté d'écrire, ou d'enfeigner
des nouveautés, pour donner des idées fauffes de leur état, & s'arroger par gradation
des droits qui ne leur feroient dûs à aucun
titre, & qui tendroient à énerver l'autorité
du Roi. Ce Prince fe rendit à nos raifons, &
nous remercia.

A peine eûmes-nous banni du corps des
Pronifers la pareffe & l'oifiveté, que nous
vîmes peu à peu leurs mœurs changées, les
vices exilés, & remplacés par des vertus. De
tems en tems il fe préfentoit quelques profé-
lites ; mais en fort petit nombre. L'exemple
qu'ils recevoient de leurs anciens, l'auftérité

des Loix qui venoient d'être établies, la régularité avec laquelle ils étoient obligés de vivre,
les travaux aufquels on les avoit affujettis; tout,
en un mot, annonçoit que ceux qui fe préfen-
toient pour embraffer cet état, y apportoient
une réfolution ferme & conftante de fe dévoüer
entierement aux devoirs de cette profeffion.

Dans l'examen particulier que nous avions
fait des mœurs des *Pronifers* & du culte religieux, nous découvrîmes une des raifons pour
lefquelles l'Ifle n'étoit pas autant peuplée
qu'elle auroit dû l'être. Nous avions toujours
vu jufqu'alors les *Pronifers* avoir des femmes,
& nous avions penfé qu'ils vivoient avec elles
comme les autres hommes; mais nous nous
étions trompés lourdement. Ces gens groffiers s'imaginoient que le Soleil étoit marié
avec la Lune; & comme ils voyoient toujours la Lune fe lever quand le Soleil fe couchoit, & fe coucher quand il fe levoit, ils
en concluoient qu'il n'avoit avec elle aucun
commerce. En conféquence de cette obfervation chimérique, ils fe perfuadoient qu'ils devoient imiter le Dieu dont ils étoient les Miniftres, & s'abftenir comme lui du commerce
avec leurs femmes. Une autre branche de ce
fiftème étoit de n'avoir qu'une femme, parce

que le Soleil n'en avoit qu'une , & cette regle étoit un point de Religion pour tout le monde. Il est fort heureux qu'ils n'aient pas pensé que le Soleil changeoit de femme tous les mois , ils auroient cru chacun obligé d'en faire autant.

Quoique ces Idolâtres raisonnassent d'après un fait faux & extravagant, la conclusion qu'ils en tiroient les rapprochoit pourtant de la pureté du Christianisme. Mais comme ce que l'erreur produit, se ressent toujours de son principe , ils ne se bornoient pas à cette seule conséquence ; & loin de se faire un point capital de la continence en général , ils concluoient, au contraire, de ce qu'ils étoient obligés de la garder avec leurs femmes , qu'ils pouvoient & devoient s'en dédommager avec celles des autres.

Cette façon de penser s'étoit d'autant mieux soutenue, qu'elle étoit fort du goût de toutes les femmes & filles de l'Isle. On tenoit à grand honneur d'avoir les bonnes graces d'un *Pronifer* ; les maris & les peres louoient, en cette partie, le zéle & la dévotion de leurs femmes & de leurs filles ; & quand il en survenoit quelque enfant, on le destinoit, comme un Elu, à embrasser l'état de son pere,

A mon avis ce qui donna plus de crédit parmi
le sexe à ce sistême singulier, c'est que les
Pronisers, qui avoient de tout en abondance,
étoient des amis d'un grand sécours. En second lieu, cette même abondance dans laquelle ils vivoient, jointe à la continence
qu'ils gardoient avec leurs femmes, & au
peu de fatigue qu'ils prenoient, les rendoit
très-propres à exciter la dévotion féminine.
Aussi fûmes-nous avertis que depuis qu'on les
avoit réduits au nécessaire seulement, & assu-
jettis au travail, la ferveur du sexe avoit beaucoup dégénéré.

Cet objet nous parut fort épineux & fort
difficile à toucher. La singularité des femmes étoit un des points capitaux de la Religion que nous nous proposions d'établir. Il
étoit donc intéressant de la laisser subsister.
Mais comme elle partoit d'un principe qui
sembloit, selon ces Idolâtres, autoriser les
autres folies qui accompagnoient cet usage,
nous craignions qu'en reconnoissant le faux
de ce principe, ils ne rejettassent aussi la
singularité des femmes qui en étoit la conséquence, & ne se plogeassent dans des dé-
bauches, qui n'auroient plus passé chez eux
que pour des libertés naturelles & permises;

il falloit donc n'arracher que la mauvaife
herbe, fans endommager la bonne ; & voilà
où étoit notre embarras. Nous fentions bien
que le plus difficile feroit d'amener les *Pro-*
nifers à renoncer tout-à-fait au commerce
des femmes. Ce joug, difions-nous, les re-
voltera ; & nous aurons peine à faire goûter
une nouveauté de cette efpéce, qui paroît
contraire au bien de l'Etat.

» Hélas ! difois-je quelquefois à Rofwick,
„ nos Prêtres n'ont pas toujours été obligés
„ de garder le célibat ; fi nous ne pouvions
„ pas arriver à notre but, nous demande-
„ rions, à notre retour en Europe, qu'il
„ plût au Pape de difpenfer les Goudlafours
„ de porter un joug qui pourroit les révol-
„ ter, & entrainer la perte de leur foi. Quel
„ inconvénient qu'ils reftent mariés, & qu'ils
„ vivent comme tels ! Si les loix, que nous
„ leur avons impofées, leur ont déja fait
„ perdre une partie de leur crédit auprès du
„ fexe féminin, l'habitation avec leurs fem-
„ mes y portera une nouvelle atteinte ; &
„ d'ailleurs, ils en feront moins curieux de
„ chercher à le rétablir. D'un autre côté,
„ il feroit bien plus régulier qu'ils vécuffent
„ dans le célibat. Cet état, qui eft la pureté

,, même, leur conviendroit mieux ; & com-
,, me ils font & feront toujours en petit
,, nombre, on ne pourroit pas dire que cela
,, foit contraire au bien de l'Etat. Entre tou-
,, tes ces combinaifons, celle qui nous af-
,, fectoit le plus, étoit de voir que ces *Proni-*
,, *fers* faifoient ou vouloient faire un corps
,, féparé dans l'Etat. Comme les enfans qu'ils
,, faifoient ne leur reftoient pas, ils étoient,
,, pour ainfi dire, Eunuques, quant à l'in-
,, térêt du cœur & de l'efprit : Je veux dire
,, que concentrés dans leur fphere, toujours
,, la même, ils ne tenoient à rien par au-
,, cuns des liens qui attachent le refte des
,, hommes, & les obligent de tendre, de
,, concert, à la confervation d'un tout dont
,, ils font membres «.

Après bien des réflexions, une obfervation
de Richard nous tira d'embarras. ,, Vraiment,
,, nous dit-il, vos combinaifons vous font
,, tourner la tête ; eft-ce que, fi nous les
,, convertiffions, ces *Pronifers* deviendroient
,, des Prêtres ? Point du tout, nous n'avons
,, aucun pouvoir pour leur imprimer ce ca-
,, ractere ; ils feront fimples Chrétiens, com-
,, me vous & moi. Si nous retournons en
,, Europe, on leur enverra des Miffionnaires

„ qui feront Prêtres, & un Evéque pour or-
„ donner, parmi eux, ceux qui voudront em-
„ brasser la Prêtrise avec toutes ses régles.
„ Si nous n'y retournons pas, Dieu y pour-
„ voira «.

Cette réflexion nous ouvrit les yeux, &
nous fortîmes comme d'une espéce de léthargie. Alors, pour éviter les abus dont je viens
de parler, nous décidâmes qu'il n'étoit plus
question que d'obliger les *Pronifers* à habiter avec leurs femmes, & à leur interdire
l'usage de celles des autres.

Pendant que nous étions à chercher les
moyens d'exécuter notre projet, une petite
découverte que nous fîmes, nous en fournit
une occasion favorable. Nous fûmes instruits
que quelques *Pronifers*, de tems en tems,
violoient leur Loi, & avoient en secret commerce avec leurs femmes; de façon que ce
commerce, qui étoit bon par lui-même, devenoit criminel, parce qu'il étoit défendu,
& par les précautions abominables qu'on prenoit pour l'empêcher d'éclater; attendu que
quand cela arrivoit, il en réfultoit un grand
scandale, & les deux parties étoient répu-
tées infâmes.

Nous assemblâmes donc les douze *Minga-*

los ; nous leur fîmes à ce sujet toutes nos
repréſentations. D'abord nous leur dîmes que
nous ne concevions pas pourquoi, ſe croyant
obligés d'imiter leur Dieu dans une partie,
ils ne vouloient pas l'imiter dans une autre ;
que le Soleil ne couchoit point avec les femmes des autres, & qu'ainſi ils ne devoient
point eux-mêmes y coucher. Nous leur peignîmes le ridicule & le faux de tout ce ſiſtême. Nous ajoutâmes que l'état le plus parfait
ſeroit, pour les *Pronifers*, de vivre dans une
entiere continence, puiſqu'ils croyoient que le
Soleil y vivoit. Que cependant, dans la crainte
qu'ils ne puſſent porter un joug ſi dur, le mieux
ſeroit d'admettre qu'il leur ſeroit libre d'habiter avec leurs femmes. Je leur repréſentai
moi-même combien d'abus ils préviendroient,
en permettant ce que la défenſe rendroit criminel, & en abrogeant une Loi dont la pré-
varication occaſionnoit encore de plus grands
crimes. Je leur fis ſentir quelle reſſource les
Pronifers trouveroient dans cet arrangement ;
quelle facilité il leur procureroit pour ſe
paſſer de femmes étrangeres. Enfin nous les
déterminâmes à faire un Reglement conforme à nos vœux, qui fut publié huit jours

après ; & ce Reglement , joint aux Loix dont j'ai déja parlé, qui les mettoit à l'abri de l'opulence & de l'oisiveté , acheva d'établir la régularité dans les mœurs des *Proniser*.

CHAPITRE VII.

Nous proposons d'établir le Commerce. Voyages que nous faisons à cette occasion. Mariage de Richard. Il est fait Roi. Nous quittons l'Isle de Goudlas.

NOUS commencions à voir, dans l'Isle de Goudlas, régner l'union, la bonne foi, la justice & les bonnes mœurs, lorsque nous pensâmes qu'il étoit tems de songer au commerce. Les denrées que cette Isle pouvoit fournir à ses voisins, consistoient en grains, en viandes & poissons fumés, en fruits, en *ribak*, en peaux de bêtes sauvages. Pour savoir si le commerce seroit avantageux à nos Compatriottes, il s'agissoit de savoir aussi si on leur fourniroit en échange des choses qui pourroient leur être utiles, & les encourager à cultiver leurs terres avec plus d'ardeur. Nous prîmes donc le parti de parcourir d'abord toute notre Isle ; ensuite d'essayer un peu la mer, avec un canot fait d'un gros arbre creusé, & à qui nous mîmes une petite voile faite de peaux de *Gougigos*. Nous laiſſâmes Richard, pour veiller à tout pendant notre abſence ; & ayant pris avec nous huit Sauvages, pour porter notre canot & nos proviſions, nous nous mîmes en route,

Nous employâmes ſept jours à prendre des connoiſſances exactes de tout ce pays, de ſes côtes, des lieux propres à embarquer & débarquer les marchandiſes ; de toutes les particularités, en un mot, qui pouvoient avoir quelque rapport à notre objet. On ne nous reprochera pas d'avoir perdu le tems, car ſoit pour établir un commerce, ſoit pour le faire fleurir quand il eſt établi ; ceux qui tiennent les rênes du Gouvernement, ne ſauroient avoir des idées trop nettes de tout ce qui peut y concourir.

A force de vaguer dans cette Iſle, nous arrivâmes à une eſpéce de Cap aſſez élevé. Comme nos conducteurs n'avoient jamais pénétré juſques-là, ils ne nous pouvoient donner aucun éclairciſſement. Nous y grimpâmes, Roſwick & moi, & nous découvrîmes des terres, qui nous parurent être à cinq ou ſix lieues de diſtance. L'eſpérance de pouvoir trouver quelques moyens de retourner en Europe, nous détermina à riſquer le paſ-

fage avec notre canot. Comme nous allions
dans des pays, dont nous n'avions nulle idée,
nous crûmes qu'il feroit très-prudent de faire
embarquer avec nous nos huit Sauvages. Ils
étoient bien armés de fléches & de nindars;
c'eſt, comme je l'ai déja dit, une eſpéce de
hache; cette arme n'eſt pourtant faite que
de bois taillé avec des cailloux plats & tran-
chans; on la paſſe au feu, qui lui donne une
dureté à peu près comme celle de l'argent.
Pour nous, nous avions nos ſabres & nos
armes à feu.

Nous voilà donc tous dix dans notre petit bâtimenr, à la garde de Dieu; voguant
à pleine voile, & cinglant vers les terres
que nous avions découvertes. Notre traite
fut fort heureuſe; il n'y eut que le débar-
quement qui fut un peu précipité; car faute
de connoître le terrain, nous vînmes échouer
contre des rochers à fleur d'eau, qui bor-
doient la côte. Notre canot s'entr'ouvrit, &
nous en fûmes quittes pour être moüillés ſeulement juſqu'aux genoux. Nous fûmes pourtant fâchés, Roſwick & moi, de la perte du
canot, qui nous rendoit le retour difficile.

Nous n'eûmes pas avancé un demi-quart
de lieue dans les terres, que nous trouvâmes

quelques cabannes d'habitans , & des troupeaux fort nombreux. Quelques Sauvages ,
qui nous apperçurent , s'enfuirent d'abord ,
& revinrent enfuite , au nombre de vingt-
cinq ou trente , armés de fourches. Ils nous
examinerent fort attentivement , fans toutefois ofer approcher de bien près. Nous nous
avançâmes vers eux , en fort bonne contenance ; Rofwick & moi , nous partageâmes
en deux notre troupe , & nous nous mîmes ,
l'un & l'autre , à la tête de notre petit corps.
Quand nous fûmes à vingt pas de ces habitans , qui n'avançoient ni ne reculoient ,
nous leur fi nes avec la main des fignes d'amitié les plus intelligibles qu'il nous fut poffible. Nous n'avions pas envie d'être les agreffeurs. Dix hommes ne font gueres propres à
déclarer la guerre à tout un pays qu'on ne
connoît pas. Nos fignes , heureufement pour
nous , furent interprétés affez favorablement.
Un des habitans , fa fourche à la main , s'approcha à dix pas , & me fit figne de m'approcher à mon tour. J'acceptai le défi , bien
réfolu de tuer mon homme , s'il entreprenoit de me charger avec fa fourche. Quand
nous fûmes à cinq ou fix pieds de diftance
l'un de l'autre , nous effayâmes de nous parler,
mais

mais nous ne pouvions pas respectivement
nous faire entendre. Je lui tendis la main ;
il fit quatre pas , & me donna la sienne ,
après avoir tourné les pointes de sa fourche
de son côté ; & cela parce que , comme nous
l'apprîmes dans la suite , nos fusils, dans ces
premiers momens , avoient été pris pour des
bâtons ; & que cet homme , ayant observé
que je le tenois par le gros bout , s'étoit
imaginé que je n'avois point envie de lui
faire du mal, puisque je ne lui présentois
pas le bout de la crosse , qu'il croyoit être
celui qui servoit à frapper , comme on fait
avec une massue.

C'est ainsi que la circonstance la plus légere , & dont on se défie le moins, donne
souvent lieu à de grands événemens, que
sans cela on auroit eu bien de la peine à
faire naître. Celle-ci fut fort heureuse pour
nous ; car un quart d'heure après , nous vîmes venir plus de cent autres habitans , qui
nous auroient peut-être fait un mauvais parti ,
à cause des Sauvages qu'ils reconnurent pour
des Goudlasours , & qu'ils avoient regardés
jusqu'alors comme de méchantes gens.

Quand nous nous fûmes donné respectivement la main , l'habitant & moi , je dis

II. Part.   K

à un de nos gens de m'apporter du Ribak.
Nous en avions avec nous, dans des outres,
faites aſſez ſolidement, de peaux de Mufran,
animal dont j'ai parlé. Prenant alors un petit
vaſe du même cuir, j'offris à boire à mon
nouvel ami ; il avala tout, & me fit de
grands ſignes de remercimens ; auſſi-tôt il
cria à ſes camarades d'approcher, & de nous
apporter des fruits ; ce qu'ils firent à l'inſtant.

Après tout ce préambule, nous fûmes conduits aux cabannes. Nous les trouvâmes moins
miſérables que celles de Laïquhire & de
Goudlas. Nous paſsâmes le reſte de la journée à boire & à manger avec eux. La nuit
nous couchâmes tous dix dans un même
lieu, ſur des lits de plumes étendus par
terre.

Il y a dans ce pays une grande quantité
de moutons & de chevres d'une grandeur
prodigieuſe, & tous d'un jaune jonquille.
Les habitans coupent le poil & la laine de
ces animaux ; ils les font bien boüillir ; après
quoi, ſans autre préparation, ils filent le
tout enſemble aſſez groſſierement, & en font
une ſorte de gros drap fort épais, qu'ils fa-
briquent à peu près dans le même goût que

nous fabriquons la toile ; ce drap leur fert
à toute forte d'ufages.

Outre leurs troupeaux, qui font compofés
de chevres, de moutons & de *Piabiches*, animaux reffemblans à nos chevaux, à la réferve qu'ils font un peu plus petits, & qu'ils
ont le pied comme un bœuf ; ces Infulaires
ont encore une quantité prodigieufe de vo-
latilles domeftiques, qu'ils nourriffent chez
eux, comme nous nourriffons les pigeons &
les poulets. Les *Piabiches* leur fervent à tirer,
à porter & à les nourrir, tant de leur chair,
que de leur lait que les femelles fourniffent
en abondance. Ils ont auffi des fruits, mais
en petite quantité ; & ils fement dans la
terre deux fortes de grains : l'un rond, petit & noir, qu'ils donnent à leurs volailles ;
l'autre blanc comme du ris, qui en a la
forme, le goût, & qui croît de la même maniere. Ils nomment le premier *Frigub*, le
fecond *Ligram*. Soit par la fertilité du terrain, foit par une propriété naturelle à ces
grains, il eft certain qu'ils rapportent beaucoup. Pour du poiffon & du Ribak, ils n'en
ont point ; ils ne boivent que de l'eau ; &
perfonne chez eux ne s'adonne à la pêche.

Toutes ces circonftances nous parurent
K ij

très-propres à établir un petit commerce avec ces deux Nations.

Les Goudlasours, qui n'avoient aucune étoffe, trouvoient, selon nous, un agrément à tirer, pour leur usage, les gros draps de ce nouveau pays. C'étoit pour eux un grand avantage de pouvoir y faire provision d'animaux domestiques. L'échange des denrées, que les uns avoient, & dont les autres manquoient, se présentoit à nous naturellement ; enfin nous étions fort satisfaits, à l'embarras près, de savoir comment nous pourrions nous faire entendre, & nous en retourner.

Dès le lendemain matin, nous vîmes venir à nous un habitant monté sur un *Piabiche :* il étoit suivi de deux autres qui étoient à pied. On nous fit tous sortir, pour être vus par ces trois curieux. Ils nous examinèrent depuis les pieds jusqu'à la tête, sur-tout Roswick & moi, qui portions encore quelques vêtemens Européens.

Dans le même instant vint un Vieillard, que la curiosité amenoit vers nous ; il se prosterna devant le Cavalier dont je viens de parler ; & il ne se releva qu'après que celui-ci lui eut dit quelques mots. Quand ce Vieillard nous eut bien considérés, il causa un moment avec M. le Cavalier ; & nous comprîmes bien, par leurs geftes & leurs regards, qu'il étoit queftion de Rofwick & de moi. Nous ob-fervâmes auffi que le Cavalier donna quél-ques ordres à une des perfonnes qui l'avoient accompagné Celle-ci fe mit à courir de toutes fes forces, & revint une demie-heure après avec une Sauvageffe affez bien faite, & qui nous parut jeune. Nous la trouvâmes même un peu plus blanche que les autres Infulaires, qui font d'une couleur olivâtre.

Dès que cette fille nous eut approchés, elle nous dit : *Ami, toi parla la Françoife Langue ?* A ces mots, tous nos fens s'émurent ; je re-gardai cette fille comme un Ange tutelaire ; mais il s'éleva dans mon cœur trop de mou-vemens confus, pour me laiffer la liberté de lui répondre. Rofwick, plus maître de lui que je ne l'étois de moi, lui répliqua : *Qui, ma fille, nous parlons la Françoife Langue.* Auffi-tôt cette pauvre enfant fit un grand cri de joie ; & en fe retournant du côté du Cavalier, lui dit : NADO MONAB, QUIBOG FRANÇAIS, ce qui fignifie, *Seigneur Roi, ce font des Français ;* puis fe retournant vers nous, elle nous apoftropha, en nous difant : *Ami Français, falute le Monab, lui eft le*

K iij

Chef-Roi ; nous comprîmes ce qu'elle vouloit
dire, & nous nous proſternâmes comme nous
avions vû faire. Tandis que nous rendions nos
hommages à ſa Majeſté le Chef-Roi, il donna
quelques ordres à la Sauvageſſe, qui nous
dit de la ſuivre ; ce que nous fîmes avec bien
de la ſatisfaction.

Nous fûmes conduits dans une cabanne
plus grande & plus ornée que les autres. Dès
que nous y fûmes entrés, la Sauvageſſe nous
dit, en nous montrant ſon logis & ſon jardin :
Ami Français , maiſon à moi , maiſon à vous ;
enſuite elle nous apporta elle-même des vivres, en nous engageant de boire & de manger. A peine fûmes-nous arrivés dans notre
nouveau palais, que nous vîmes venir quatre
hommes, chargés de vivres de toute eſpéce ;
c'étoit des préſens que le Roi nous envoyoit.

. La premiere choſe dont nous cherchâmes
à nous éclaircir, fut de ſavoir par quel événement cette jeune fille parloit Français. Elle
nous apprit que vingt-trois ou vingt-quatre
ans auparavant, trois Français, qui avoient
fait naufrage, s'étoient ſauvés dans cette Iſle ,
qu'elle nous dit s'appeller *Alboury :* que deux
étoient morts dans la premiere année ; &
que le troiſiéme avoit vêcu près de vingt

deux ans ; qu'elle étoit fille de ce dernier,
qui avoit pris une femme de l'Ifle ; qu'elle
étoit âgée de vingt ans ; qu'elle avoit perdu
fa mere dès l'âge de dix-huit ; que fon pere,
qui l'aimoit beaucoup, l'avoit élevée avec
grand foin, jufqu'au dernier moment ; qu'il
y avoit déja deux années qu'il étoit mort ;
qu'elle le regrettoit d'autant plus, qu'elle lui
avoit l'obligation de l'avoir inftruite de la
Religion Chrétienne ; qu'elle ne doutoit point
que nous ne fuffions de la même Religion
que fon pere ; & que c'étoit par cette raifon qu'elle avoit eu tant de fatisfaction de
trouver des Français.

Elle ajouta qu'elle nous avoit reconnus
pour tels à nos habillemens, ainfi qu'avoit
fait le Vieillard dont j'ai déja fait mention ;
mais qu'elle nous prioit de lui dire qui étoient
les gens qui nous accompagnoient, dont elle
ne connoiffoit ni la figure, ni la Langue,
ni l'habillement. Nous lui rendîmes raifon
de ce qu'elle nous demandoit. Nous lui ex-
pliquâmes le deffein que nous avions d'établir un commerce & des liaifons entre ces
deux Peuples. Après quoi, lui ayant demandé fi elle étoit mariée, elle nous répondit
qu'elle ne comptoit jamais l'être, à moins

que ce ne fût avec un Chrétien. *Eh bien, ma fille*, lui dis-je, *remerciez Dieu de ce qu'il lui a plû nous envoyer vers vous, pour foutenir votre foi; & demandez-lui qu'il nous faffe la grace de pouvoir vous emmener dans un pays où fon culte eft public.*

Notre Sauvagefle, nous fervant de guide & d'interprete, nous fûmes le lendemain faire nos actions de graces au *Monab*, & lui faire part de notre projet. Nous lui peignîmes l'avantage qu'il y avoit en général d'étendre ce qu'on appelle la fociété des hommes. Nous lui repréfentâmes qu'il trouveroit dans cette Nation des fecours pour la guerre, pour les agrémens de la vie; & que le tout enfemble rendroit fes Sujets plus induftrieux & plus ardens à la culture des terres. Enfin, après lui avoir dépeint toute l'utilité qu'il pourroit retirer de notre projet, nous le déterminâmes à l'embrafler : il nous fit même des remercimens, qui nous annonçoient combien nous l'avions perfuadé : car un Prince qui remercie, n'eft pas chofe ordinaire : cependant il ne voulut rien nous promettre, fans avoir confulté les Anciens, & il demanda huit jours pour faire fa réponfe décifive. Je trouvai ce délai fondé fur des raifons bien fages ; & peu s'en fallut que je ne fiſſe alors comme bien des Français, qui n'ont jamais forti de chez eux ; c'eſt-à-dire, que je ne fuſſe furpris de trouver de la fageſſe dans un autre pays que le mien. En tous cas, ma fottiſe n'eût pas été du même poids, puiſque je me trouvois vis-à-vis un peuple barbare & fauvage, & qui n'avoit rien des Arts que nous poſſédons. *Mais, comme dit Roſwick, les Arts font cantonnés, & le bon fens eſt de tout pays. Heureux le climat dans lequel ils fe trouvent réunis ! Cela n'eſt pas bien commun.*

Digreſſion à part ; nous fûmes remis à la huitaine, pendant lequel tems le Roi délibéra fur nos propoſitions. J'oubliois de dire que le *Monab* nous fit des queſtions fans nombre fur notre pays, fur nos avantures, fur nos armes : il favoit déja une partie de ce que nous lui dîmes : il avoit connu le Français dont j'ai parlé, qui l'avoit inſtruit des mœurs, & de tout ce qu'il y a de plus fingulier dans l'Europe : il étoit cependant bien aiſe d'être aſſuré par nous-même de tout ce qu'on lui avoit raconté.

Le jour aſſigné pour la réponſe étant venu, nous nous rendîmes chez le *Monab*, dans

K v

l'efpérance d'y jetter les fondemens d'un bon traité de commerce. Mais quel fut notre étonnement, lorfque nous vîmes que nous étions plus éloignés que jamais de notre but. Le *Monab* nous dit tout naturellement : „ Etrangers, toutes chofes ont deux faces ; „ fouvent nous ne voyons que celle fous la-„ quelle on nous les préfente, c'eft alors un „ malheur : perfifter dans fa méprife, c'en „ eft un autre plus grand que le premier qu'il „ ne fait qu'aggraver. Vos difcours m'ont „ féduit ; j'ai trouvé votre fiftême avanta-„ geux ; j'en fuis convenu ; mais ces Vieil-„ lards que voici, me l'ont fait envifager „ différemment : ni eux ni moi, ne fom-„ mes d'avis d'admettre ce que vous nous „ propofez «.

Rofwick fit demander la permiffion de par-ler ; il lui fut répondu, qu'on lui feroit fa-voir les motifs du refus, & qu'on lui don-noit huit jours pour y répondre. Nous nous retirâmes ; & dès le foir même vint un Sau-vage à cheveux blancs, qui par le fecours de la Sauvageffe, nous expliqua quelles étoient les raifons qu'on avoit eues pour nous refufer. Ayant donc un délai fuffifant de-vant nous, nous préparâmes le difcours que voici.

» NADO-MONAB, ou *Seigneur-Roi*, Votre
„ Majesté a eu la bonté de me faire part
„ des motifs de ses refus, & de me per-
„ mettre d'y répondre, je vais donc le faire,
„ article par article.

» 1°: Vous craignez que le commerce en-
„ tre votre peuple, & celui de notre Isle,
„ ne soit une occasion prochaine de querel-
„ les, plutôt que la baze d'une union solide.
„ Je dis pour réponse, que nous établirons,
„ de concert avec vous, des Loix dictées par
„ l'équité même; & que le Prince Goudla-
„ sour fera serment de les garder, si vous
„ voulez en faire autant. Si les opérations
„ de ce commerce se réglent arbitrairement,
„ il ne peut pas subsister; mais si le juste &
„ le vrai sont l'arbitre des différends qui
„ pourront survenir, le commerce ne souf-
„ frira point d'altération. Il n'est donc ques-
„ tion que de chercher comment connoître
„ & faire régner la justice en cette partie.
„ Permettez-moi, *Nado-Monab*, de vous pro
„ poser un moyen bien simple : c'est de pren-
„ dre pour loi celle qui est la source primi-
„ tive de toutes les nôtres : Ne point faire
„ aux autres ce qu'on ne voudroit pas qu'ils
„ nous fissent. Ainsi, quand il y aura de la

„ fraude fur la qualité ou la quantité des mar-
„ chandifes, il fera aifé de juger la contef-
„ tation ; de même, fi les payemens ne font
„ pas faits dans les tems convenus. Mais les
„ circonftances où elle vous fervira plus de
„ guide, feront celles où la rigueur du droit
„ femble bleffer l'équité naturelle, & exiger
„ ou que le Juge, ou que le demandeur,
„ confente à quelque modification. La feule
„ difficulté fera de conftater les faits d'une
„ maniere non équivoque ; mais cet embar-
„ ras n'eft rien. Il n'y a qu'à déclarer nuls
„ tous engagemens qui ne font pas écrits ;
„ le pis aller, eft que ceux qui ne fauront
„ pas écrire, n'ofent pas commercer. Le
„ malheur ne fera pas bien grand, parce que
„ les Particuliers, qui feront dans ce cas,
„ feront forcés de s'imputer à eux-mêmes
„ la privation de l'avantage que le commerce
„ leur procureroit. De notre côté, nous
„ nous engagerons de faire publier la même
„ Loi.

„ 2°. Vous appréhendez que l'introduc-
„ tion dans vos Etats, du Ribak & du poiffon
„ falé, ne dégoûte vos Sujets des vivres qu'ils
„ trouvent naturellement dans leur pays, &
„ par conféquent, de la culture des terres,
„ & du foin des troupeaux.

» Pour réponſe, j'aurai l'honneur d'ob-
» ſerver à Votre Majeſté, que le commerce
» n'étant que l'échange d'une marchandiſe
» pour une autre, plus vos Sujets voudront
» avoir de Ribak & de poiſſon ſalé, plus
» auſſi il faudra qu'ils donnent en retour des
» fruits du pays. Ils ſeront donc forcés, pour
» ſe ſatisfaire, de doubler, pour ainſi dire,
» leurs peines & leurs travaux.

3°. Vous alléguez que vous avez été au-
» trefois en commerce avec les Laïquhirois;
» mais que cela n'a pas pu ſubſiſter plus de
» trente ans; & qu'ainſi il y a lieu de croire
» qu'il en ſeroit de même avec nous. Pour
» réponſe, j'ai à alléguer que je me ſuis infor-
» mé exactement des cauſes de la décadence
» de ce commerce. Les Laïquhirois ne peu-
» vent négocier avec aucune Nation étran-
» gere; leur pays eſt infecté de Bloudſokres,
» qui enlevent la meilleure partie des den-
» rées qui ſortent ou qui entrent; de maniere
» qu'il faut qu'elles ſoient vendues un prix
» exceſſif, pour que le Marchand puiſſe être
» dédommagé : cela fait que chacun eſt re-
» buté de ce même prix; & que ce com-
» merce, tournant au préjudice de ceux qui
» le font, tombe peu à peu de lui-même,

„ & s'anéantit. Si les paſſages avoient été
„ libres à Laïquhire , les Marchands n'au-
„ roient pas été obligés de marcher de nuit,
„ furtivement , & de prendre des routes dé-
„ tournées qui leur faiſoient perdre beaucoup
„ de tems , & leur occaſionnoient nombre
„ de frais ſuperflus. Les denrées qu'on né-
„ gocioit auroient trouvé plus de débit , plus
„ de conſommation ; & comme elles auroient
„ occaſionné plus de bénéfice , elles auroient
„ fait ſortir les Laïquhirois de la léthargie
„ où ils ſont toujours demeurés. D'ailleurs,
„ lorſqu'il y avoit quelques conteſtations en-
„ tre les Marchands , elles étoient décidées
„ en faveur du plus offrant. Celui qui préſen-
„ toit le plus de grains & de fruits aux *Goud-*
„ *liches* , (qui ſont les animaux dont j'ai parlé
„ ci-devant) étoit ſûr d'avoir gain de cauſe ,
„ quelqu'injuſtice criante qu'il eût commiſe,
„ Enfin un dernier mal , c'eſt que les routes ,
„ pour le tranſport des marchandiſes , étoient
„ extrêmement incommodes ; ce n'étoit à cha-
„ que pas que des arbres entrelaſſés d'épines,
„ qui mettoient en piéces tout ce qui paſ-
„ ſoit ; de maniere que les ſacs où étoient
„ les grains , étoient déchirés ; & il en reſ-
„ toit la moitié ſur la route : ainſi la perte du

„ tems , les dommages que caufoient les
„ Bloudfokres, la difficulté des chemins , les
„ injuftices que l'on recevoit ; tout concouroit
„ à enlever le bénéfice, à rebuter les Mar-
„ chands , & à accélérer la ruine du com-
„ merce.

» Mais dans le plan que nous avons l'hon-
„ neur de vous propofer , vous ne trouverez
„ aucuns de ces inconvéniens ; point de
„ Bloudfokres , point d'injuftices, point de
„ perte de tems , point de routes femées
„ d'épines. Nous nous engageons de les ap-
„ planir , de façon que chacun puiffe y paffer
„ fans difficulté. Sous ce point de vûe , nous
„ ofons nous flatter , *Nado-Monab* , que vous
„ confentirez volontiers à un établiffement ,
„ qui vous fera auffi avantageux qu'à ceux qui
„ vous en font la propofition «.

Ce difcours fut écrit & traduit par notre
Sauvageffe , qui le lut au Roi dans la Langue
du pays. Il eut tout le fuccès que nous en
attendions ; on accepta nos offres , & il ne
fut plus queftion que d'arrêter les conventions refpectives. Nous nous retirâmes pour
y réfléchir ; & on nous affigna un jour pour
rapporter ce que nous avions rédigé.

Trois jours après , nous préfentâmes notre

petit ouvrage. Il plut au coup d'œil ; mais
nous fûmes renvoyés à la huitaine pour avoir
une folution définitive. Après l'expiration de
ce délai, il y eut encore plufieurs pour-par-
lers, defquels il réfulta le petit arrangement
que voici.

ARTICLE PREMIER.

„ Le commerce ne pouvant fubfifter que
„ par l'utilité commune de ceux qui le font ,
„ il a été réfolu de l'établir entre les Goudla-
„ fours & les Albouryens, pour l'avantage
„ refpectif des deux Nations; ainfi chacune
„ d'elles écartera tout ce qui peut préjudicier
„ à l'autre.

„ I I. La juftice & la bonne foi étant la bafe
„ du commerce, quiconque aura prévariqué
„ dans fes engagemens , ou fait dans une
„ feule occafion des actes de mauvaife foi,
„ fera privé pour toute fa vie de la faculté
„ de commercer ; & nous déclarons qu'il ne
„ fera plus cru en Juftice.

„ I I I. On fera cenfé avoir prévariqué ;
„ lorfque les livraifons ne feront pas confor-

» mes aux conventions ; comme si l'on four-
» nissoit de mauvaise marchandise pour de
» bonne, ou qu'on n'en livrât point du-tout
» à celui auquel on en doit.

» I V. Si cependant un cas fortuit, qu'il
» n'étoit pas possible de prévoir, une force
» majeure, comme une tempête, une incen-
» die, ou quelque chose d'équivalent, met
» le débiteur hors d'état de satisfaire à ses
» engagemens, il ne sera point réputé de
» mauvaise foi ; & il lui sera donné tems &
» délai suffisant pour s'acquitter.

» V. Dans ce dernier cas, on examinera
» si les pertes qu'il a faites ne proviennent
» point de son imprudence. S'il n'y a nulle-
» ment de sa faute, ses créanciers le traite-
» ront comme ils voudroient qu'on les trai-
» tât. Nous les engageons à lui faire des re-
» mises, en lui accordant le délai mentionné
» à l'article précédent ; & nous voulons qu'il
» soit exempt de tout reproche.

» V I. Si au contraire on lui impute quel-
» que imprudence, il ne pourra rentrer dans
» le commerce qu'il ne soit entièrement ac-

» quitté ; quand même les créanciers auroient
» bien voulu lui remettre une partie de
» leur dû.

» V I I. On sera réputé imprudent, toutes
» les fois qu'on se sera servi de son crédit
» pour expoſer plus d'effets empruntés qu'on
» n'eſt en état d'en rendre, s'ils viennent à
» périr.

» V I I I. Comme il faut que chacune des
» deux Nations se propoſe toujours le bien de
» la choſe, l'une ne souffrira point com-
» mercer chez elle, celui qui aura été dé-
» chu du privilége de commercer chez l'au-
» tre.

» I X. Tous les hommes ayant également
» intérêt que leur société soit purgée
» des malfaiteurs, nous ſtatuons que s'il
» arrive qu'un Inſulaire paſſe de son pays
» dans l'autre, pour se souſtraire au châti-
» ment de quelques crimes qu'il auroit com-
» mis, il y pourra être pourſuivi, & puni
» comme dans son propre pays.

» X. Chaque Nation s'engage reſpective-

„ ment à applanir les routes, à lever toutes
„ les difficultés qui pourroient retarder les
„ opérations des Marchands ; & s'il parois-
„ soit quelque *Bloudsokre*, ou autre oiseau
„ de proie de cette nature, il sera donné
„ une récompense proportionnée à celui qui
„ le tuera.

„ X I. Les contestations pour fait de com-
„ merce seront réglées sans délai, & par pré-
„ férence à toutes les autres.

„ X I I. Pour l'entretien des ports, des
„ chemins, & autres choses nécessaires au
„ commerce, chaque Marchand payera la
„ taxe à laquelle il déclarera qu'il doit être
„ imposé ; & il ne sera levé aucun droit sur
„ ses marchandises.

„ X I I I. Comme il n'est pas juste que
„ quelqu'un profite du travail des autres,
„ ceux qui ne seront point imposés, ne pour-
„ ront point commercer.

„ X I V. Nous déclarons que la taxe an-
„ nuelle que chaque Marchand doit s'impo-

„ fer, est le centiéme de la valeur des effets
„ qu'il a dans sa possession.

„ XV. Chaque Marchand, comme il est
„ dit à l'Article XII. fera taxé sur sa propre
„ déclaration. Nous permettons que sur son
„ crédit il risque des effets appartenans aux
„ autres, jusqu'à la concurrence de 50 fois
„ la taxe qu'il paye ; sans que les malheurs
„ qui le mettroient dans l'impossibilité de
„ remplir ses engagemens, puissent le faire
„ accuser d'imprudence, à moins que sa dé-
„ claration ne soit prouvée être fausse du tri-
„ ple en sus de la véritable situation de sa for-
„ tune.

„ XVI. Celui au contraire qui risquera
„ plus que ce qui vient d'être fixé, fera de
„ droit réputé imprudent, & traité comme
„ tel, quand même ses biens feroient beau-
„ coup plus considérables que sa taxe ne l'an-
„ nonce, & il restituera à l'Etat le quadru-
„ ple de ce qu'il auroit dû payer.

„ XVII. Les enfans d'un homme mort
„ insolvable, ne pourront être élevés à au-

„ cune dignité, qu'après qu'ils auront entie-
„ rement payé les dettes de leur pere, sans
„ aucune remise de la part des créanciers ".

A tous ces Articles nous en ajoutâmes quel-
ques·uns qui ne concernoient que notre Isle,
& dont l'objet étoit de donner une récompense en forme de prix à celui qui chaque année feroit entrer plus de marchandises. Nous
fîmes aussi la même disposition pour celui qui
en feroit sortir le plus, & nous fondâmes
autant de prix qu'il y avoit de sortes de denrées dans le commerce. Nous établîmes encore des marques d'honneur & de distinction,
ausquelles on n'avoit droit de prétendre qu'a-
près avoir obtenu un certain nombre de
prix.

Le Roi & Richard nous proposerent à notre retour d'établir des magasins publics, capables de contenir en grains la subsistance de
tout le peuple pendant un an, ou environ,
mais nous leur observâmes que s'ils étoient
nécessaires dans l'Isle de Wayserdanos, où on
ne faisoit aucun commerce, cela devenoit inutile dans la position où on alloit se trouver à
Goudlas ; & que d'ailleurs la chose étoit impossible dans l'exécution. Il croît, disions-

nous dans cette Ifle plus de grains que les habitans n'en peuvent confumer ; cependant on
ne cultive que les bonnes terres , & il en eft
beaucoup de médiocres, ou dont la qualité
eft ignorée , qui reftent en friche ; & cela ,
parce que les grains qui en proviendroient
étant fuperflus & fans aucun prix , on ne
feroit pas dédommagé des frais & des peines de la culture. Les grains n'étant ni fi abon-
dans , ni fi bons dans l'Ifle d'Alboury , le débit des nôtres eft affuré ; & de-là il réfulte
que le bénéfice qu'ils procureront , engagera
à mettre en valeur toutes les terres qui n'y
font pas , & à cultiver avec plus de foin celles qui font déja en rapport. Dès-lors les années les moins abondantes le feront toujours
affez pour nourrir le pays ; & fi dans la fuite
des tems le commerce s'étend à d'autres peuples voifins , toutes les fois que les Marchands
preffentiront du bénéfice à faire entrer des
grains étrangers , ils auront certainement &
la facilité & l'empreffement de le faire. On
peut en ce point s'en repofer fur eux.

Nous démontrions par deux raifons l'impoffibilité de tenir des magafins. La premiere étoit que ni le Roi , ni les Particuliers
ne font en état de magafiner pour un an la

quantité de grains nécessaires à la subsistance
de tout le peuple. La Fronde, que quand même ils le seroient, les soins que cette denrée
demande pour ne point se corrompre, & les
altérations qu'elle souffriroit nécessairement
par la difficulté de la bien gouverner, la rendroient conséquemment plus chere & moins
bonne ; & que cette augmentation de prix
tourneroit toute entiere au détriment public,
attendu qu'elle résulteroit du dépérissement
de la chose, sans que personne pût en profiter. Ce raisonnement fut appuyé par des
exemples. Je donnai surtout celui que je me
souvenois avoir trouvé dans les Mémoires de
M. de Sully. Ce grand homme trouvant les
Finances dans un état déplorable, & persuadé
qu'on ne peut pas tirer de l'argent d'un peuple
qui n'en a point, crut trouver dans la liberté
du commerce des grains, la source abondante
dont il avoit besoin. Henri IV. goûta son projet. Tout le monde sait qu'il s'en trouva bien,
sans qu'on puisse reprocher à ce sistême d'avoir
occasionné quelque disette tant qu'il a subsisté.
Roswick à son tour développa la façon dont
l'Angleterre se conduit en cette partie, &
nous fîmes ensorte que le Roi se rendit à nos
raisons. Reprenons maintenant le fil des événemens.

Au moyen des retardemens que les délibé-
rations du *Monah* avoient occafionnés, il y
avoit déja plus d'un mois que nous étions
dans l'Ifle d'Alboury, lorfque notre affaire
fut conclue définitivement. Comme on avoit
abfolument perdu de vüe la navigation, depuis que tout commerce avoit été abandonné
par les habitans de cette Ifle, nous fûmes huit
jours entiers à faire faire un petit canot qui
pût nous repaffer. Nous en vinmes pourtant
à bout; mais nous eûmes le chagrin d'être
arrêtés par un vent contraire, qui foufle con-
ftamment pendant trente-neuf jours; & par
un calme de fept jours qui lui fuccede ordinairement. Alors le zéphir le plus léger ne fe
fait aucunement fentir. Nous apprîmes à cette
occafion que cet événement étoit commun
dans la faifon où nous étions.

Lorfque nous fûmes au moment de nous
embarquer, Rofwick fut furpris d'une efpéce
de colique néphrétique qui dura vingt-quatre
heures, & lui laiffa en partant une fiévre
épouvantable, qui le mit hors d'état de remuer aucun de fes membres. Il demeura cinq
femaines entieres dans cette cruelle pofition;
& après avoir pris huit à neuf jours pour fe
rétablir, il fut le premier à preffer notre em-
barquement

barquement. Je dois à notre Sauvageſſe un éloge des ſoins qu'elle prit de notre malade, & je ne dirois pas trop, en aſſurant qu'elle ſauva la vie à mon ami.

Toutes ces circonſtances réunies nous retinrent dans l'Iſle d'Alboury près de quatre mois & demi; de ſorte que nous ne fûmes de retour chez nous qu'environ cinq mois après que nous en étions partis.

A notre arrivée, on fit preſque des réjoüiſſances publiques. On nous croyoit noyés ou dévorés des bêtes ſauvages. Richard qui n'oſoit ſe mettre dans la tête que nous euſſions péri, nous croyoit tout au moins perdus pour lui. La douleur de ne plus revoir des amis qu'il aimoit tendrement, le chagrin d'être, plus que jamais, privé de toute reſſource, de toute eſpérance de pouvoir ſortir de l'Iſle où nous l'avions laiſſé; l'ennui, la mélancolie, tout avoit contribué à déranger l'aſſiette de la machine Wayſerdane; & il étoit aſſez grièvement malade, lorſque nous arrivâmes chez lui. Notre préſence lui rendit la vie. Il nous fit un compliment bien ſincere, qui prouvoit combien il nous étoit dévoué. *Mes amis*, nous dit-il, *les deux tiers de moi-même me manquoient; le tiers qui me reſtoit étoit ma-*

lade, parce qu'il ne pouvoit plus vivre seul ; maintenant que je les retrouve, celui-ci se portera mieux. Ne soyez point inquiets de moi, le plaisir de vous revoir m'aura bien-tôt rétabli.

Richard nous tint parole. En effet, il recouvra sa santé ; & huit jours après notre arrivée, on auroit dit qu'il n'auroit jamais eu la moindre indisposition. La jeune Albourienne qui, avec la permission du Monab, nous avoit suivi, eut pour Richard les mêmes attentions qu'elle avoit eues pour Rofwick. Il y fut sensible, & sous le masque de la reconnoissance & de l'amitié, l'amour attaqua & défit le Wayserdan. Ce n'est pas la premiere fois qu'une métamorphose de cette espéce lui ait parfaitement réussi.

Les idées que Richard avoit conçues des femmes Européennes, l'avoient absolument éloigné de penser au mariage. D'abord il vit *Catherine* ; (c'est ainsi que la jeune Sauvagesse avoit été nommée à son Baptême ; son nom de famille étoit *Bougé* : mais dans son Isle on ne la connoissoit que sous le premier ; c'est aussi celui que je lui donnerai dans la suite.) il vit donc d'abord Catherine avec des sentimens qui sembloient ne point donner l'exclusion à son antipathie pour le mariage.

Mais comme nous étions plus expérimentés
que lui fur cet article, nous n'en fûmes pas
la dupe fi long-tems. D'un autre côté, la
naïveté de Richard, l'uni de fon caractere,
la pureté de fon cœur, tout féduifit Catherine ; de maniere que ce couple fauvage brû-
loit l'un pour l'autre d'un beau feu, fans le
favoir. Nous nous apperçûmes promptement,
Rofwick & moi, de fon commencement &
de fon progrès Nous le vîmes avec plaifir,
parce que nous penfions qu'ils étoient faits
l'un & l'autre pour fe rendre heureux ; &
nous faififfions toutes les occafions pour rani-
mer encore leurs fentimens refpectifs.

Malgré le but férieux que nous nous pro-
pofions, nous étions bien-aifes auffi de nous
amufer un peu, & nous efpérions trouver dans
des amours de ce genre de quoi nous donner quelque petite comédie. Nous les ob-
fervions donc avec grand foin, fans qu'ils s'en
apperçuffent ; leur bonne-foi naturelle, leur
candeur & la confiance qu'ils avoient en
nous, étoient des circonftances bien favora-
bles à notre curiofité. Dès que Richard avoit
un moment de libre, il le paffoit auprès de
Catherine ; & ce pauvre garçon, afin de tout
concilier, l'avoit engagée à cultiver une fç-

péce de petit jardin qu'il avoit en fon particulier. Il faifoit l'ouvrage le plus rude, &
il avoit toujours grande attention que Catherine n'en prît pas au-deflus de fes forces.
Ce genre de vie ne la fatiguoit point, parce
qu'elle étoit accoutumée au travail dès fon
bas-âge, & qu'elle étoit bien-aife de fe trouver dans la compagnie de Richard, & de lui
être utile. Nous étant avifés de demander à
celui-ci, pourquoi il faifoit ainfi travailler
Catherine, il nous répondit tout ingénu-
ment qu'il fentoit un vrai plaifir de l'avoir
auprès de lui ; qu'il l'aimoit, & qu'il feroit
fâché de la laiffer dans l'oifiveté.

» Tant qu'elle fera occupée, ajouta-t'il,
» elle n'aura point de peine à conferver fa
» vertu, & elle s'en portera mieux. Croyez-
» vous que fi vos femmes d'Europe avoient
» d'autres occupations que celles de boire,
» manger, dormir & fe parer, vous feriez
» tous Co... comme vous êtes ? Point du-
» tout. Je foutiens, moi, qu'elles feroient
» auffi honnêtes femmes en travaillant, qu'el-
» les le font peu en ne faifant rien. Auffi
» eft-ce bien votre faute, fi elles font de
» mauvais fujets ; car vous dites fans ceffe
» parmi vous que *l'oifiveté eft la mere de tou*

» *les vices* ; & vous élevez les femmes à être
» oifives. Dans leur jeuneffe on ne les for-
» me point à l'étude ; elles n'ont aucu-
» ne autorité ; on ne veut pas qu'elles fe
» mêlent des affaires ; les gros ouvrages leur
» font interdits ; que diable voulez-vous donc
» qu'elles faffent ? Ce qu'elles font, & ce
» qu'elles feront toujours tant qu'elles vi-
» vront comme elles vivent. Pour moi, qui
» aime Catherine, je ne veux pas qu'elle fe
» mette dans le cas de chercher à faire le mal,
» faute d'avoir du bien à faire «.

De tems en tems M. le Wayferdan nous
faifoit part de quelques-unes de fes réflexions ;
& il faut avoüer qu'il y avoit bien du vrai.
On doit dire de celle-ci, par exemple, que
fi l'on ne peut pas regarder fon fiftême comme un remede général & décidé contre tous
les déréglemens des femmes, il empêcheroit
du moins qu'ils ne fuffent portés auffi loin
qu'ils le font ; & on eft obligé de convenir
que l'oifiveté dans laquelle elles font forcées
de vivre, eft un puiffant fecours pour ceux
qui cherchent à triompher de leur vertu.
Comme j'ai déja touché cet article dans ma
premiere partie, je ne m'y arrêterai pas da-

vantage. Je fuis fâché que l'ordre des faits m'y ait ramené une feconde fois.

Malgré la févérité de Richard, il étoit obligeant, prévenant, attentif. Dès qu'il attrapoit quelques bêtes à la chaffe, il accouroit les apporter à Catherine ; & celle-ci les accommodoit pour nous en régaler. Il avoit conftruit des filets avec de petites bandes de cuir, il s'en fervoit pour prendre des oifeaux. Ceux dont le plumage étoit beau, ou dont le chant étoit mélodieux, étoient mis dans une cage qui étoit au chevet du lit de Catherine. Il la paroit de fleurs, il lui offroit les prémices de fes fruits ; de tems en tems il lui tenoit les propos qu'une mere vertueufe & tendre tiendroit à fa fille pour la former à la vertu ; & il terminoit toujours fes petits fermons en lui difant : *ma chere Catherine, je veux avoir toujours foin de ton ame, car ce n'eft qu'à caufe d'elle que j'aime ton corps.* C'étoit en termes groffiers lui dire, qu'elle devoit à la vertu, la conquête qu'elle avoit faite de lui ; mais ces expreffions, toutes fingulieres qu'elles foient, renferment des beautés que j'ai cru devoir conferver au Lecteur.

La pauvre Catherine, de son côté, adoroit son cher Wayferdan. Quelquefois elle nous ouvroit son cœur, & nous parloit avec une sincérité qui étoit un sûr garant de la pureté de ses sentimens & de sa simplicité.

Je lui disois un jour qu'il nous paroissoit qu'elle aimoit Richard bien tendrement ; & lorsque je lui eus fait quelques questions relatives à cette proposition, elle nous dit : „ Quand je vois Richard, qu'il m'approche, „ qu'il me parle, qu'il me fait quelque pré- „ sent, qu'il me dit qu'il m'aime, je me „ sens toute hors de moi ; je ne peux pas „ vous peindre ce qui m'agite ; c'est une es- „ péce de tressaillement dans tout mon corps, „ mais c'est un tressaillement qui cause plus „ de plaisir que quand je bois ou que je „ mange. Tenez, ce que je prens par la „ bouche, ne m'affecte que la bouche ; & „ ce tressaillement m'affecte tous les mem- „ bres. Vous concevez bien que je suis bien- „ aise de le ressentir, & par conséquent de „ voir celui qui le fait naître. Je crois même „ que cela est bon pour la santé ; car si j'ai „ quelque indisposition, dès que ce tressail- „ lement me prend, je ne sens plus que lui, „ mon mal est entierement dissipé. Je crois

L iiij

„ que fi je pouvois treffaillir toujours, je me
„ porterois toujours bien ".

Quatre mois fe pafferent dans ce petit
commerce innocent, au bout defquels ayant
pris Richard en particulier, nous lui parlâmes mariage. Ce pauvre garçon qui croyoit
le miniftere du Prêtre néceffaire au Sacrement, étoit bien éloigné d'y penfer. Nous
commençâmes donc à lui expliquer en quoi
confiftoit l'effence du Sacrement, & nous lui
fimes comprendre que puifqu'il étoit dans
l'impuiffance phifique de remplir le cérémonial établi dans l'Eglife, il pouvoit, en toute
sûreté de confcience, s'unir à Catherine, &
que les nœuds qu'ils formeroient enfemble,
feroient légitimes & indifpenfables, dès
qu'il feroient engagés l'un à l'autre. Pour
calmer auffi les inquiétudes que fon féjour
en Europe pouvoit lui avoir fait naître fur
d'autres objets, nous lui ajoutâmes qu'il devoit être bien affuré que Catherine étoit une
fille vertueufe, & qu'il en étoit aimé tendrement ; que ces deux circonftances réunies lui
répondoient de la durée de fon bonheur ; en
ce que, dès qu'elle feroit fa femme, cet
amour qu'elle lui avoit accordé étant fille, deviendroit une vertu d'autant plus folide. &

d'autant plus chere à ses yeux, que le goût seroit nourri & fortifié par le devoir.

Nos raisonnemens déciderent Richard. Catherine, trois jours après, fut faite Wayserdane. Le serment fut prêté publiquement à la façon du pays, serment qui est simple, dans la forme duquel il n'entroit aucune superstition. On peut bien penser que ce fut de grandes fêtes dans toute l'Isle. Nous avions chassé & fait chasser pendant deux jours; au moyen de quoi nous régalâmes la majeure partie des habitans. Les tressaillemens de Catherine redoublerent, & ils devinrent si violens & si fréquens, qu'à la fin elle y comprit quelque chose. Mais le Lecteur me permettra bien de la laisser tressaillir tant qu'elle voudra, ou tant qu'elle pourra, & de quitter la nôce pour reprendre la suite de mon Histoire.

Dès que nous fûmes de retour de l'Isle d'Alboury, nous donnâmes toute notre attention aux établissemens du commerce que nous voulions former; nous instituâmes les prix dont j'ai déja parlé. Nous fîmes construire des canots, & quelques batteaux plats, capables de pouvoir, sans danger, transporter les marchandises. Persuadés qu'il n'y a point de tra-

L v

vaux si utiles au commerce & au public que
la commodité des chemins, nous fîmes travailler par-tout à établir de grandes routes; &
on prenoit dans les magasins publics de quoi
nourrir & récompenser les ouvriers. Enfin,
nous nous donnâmes tant de peines & de
soins, que nous vîmes en peu de tems tout
changer de face; les terres cultivées avec ardeur, nos denrées transportées à Alboury,
celles des Albouryens abonder dans notre
Isle, surtout leurs animaux domestiques dont
nous étions absolument dépourvus.

. Mais pendant la longue absence que nous
avions faite, il s'étoit glissé un abus dans
l'administration de la justice, qui avoit échap-
pé à la vigilance de Richard. Sa maladie,
sans doute, son ennui & ses autres occupations, avoient été la cause de son inattention
en cette partie.

. Le climat des Goudlasours est chaud, &
leur tempéramment tient de leur climat. Aussi
sont-ils fort adonnés aux femmes; & comme cette dépravation dans les mœurs est une
source de toutes sortes de déréglemens, nous
nous étions fortement proposés de toucher à
cet article, sans avoir pu jusqu'alors imaginer par quelle voie nous pourrions arriver à
notre but.

Parmi les vingt-quatre anciens que nous avions choifis pour en former le Corps des Magiftrats, il en étoit mort fept dans l'efpace d'un mois ; & cela depuis que nous étions partis, Rofwick & moi. Le Roi avoit nommé aux emplois vacans, & croyant bien faire, il avoit pris des hommes depuis l'âge de 25 jufqu'à 30 ans. Il avoit choifi ceux qui lui avoient paru avoir plus d'ardeur pour le travail, & un génie plus vif, plus pénétrant. Ce choix n'eut pas tout le fuccès qu'il en attendoit. Ces jeunes gens dans l'âge bouillant de la jeuneffe, chercherent à concilier les devoirs & l'honneur de la Magiftrature, avec le goût qu'ils avoient pour le plaifir. Il en réfulta encore un inconvénient : comme on pouvoit expliquer foi-même fes raifons, les jeunes femmes qui fe favoient jolies, plaidoient elles - mêmes leurs caufes, alloient avant le jugement trouver leurs Juges en particulier, s'efforçoient de leur faire impreffion & de mettre le cœur dans leurs intérêts, pour féduire plus aifément l'efprit. Leur manége réuffiffoit fouvent ; elles parvenoient à fe faire quelques partifans ; & tout ce qu'on peut dire de moins défavantageux pour eux, c'eft que la liaifon étroite que l'Auteur de la nature a mis entre note cœur & notre esprit; faisoit que la séduction imprévue du premier agissoit naturellement sur le dernier. Ils croyoient voir la justice du côté où ils desiroient la trouver, & étoient ainsi persuadés qu'ils la rendoient, tandis qu'ils la trahissoient sans le savoir, & sans oser le vouloir.

Nous fûmes extrêmement embarrassés sur le choix des moyens d'arrêter un mal dont les conséquences nous paroissoient si dangereuses. D'un côté, il nous sembloit dur d'empêcher une Partie d'aller trouver son Juge pour l'instruire; d'un autre côté aussi, nous ne voyions aucun remede contre l'effet que ces sortes de visites produisent naturellement. Enfin nous nous décidâmes par la seule considération des causes qui avoient produit ces désordres : & nous fîmes une Loi qui statuoit qu'on ne pourroit être élevé à la Magistrature qu'à l'âge de 50 ans accomplis, & que les Magistrats seroient choisis parmi ceux qui fréquentoient habituellement le Barreau; c'est à-dire, parmi les défenseurs dont j'ai parlé précédemment, & dont les fonctions répondent à celle des Avocats en France. Ils commençoient déja à former un Corps; cette Loi contribua à lui donner de la consistance. On

les regarda comme des gens de conséquence;
mais ce qui servit beaucoup à les maintenir
sur un bon pied, & à les forcer de remplir
leur ministere avec honneur & avec intégrité,
c'est que cette même Loi portoit encore que
ceux d'entr'eux qui seroient connus pour
être dans l'habitude de se prêter à des affaires notoirement mauvaises, ne pourroient jamais être appellés aux dignités. Cette disposition, jointe à l'Ordonnance que Richard
avoit fait publier, à l'occasion du procès de
Chourik & de *Culibof*, les força de ne travailler qu'à éclaircir la vérité, & à défendre la
justice des prétentions qu'ils avoient à soutenir.

Cet exemple me fournit une réflexion
bien simple : Le méchanisme du cœur humain, si je peux m'exprimer ainsi, consiste
principalement dans deux grands ressorts;
l'un qui nous pousse, & l'autre qui nous retient. Quoique ces deux ressorts soient établis pour être respectivement opposés l'un à
l'autre, tant qu'ils sont dans cette opposition,
la victoire est très-problématique; on ne peut
pas deviner de quel côté elle tournera. Mais si
les choses sont disposées de maniere à permettre que leur action tende à un même but,
le succès alors devient comme certain. De

quelque nature que foient ces deux reflorts, j'appelle *crainte* celui qui nous retient, j'appelle *cupidité* celui qui nous pouffe ou nous fait defirer. La crainte feule ne peut pas toujours fervir de frein à la cupidité : celle-ci fouvent eft la plus forte, ou du moins la plus impétueufe ; & comme elle eft fans ceffe en mouvement, il faut moins fonger à la contenir dans un repos pour lequel elle n'eft pas faite, qu'à tirer parti d'elle-même en dirigeant fon action vers l'objet qui peut produire un bien. Voilà le premier principe de l'art de gouverner les hommes. Si l'on veut donc les rendre & les maintenir vertueux, deux chofes doivent concourir ; la crainte des châtimens, qui les détourne du vice, & l'amour de la récompenfe, qui les porte à la vertu.

Les chagrins qui me dévoroient, augmenterent à la vue du bonheur dont Richard joüiffoit avec fa femme : ce tableau me rappelloit fans ceffe la douce félicité qui m'avoit été ravie ; & l'impoffibilité où je me voyois de pouvoir jamais la recouvrer, achevoit de me plonger dans une mélancolie qui prenoit fur ma fanté. On a raifon de dire qu'on fe confole plus aifément de la mort que

de l'abfence, & cette propofition peut aifément être mife en démonftration : *La mort*,
a-t'on dit avant moi, *ne fait qu'un miférable ; l'abfence fait deux malheureux.* Cela pofé, l'abfence eft le plus grand mal ; je veux
dire qu'il eft double, parce qu'il fait reffentit
une double peine ; celle qu'on a d'être éloigné de l'objet qu'on aime, & celle que notre
éloignement caufe à l'objet aimé. Il n'eft point
de maux au-deffus defquels un homme, véritablement homme, ne puiffe s'élever, lorfqu'ils n'intéreffent que lui, & qu'il n'a rien
à fe reprocher. Mais il n'en eft pas de même
des peines des autres, fur-tout quand nous y
fommes tendrement attachés. L'élévation de
notre ame n'eft alors d'aucun fecours ; nous
les reffentons malgré nous ; elles nous af-
fectent mille fois plus vivement, & nous ne
pouvons nous empêcher de fouffrir, tant
que nous nous imaginons que ce que nous
aimons eft dans la douleur. Nous n'ofons
même effayer de fecoüer le joug de cette
fenfibilité ; elle eft enfant de la vertu ; fous
ce point de vue nous nous regarderions comme criminels, fi l'endurciffement de nos
cœurs les mettoit à l'abri de ce reffentiment.
En effet, combien de gens s'affligent des

malheurs ou de la perte d'un ami , qui voient
d'un œil tranquille les orages les plus affreux
fe former fur leur tête , ou la mort même
s'avancer vers eux ! Dans le cas où j'étois je
reffentois donc deux peines ; la mienne , &
celle de mon époufe qui m'aimoit tendrement. Je me la repréfentois fouvent acca-
blée de triftefle , arrofant mon fils de fes
larmes , & je ne pouvois me diffimuler que
j'étois la caufe de fon défefpoir. Quelquefois auffi je penfois qu'elle devoit me croire
mort, & que cette perfuafion, jointe à l'in-
conftance du fexe, auroit pu l'engager à faire
le facrifice de fa tendreffe pour moi. Cette
idée me la repréfentoit moins malheureufe ,
qu'elle ne me paroiffoit fous le premier point
de vue ; mais loin de calmer ma douleur,
elle ne faifoit qu'y ajouter des inquiétudes
d'autant plus cruelles qu'elles bleffoient l'a-
mour le plus tendre & le plus délicat. Dans
cette pofition, je ne m'occuppois fans ceffe
que de mon retour à Londres. Il fembloit que je ne m'endormois que pour y
rêver, & que je ne m'éveillois que pour y
penfer.

Telle étoit ma pofition , depuis que la
perte de la baguette nous avoit privés de

tout espoir. On peut bien juger que, dans cet état, j'aurois succombé mille fois sous le fardeau qui m'accabloit, si la douce satisfaction d'être utile à ses semblables n'avoit pas donné quelque relâche à mes peines.

Nous avions lieu en effet d'être contens de notre ouvrage. Nous voyions un peuple entier, formé par nos mains à la vertu, quitter le désordre & la confusion, pour faire régner parmi eux la sagesse d'un bon gouvernement. Les Magistrats rendoient la justice avec une intégrité sans égale ; Les *Pronifers* cherchoient à se rendre recommandables par la pureté de leurs mœurs ; Le peuple, intimidé par la sévérité des châtimens, engagé par les récompenses, animé par l'exemple de ses Chefs, obéïssoit sans peine à des Loix dont il sentoit la nécessité ; Le commerce, à l'aide de la bonne foi & de la liberté, fleurissoit, & avoit encore plus de succès que nous n'avions osé nous en promettre. Enfin tout sembloit concourir au même but, & tous les membres de ce Corps politique paroissoient sentir, au fond de leur cœur, que le véritable bien de la chose commune devoit résulter de celui de chacun en particulier.

Il reſtoit encore bien des petites choſes à faire ; mais nous ne doutions point qu'elles ne ſe fiſſent avec le tems. L'autorité ſuprême ne ceſſoit de ſe rappeller l'objet de ſon inſtitution. Les Corps qui gouvernoient ſous cette autorité, étoient réglés de maniere à les préſerver de la corruption, & à empêcher que leurs fonctions ne vinſſent à ſe confondre. Nous avions cherché plutôt à fermer l'entrée du vice, qu'à le réprimer, quand il ſe ſeroit gliſſé.

Il y avoit déja environ trois ans que nous étions dans l'Iſle de Goudlas, lorſque nous prîmes tous trois le parti de retourner en l'Iſle d'Alboury, dans l'eſpérance de découvrir quelqu'autre pays, & de proche en proche, de pouvoir trouver l'occaſion de repaſſer en Europe. Nous fûmes donc voir le Roi, à qui nous fîmes entendre que notre deſſein n'étoit que de lui être utiles.

Toute ſupercherie, quelque petite qu'elle ſoit, eſt blâmable, j'en conviens, ſur-tout vis-à-vis ſon Roi ; mais il faut pardonner celle-ci, en faveur de la cruelle poſition où nous étions. Nous lui repréſentâmes qu'il étoit néceſſaire que pendant notre abſence il choiſît quelques perſonnes de confiance

qui puſſent le ſoulager. En bon Français,
nous demandions qu'on nous remplaçât. Il
nous pria de vouloir bien différer d'un couple de jours; au bout deſquels il vint lui-
même nous trouver, pour nous communiquer le choix qu'il ſe propoſoit. Il avoit jetté
les yeux ſur un *Mingalos* d'un eſprit vif, &
d'une imagination fort étendue. Mais nous
ayant demandé notre avis, je pris la liberté
de lui faire obſerver qu'en général rien n'é-
toit plus dangereux que de faire paſſer ainſi
les hommes d'un état à un autre, qui n'y
avoit aucun rapport; que c'étoit tranſplanter
un arbre dans une terre à laquelle il n'étoit
point propre; que dans le cas particulier,
l'inconvénient étoit bien plus grand; qu'il
devoit regarder le Corps des *Pronifers*, comme quelque choſe de très-diſtinct des autres
Corps de ſon Royaume, & qu'il étoit dangereux d'en confondre les fonctions : qu'en
attribuant à un *Mingalos* une autorité qui n'é-
toit point relative à ſon diſtrict, cela le mettroit dans le cas de chercher à étendre les
prérogatives de ſon état, au préjudice des
autres états : que cela tiroit à des conſéquen-
ces d'autant plus grandes, que l'aſcendant que
le miniſtere ſacré des *Pronifers* prenoit ſur

l'efprit du peuple, leur donneroit toutes fortes de facilités pour abufer de l'autorité qu'on leur confieroit; & qu'il feroit beaucoup plus difficile de réprim . . . et abus dans un *Mingalos*, que dans un homme ordinaire. J'ajoutai que c'étoit précifément parce que les *Pronifers* avoient naturellement du crédit fur l'efprit des peuples; qu'il ne devoit jamais chercher à augmenter ce crédit, en leur confiant des fonctions qui leur font abfolument étrangeres; qu'il falloit, au contraire, ne point les laiffer fortir de la dépendance & de la foumiffion dans les chofes où ils devoient être fubordonnés comme Sujets. Enfin, que le Grand-Dieu même ne verroit pas d'un bon œil fes Miniftres perdre de vûe leurs fonctions & leur inftitution, pour ne s'occuper que des affaires réfervées aux autres hommes.

Après ces obfervations, nous l'engageâmes à chercher deux Sujets, qui partageaffent entr'eux ce que nous avions partagé entre nous trois, & nous lui fîmes comprendre combien il étoit important que fon choix, & l'emploi qu'il feroit d'eux, fuffent déterminés par la nature des fonctions auxquelles ils s'étoient toujours livrés. Le point le plus essentiel & le plus difficile pour un Roi, lui disions-nous, est de connoître assez les hommes pour les placer où ils doivent être. A quelque chose que vous les destiniez, donnez toujours la préférence à ceux qui ont blanchi dans l'état le plus relatif à celui où vous voulez les placer : ils y sont certainement plus propres que les autres. Cette présomption, qui parle en leur faveur, vous trompera moins que toutes les autres voies que vous pourriez prendre pour apprécier leurs talens ; sur-tout lorsqu'une longue expérience se trouvera chez eux accompagnée d'une bonne réputation.

Après ce discours, le Spadogif nous fit l'honneur de nous embrasser tous trois ; nous combla de remercimens, & nous donna toute permission. Il ajouta qu'il ne pouvoit, ni ne devoit exiger de nous de lui sacrifier l'envie que nous avions toujours eue de retourner en Europe ; mais que si nous ne pouvions pas exécuter notre projet, il nous demandoit de lui promettre de revenir auprès de lui, plutôt que de nous fixer dans un autre pays étranger. Nous lui promîmes, & nous nous déterminâmes à partir Roswick, Richard, sa femme & moi. Elle ne laissoit pas même de

nous embarraſſer beaucoup ; elle commen‑
çoit à être groſſe , & étoit fort incommo‑
dée. A peine eûmes-nous marché une demie‑
journée , que ſes indiſpoſitions augmente‑
rent, au point de nous obliger à revenir ſur
nos pas.

De retour dans nos cabannes, nous appri‑
mes une nouvelle , qui nous affligea beau‑
coup. Le Spadogif, pour ſe diſſiper du cha‑
grin & de l'inquiétude que lui cauſoit notre
départ, avoit fait une partie de chaſſe. Un
Bramar, animal qui reſſemble aſſez à un *Pia‑*
cour, étant venu ſe préſenter à lui, il l'a‑
voit atteint d'une fléche dont il étoit tombé;
cette bête étoit entrée en fureur, & s'étoit
jettee ſur le Spadogif qu'elle avoit dangereu‑
ſement bleſſé. Cette circonſtance fut pour
nous un nouveau motif pour différer notre
départ ; & nous eûmes le chagrin de voir,
deux jours après, ce Prince mourir dans nos
bras, & emporter au tombeau les regrets de
toute la Nation.

Le ſurlendemain de ſa mort, preſque tous
les habitans vinrent nous trouver, & nous
déclarerent qu'ils ne nous laiſſeroient point
partir, que nous ne leur euſſions donné un
Roi de notre choix. Mais tandis que nous

délibérions, ils s'avancerent au nombre de 50
ou 60 ; & ayant enlevé de force le pauvre
Richard, ils le proclamerent Roi ; lui jurerent
fidélité, & firent ferment de n'en point recevoir d'autre.

Cet événement fut pour nous un coup de
foudre. La chaleur avec laquelle il fut conduit, nous fit comprendre qu'il ne feroit pas
en notre pouvoir de le changer. Etant donc
rentrés dans notre cabanne avec Richard,
Rofwick & moi, nous travaillâmes à le déterminer à prendre fon parti. Nous lui repréfentâmes qu'il ne tenoit à aucun pays en
particulier, & qu'il n'avoit dans le monde de
liaifons, que celle de l'amitié réciproque qui
régnoit entre nous ; que toute la terre eft
la patrie d'un homme en général ; & que,
s'il étoit quelque pays qu'un homme vertueux
dût adopter par préférence, c'étoit celui où
il régnoit plus de vertu. Nous ajoutâmes qu'il
feroit criminel, s'il s'oppofoit aux vûes de
la Providence, qui fembloit le mettre dans
cette place, pour achever l'œuvre que nous
avions commencée ; qu'ainfi il ne devoit point
rejetter la fortune qui s'offroit à lui ; mais
qu'il devoit plutôt remercier Dieu, d'avoir
bien voulu le choifir pour rendre à tant d'hom-

mes des fervices effentiels; & que c'étoit en ce feul & unique point qu'il devoit faire confifter la grandeur de cette même fortune. Nous lui dîmes encore qu'il ne devoit point nous regarder comme perdus pour lui, foit parce que nous n'étions pas sûrs de trouver l'occafion de nous en retourner; foit parce que, fi nous en venions à bout, ce ne feroit que pour revenir dans ce pays, ou y envoyer des gens qui lui donneroient de nos nouvelles, & le rameneroient en Europe, s'il n'étoit pas conrent dans fon Ifle.

Nos difcours, & la néceffité de céder à un peuple entier, déterminerent Richard. Nous reftâmes encore huit jours avec lui; après quoi, Rofwick & moi, nous partîmes.

Le Lecteur me pardonnera, fi je ne lui fais point le détail de nos adieux. Il peut bien fe peindre lui-même combien ils furent tendres; combien ils couterent de regrets, de foupirs & de larmes. Le pauvre Richard nous répétoit fans ceffe : *Hélas ! que me fert une Couronne, fi je n'ai plus d'amis ?* Enfin nous nous féparâmes; & après fix jours de route, nous arrivâmes dans l'Ifle d'Alboury.

CHAPITRE

CHAPITRE VIII.

Je repasse dans l'Isle d'Alboury. Découverte d'une Isle inhabitée. Phénomene surprenant qui s'y rencontre. Sujets de méditation profonde. Arrivée de plusieurs Hollandois dans cette derniere Isle. Nous repassons en Europe.

NOUS fûmes très-bien reçus dans l'Isle d'Alboury : cette Nation s'appercevoit déja des douceurs & des avantages que lui procuroit le commerce que nous avions établi entr'elle & les Goudlasours. Comme on n'entendoit point notre langage, on cherchoit à nous prévenir sur tout ce que nous pouvions desirer. Nous vînmes pourtant à bout de leur faire comprendre que notre dessein étoit de connoître toute l'Isle, & de voyager ailleurs, si nous en trouvions l'occasion. Le *Monab* nous donna un guide, & deux autres personnes pour nous accompagner ; avec quelques *Piabiches* dont il nous fit présent, & qui nous servirent à porter des provisions asséz abondantes, que sa générosité nous força d'accepter.

II. Part.   M

Avant de parler de ce voyage, il eſt, je crois, à propos de rendre compte d'une cir-conſtance qui m'eſt échappée. Les Goudla-ſours & les Albouriens ont, ainſi que nous, l'art de peindre la parole ; voici comment ils y parviennent.

Les premiers font une teinture verte avec des herbes ; c'eſt à peu près la même choſe dans l'Iſle de Laïquhire. A l'égard des Al-bouriens, il y a chez eux des arbres d'où dé-coule une certaine gomme rougeâtre qu'ils font ſécher au ſoleil, après lui avoir donné la forme d'un petit bâton ; cela leur ſert à écrire ſur des peaux de *Piabiches* dont ils ont fait tomber le poil ; ils n'ont beſoin que de moüiller le bout de cette eſpéce de crayon, dont l'impreſſion ne s'efface pas plus que celle de notre ancre. C'eſt aux Français dont j'ai parlé qu'ils ſont redevables de cette inven-tion. Ils ne ſe ſervoient auparavant que des écorces d'arbre, comme les Goudlaſours ; la ſeule différence qu'il y avoit entr'eux, c'eſt que les Albouriens y gravoient leurs carac-teres avec des pierres fort dures, & dont la pointe eſt naturellement fort déliée. J'ai ap-porté des morceaux d'écorce écrits de tou-tes les façons ; & je ſuis prêt de ſatisfaire

Ceux que la curiosité conduira chez moi.

Nous employâmes onze jours de marche à parcourir l'Isle d'Alboury ; nous la trouvâmes assez bien peuplée, & passablement cultivée. Il y a pourtant une quantité de bois considérable, & beaucoup de terrain inculte ; mais cela est nécessaire pour la nourriture des troupeaux. Le douziéme jour, côtoyant les bords de la mer, nous apperçûmes une forêt, qui étoit séparée de nous par un bras de mer de deux à trois lieues : à l'aide des outils que nous avions apportés de Goudlas, nous construisîmes un radeau, assez grand pour risquer de nous y embarquer avec nos *Piabiches* & nos provisions. Nos trois conducteurs voulurent y monter avec nous ; & malgré nos signes & notre résistance, il nous fallut céder à leur empressement. Nous fîmes notre petit trajet assez heureusement ; & dès le lendemain de grand matin, nous nous avançâmes dans les terres, avec toute la précaution possible.

Comme ces bois étoient presque impraticables, nous ne faisions pas beaucoup de chemin ; nous ne trouvâmes que des bêtes sauvages de toute sorte, sans pouvoir découvrir ni chemin battu, ni sentiers, ni rien

qui pût nous faire préfumer que ce pays fût
habité. Le fecond jour, après avoir mis en
délibération, Rofwick & moi, fi nous re-
tournerions fur nos pas, nous réfolûmes encore de faire une nouvelle perquifition ; elle
nous fut auffi infructueufe que la première.
Enfin le troifiéme jour, nous prîmes le parti
de regagner notre radeau. Nous n'avions que
le foleil pour nous guider dans cette opération; mais le tems alors étant fort couvert, nous
nous orientâmes mal, & nous nous enfonçâ-
mes de plus en plus dans les bois fans le favoir.

Après quatre à cinq heures de marche, m'étant écarté à vingt ou trente pas
de mes camarades, j'entendis affez près de
moi une voix de femme proférer très-diftinctement ces mots : *Français, où allez-vous?*
J'avoue que je fus d'abord faifi de crainte &
d'étonnement. Ayant pourtant un peu repris
mes fens, j'appellai mes compagnons. Je
rendis fur le champ à Rofwick ce que je
venois d'entendre, il crut que j'étois devenu
fou; & ayant l'un & l'autre regardé de tous côtés
autour de nous, fans rien appercevoir, je commençai à douter moi-même de la vérité d'un
fait qui venoit de me faire tant d'impreffion.

Mon ami me fit beaucoup de plaifanteries, fur-tout d'avoir eu peur de la voix d'une femme. Il n'avoit pas tout-à-fait tort ; car dans le pays , & l'état où nous étions , elle ne pouvoit pas certainement être fi à craindre que dans un pays policé.

Cependant nous nous mîmes à chercher, en criant & demandant bien haut qui eft-ce qui m'avoit parlé ? Il me fut répondu : *C'eft moi, une femme que peu de perfonnes connoiffent.* A ces mots , mon ami fut frappé comme d'un coup de foudre ; il fembloit qu'on nous parloit à quatre pas de nous , & nous ne pouvions rien voir. Mais ce qui acheva de nous troubler, fut de l'entendre nous parler Anglois , & en adreffant la parole à mon ami, lui dire : ROS-WICK, WHI ARE YOU SO SURPRIS'D ? YOU BA-RE MY FIGURE UP YOUR HEART : ce qui figni-fie en Français, *Rofvvick , pourquoi tant de fur-prife ? Vous portez ma reffemblance fur votre cœur.*

Dans le même moment , nous vîmes paroître devant nous une femme régulie-rement belle , & toute nue , fans que cet état lui fit rien perdre de fa majefté. A cette vûe , nous fûmes faifis de refpect & d'admi-ration. J'ofe affurer, pour Rofwick & pour moi, que tandis que nous l'avons eue fous nos yeux , il ne s'eft jamais élevé d'autres

mouvemens dans notre cœur. Il n'eſt pas difficile de concevoir quelle étoit notre poſition :
d'abord la ſurpriſe d'entendre dans ces bois,
une femme nous nommer par nos noms, &
nous parler nos deux langues; en ſecond lieu,
le phénomene étonnant de ne pouvoir appercevoir celle qui nous parloit face à face ; enfin l'apparition ſubite de cette femme, chez
laquelle tout caractériſoit quelque choſe de
divin, & qui ſembloit ne s'être revêtue d'une
forme humaine, que pour ſe rendre ſenſible
à nos yeux. Nous étions comme des gens
qui voyent tout ſans rien voir. Quoiqu'il
nous fût aiſé de deviner ce qu'elle avoit voulu
dire à Roſwick, le trouble où nous étions
ne nous permit pas de le comprendre. Nous
nous proſternâmes à ſes pieds, ſans rien dire,
& nos trois Sauvages en firent autant. » Le-
» vez-vous, nous dit-elle, & écoutez-moi.

» Etrangers, l'appas du gain eſt la ſource de
» tous vos malheurs ; vous voyez diſtincte-
» ment aujourd'hui tout le faux & tout le
» ridicule de cette eſpéce d'yvreſſe ou de fo-
» lie, qui avoit ſurpris vos eſprits & vos
» cœurs. L'Iſle de Laïquhire n'eſt pas le ſeul
» pays des enchantemens : ils regnent encore
» dans ceux qui vous ont donné le jour. Ils

» vous font moins fenfibles, parce que vous
» y êtes plus accoutumés, ou plutôt parce
» que le propre de la folie eft d'ignorer fon
» mal. Si vous reconnoiffez maintenant à quel
» degré d'extravagance l'ambition & la foif
» de l'or portent les hommes de vos climats;
» fi vous gémiffez fur l'aveuglement de ceux
» qui méprifent le bonheur réel qu'ils ont
» dans leurs mains, pour courir après une
» félicité imaginaire, qui les fuit avec au-
» tant de vivacité qu'ils la pourfuivent ; fi
» vous connoiffez, en un mot, cette vérité,
» fi oppofée au faux de vos préjugés, cette
» fageffe, fi contraire à la folie de ceux dont
» vous plaignez le fort, vous en êtes rede-
» vables à la médaille que vous portez fur
» votre poitrine. Je fuis cette femme dont
» elle vous repréfente l'image. C'eft moi
» qui deffille les yeux; c'eft moi qui guéris
» & préferve de tous les effets magiques.
» Confervez cette médaille comme un tréfor ;
» il eft plus précieux que celui de cette ba-
» guette divine, que vous avez laiffé échap-
» per. Si vous avez quelque chofe à me dire,
» parlez, je veux bien vous répondre.

  » Dès qu'elle eut achevé, je pris la pa-
» role, & lui dis ; Madame, nous ne voyons

» rien d'humain en vous ; & sans notre Re-
» ligion, qui ne nous permet pas d'admettre
» plufieurs Dieux, je croirois que vous fe-
» .iez une Divinité. Qui que vous foyez,
» recevez nos refpects & nos hommages ;
» daignez nous honorer de votre protec-
» tion ; prenez pitié de notre fort ; dites-
» nous ce qu'il faut faire pour mériter vos
» bontés.

» Soyez des hommes, nous repliqua-t'elle ;
» je fuis faite pour habiter parmi eux. Cette
» même protection que vous demandez, je
» vous l'accorde «.

Auffi-tôt elle nous dit de la fuivre ; & en
continuant de nous enfoncer dans le plus
épáis du bois, nous arrivâmes enfemble à
une efpéce de cabanne conftruite proprement.
Quoique l'épaiffeur des feuillages, la hauteur
& le nombre des arbres euffent dû empêcher la clarté du jour de pénétrer dans ce
lieu, il y brilloit une lumiere fi vive, que
celle qui éclaire ordinairement le monde,
n'eft rien en comparaifon, fi douce qu'on
fentoit qu'elle étoit falutaire à la vûe, fi
pure que les objets nous paroiffoient tous
différens de ce que nous les avions vûs. Elle
nous fervit elle-même du pain, du vin, de

l'eau & des fruits. Je me fers des termes de pain & de vin, parce que nous y trouvâmes le même goût qu'à ceux de notre pays. Les fruits nous parurent auffi être les mêmes. Nous mangeâmes de très-bon appétit : il fembloit s'augmenter par la fatisfaction que nous reffentions intérieurement.

Quand nous eûmes pris affez de nourriture, cette femme nous demanda fi nous avions fait un bon repas. Nous l'affurâmes qu'il étoit excellent, & que nous avions beaucoup mangé.

» Eh bien, nous dit-elle, quand on eft dans
» des climats qui produifent toutes ces chofes,
» n'eft-il pas fou de traverfer les mers pour
» chercher d'autres alimens dans un autre mon-
» de ? L'habitude, en dépaïfant, pour ainfi dire,
» votre goût, vous ravit l'excellence de vos
» productions, & vous met dans la cruelle
» néceffité de ne pouvoir plus vous paffer de
» celles des pays étrangers «.

Tant de bontés, & le régal qu'on nous avoit fait, acheverent de rendre le calme à nos efprits, & nous donnerent un peu plus de hardieffe. Nous nous étions bien apperçus que nos trois Albouriens ne nous avoient pas fuivis ; mais jufques-là nous n'avions ofé

M v

faire des queſtions. Je pris donc mon parti, & je demandai à notre hôteſſe ce qu'étoient devenus nos camarades. Elle me dit d'un air obligeant, qu'elle étoit bien-aiſe de trouver en moi cette attention; mais que je n'en fuſſe point inquiet; attendu que, par ſes ordres, ils retournoient dans leur Iſle, où ils arrive-roient ſains & ſaufs.

Roſwick pouſſa les choſes plus loin , & en la priant d'excuſer ſa curioſité, il la ſup-plia très-humblement de nous apprendre à qui nous avions l'honneur de parler. Elle nous ſatisfit à l'inſtant. Je prie le Lecteur de faire attention à ce que je vais rapporter, quelque incroyable que ce récit lui paroiſſe. Voici ſon diſcours tiré mot pour mot, de l'eſpéce de Procès-verbal que nous rédigeâ-mes le jour même de cet événement.

» Je vous ai dit, mes enfans, que j'étois
» l'original de la figure empreinte ſur la mé-
» daille que vous portez , cela eſt vrai. Je
» ſuis fille d'un pere bien puiſſant , qui me
» donna un grand pays, pour le gouverner
» en Reine. Le Ciel voulut que je fuſſe im-
» mortelle, & douée de toutes les vertus ;
» auſſi le nombre des années n'a-t'il fait ſur
» moi aucun changement.

» Mais malgré des avantages si grands,
» mon Empire fut aussi-tôt détruit qu'il fut
» établi ; mes Sujets rebelles secouerent le
» joug de mon autorité, je fus pendant long-
» tems errante çà & là ; de tems en tems je
» trouvois un asyle, asyle toujours passager ;
» il sembloit qu'on rougissoit de me donner
» retraite, on n'osoit l'avoüer ; & si on laisse
» soit échapper quelques traits de soumission
» à mes volontés, on affectoit de balancer
» cette soumission par d'autres actes de ré-
» volte & d'indocilité. Mon pere ne se pressa
» point de me secourir ; ce ne fut qu'après
» des siécles entiers qu'il envoya son Fils,
» pour me remettre dans tous mes droits.
» Il combattit pour moi avec la derniere va-
» leur ; jamais guerre n'a fait couler tant de
» sang ; le sien même fut répandu ; on le
» crut mort pendant quelques jours. Enfin
» sous ses drapeaux nous avons triomphé par-
» tout ; & j'ai retrouvé des peuples plus sou-
» mis qu'ils ne l'avoient jamais été.

» Loin de donner dans le faste des Conqué-
» rans, je ne laissai voir à mes Sujets qu'une
» véritable grandeur qui n'avoit rien d'em-
» prunté. Je m'appliquai à faire régner dans
» mes Etats la justice, prise dans tous les

» rapports qu'elle doit avoir. L'étendue de
» mon Empire m'obligea de diviser le com-
» mandement, & de créer plusieurs Déposi-
» taires de mon autorité pour gouverner en
» mon nom.

» Mon pere, en me donnant mes Etats,
» avoit voulu d'abord qu'ils lui restassent
» tributaires, & qu'il en fût toujours reconnu
» Suzerain. Mais le tribut qu'il s'étoit réser-
» vé fut alors converti dans un acte d'hom-
» mage, dont la formule fut dressée par lui-
» même, pour être suivie à perpétuité sans
» aucun changement. Il y étoit établi en
» termes précis, que j'étois la maîtresse ab-
» solue & la propriétaire incommutable de
» mon Royaume, sur lequel il ne vouloit
» conserver qu'un droit purement honorifi-
» que, sans attribution d'aucune autorité pour
» l'exiger. Cela m'obligea de partager l'ad-
» ministration en deux classes. Je confiai à
» l'une tout ce qui intéressoit la tranquil-
» lité publique, l'utilité du particulier, le
» bien de l'Etat; à l'autre le soin de faire
» rendre à mon pere ce qui lui étoit dû. En
» conséquence, celle-ci fut faite dépositaire
» de la Formule dont je viens de vous par-
» ler, & chargée de la maintenir dans toute
» sa pureté.

» Mais comme il ne suffit pas de garder
» l'usage des termes, si l'on ne conserve les
» idées que l'on y a attachées, cette secon-
» de classe fut instituée pour juger souverai-
» nement de ces mêmes idées, comme con-
» stituant l'essence de l'hommage, & pour
» proscrire tout ce qui pourroit leur faire
» souffrir quelque altération. Ainsi l'homme,
» comme être pensant, devint soumis à ces
» Ministres, comme être agissant il le fut à
» ceux de la premiere classe ; & pour qu'el-
» le me représentât absolument dans cette
» partie, je lui remis toute mon autorité,
» telle que je l'avois reçue des mains de
» mon pere, à la charge de n'en être comp-
» table qu'a moi, comme je ne l'étois qu'à
» lui.

» Quoique ces deux Ordres de Ministres
» fussent déja distingués par la nature &
» l'objet de ' rs fonctions, cependant la
» liaison intime qui existe entre la pensée
» & l'action me fit redouter les maux qui
» naissent infailliblement de la concurrence
» de deux autorités qui paroissent égales,
» lorsque chacune dans son district est abso-
» lue & indépendante de l'autre. Je cherchai
» donc à prévenir la confusion, en établiss-

» fant entr'elles une seconde barriere qui ren-
» dît la premiere plus difficile à franchir.

» Convaincue que l'esprit ne céde qu'à la
» persuasion ; & que l'homme, en tant qu'il
» pense, ne peut être contraint, mais seule-
» ment en tant qu'il agit, j'eus grand soin de
» bien expliquer que je plaçois dans la pre-
» miere classe seule toute la puissance exécu-
» trice. Par-là je lui attribuai le droit d'im-
» prouver ou de confirmer les jugemens de
» la seconde classe, toutes les fois que ne se
» bornant pas à définir les termes, à en ap-
» précier les idées, celle-ci iroit jusqu'à vou-
» loir établir la nécessité de quelques actes,
» autres que ceux qui venoient d'être pres-
» crits pour faire partie essentielle de la forme
» de l'hommage : alors, disois-je, l'homme,
» en tant qu'il est un être agissant, devenant
» l'objet de ces jugemens, ils ne peuvent va-
» lider, qu'autant que ceux auxquels il doit
» obéir en cette qualité, lui auront ordonné
» de s'y conformer ; sans quoi les Ministres
» qui les auroient rendus, seroient en même-
» tems despotiques & subordonnés ; & par
» une suite de cette contradiction, pourroient
» souftraire les autres à une autorité, dont
» eux-mêmes sont en cette partie absolument
» dépendans.

» Dans la vûe de rendre les Miniftres de la
» premiere claffe plus attentifs à conferver,
» dans fon entier, cette fubordination fi nécef-
» faire, je leur donnai leur emploi en pro-
» priété, & je n'exigeai d'eux que de l'amour
» pour ma perfonne, & du refpect pour mes
» loix.

» Cette divifion produifit d'abord tout l'ef-
» fet que je m'en étois promis. Chacun ren-
» fermé dans les bornes de fon miniftere,
» n'étoit occupé que des fonctions qui lui
» étoient réfervées ; tout fe paffoit dans un
» ordre admirable, & mon pere ne ceffoit
» d'applaudir à la fageffe de mon gouverne-
» ment. J'avois alors la douce fatisfaction
» de voir tous les jours quelques rébelles
» rentrer fous mon obéiffance ; les Chefs
» les plus puiffans des partis qui m'étoient
» oppofés, arrachoient eux - mêmes l'éten-
» dard de la révolte, & fe faifoient gloire
» d'engager, par leur exemple, les autres à
» venir me jurer fidélité.

» Malgré les petites divifions qui s'éle-
» voient quelquefois parmi mes Miniftres,
» j'eus pendant un affez long-tems la fatis-
» faction de voir mon Empire tel que je
» viens de le dépeindre. Après cela, je les

» vis décliner par degrés , fans qu'il fût en
» mon pouvoir de l'en empêcher. D'abord
» la défunion fe mit parmi les Officiers ,
» chargés de ce qui regardoit mon pere. Les
» uns, par un zéle outré, ou croyant faire
» leur cour , entreprirent d'étendre les droits
» qu'il s'étoit réfervés. Ils vinrent au point
» que pour mieux fervir le pere , ils vou-
» loient anéantir les prérogatives qu'il avoit
» données à fa fille , & qu'à fon tour elle
» avoit tranfmifes aux autres Miniftres. En
» conféquence , ils prétendoient confondre
» en leur perfonne l'une & l'autre adminiftra-
» tion, & que toute opération, de quel-
» que nature qu'elle fût , portât l'empreinte
» de l'autorité paternelle & fuzeraine , dont
» ils fe difoient feuls dépofitaires immé-
» diats. L'ambition acheva d'échauffer leurs
» efprits ; l'or fit briller à leurs yeux fes at-
» traits faux & éblouïffans. Séduits par toutes
» ces chimeres, une gradation affez promp-
» te les conduifit à s'approprier l'hommage
» qu'ils faifoient rendre à mon pere , & à ne
» plus reconnoître aucune autorité fupérieure
» à eux.

» Il s'en trouvoit cependant quelques-uns
» qui regardoient les intérêts du pere fi étroi-

» tement unis à ceux de la fille, qu'ils ne
» pouvoient en être féparés. Ceux - ci tou-
» jours fidéles, étoient les feuls de qui je re-
» çuffe quelque confolation.

» Comme il étoit difficile de porter un peuple
» fi nombreux à trahir ouvertement la foi qu'il
» avoit jurée à fa Reine, dans la perfonne des
» Chefs choifis par elle pour la repréfenter, ces
» mêmes Miniftres mal intentionnés uferent
» de fupercherie ; ils me firent conftruire
» des palais magnifiques ; ils annonçoient
» que j'y faifois ma réfidence, & ils s'y at-
» troupoient pour me rendre un hommage
» trompeur , capable d'en impofer. Pour
» nourrir & fortifier l'illufion, ils publioient
» que ces lieux étoient les feuls que j'euffe
» choifis pour manifefter mes volontés ; que
» tous mes jugemens y feroient prononcés
» par leur bouche ; qu'ils étoient ainfi l'or-
» gane dont je comptois me fervir pour fai-
» re reconnoître & triompher mon autorité.

» Ils ont enfin porté la féduction fi loin,
» qu'ils fe font fervis de mes propres Sujets
» pour livrer la guerre à mes Miniftres de la
» premiere claffe. Les uns ont été chaffés
» de leurs places ; d'autres ont été couverts
» d'opprobres & d'ignominie ; plufieurs

» même ont été égorgés. Cruel aveugle-
» ment ! dans le moment qu'on me déchi-
» roit le cœur, on croyoit me fervir.

» Le mauvais exemple des Miniftres dont
» je viens de parler, entraîna comme un
» torrent ceux qui étoient chargés des in-
» térêts particuliers ou généraux de mes
» peuples. Bien-tôt on les vit négliger
» de me faire reconnoître par tous les mem-
» bres de mon Empire : Bien-tôt, méprifant
» mes ordres, ils ne prirent pour guide que
» leur volonté. A l'aide de la force, l'injuf-
» tice & la tyrannie ne trouverent plus rien
» de facré ; mes loix furent ou altérées, ou
» totalement renverfées ; & ces deux fortes
» de Miniftres faifant deux partis oppofés
» dans mes Etats, on les voyoit quelquefois
» fe déchaîner l'un contre l'autre, cher-
» chant refpectivement à s'anéantir ; quel-
» quefois, unis de paffions & d'intérêts, fe
» liguer & fe foutenir mutuellement, pour
» parvenir plus facilement à leurs fins ; &
» par des Traités publics, bleffer ouverte-
» ment mes droits les plus facrés.

» En vain dans ce défordre extrême j'eus
» recours aux volontés de mon pere : en
» vain je lui repréfentai que fa gloire y étoit

» intéressée ; que l'hommage qu'on devoit
» lui rendre , dégénéroit tous les jours en
» simple cérémonial dont l'usage étoit bien-
» tôt anéanti. Il ne me fit pas d'autre ré-
» ponse , si-non que les tems n'étoient point
» arrivés. Il ne m'a jamais été possible de
» pénétrer les secrets de sa politique pro-
» fonde ; la seule consolation que j'aie ob-
» tenue , est la facilité de me transporter
» par-tout , de me manifester & de me ca-
» cher quand je le voudrois. Aussi en ai-je
» profité ; car je ne me laisse voir qu'à ceux
» qui me cherchent avec des intentions pu-
» res , & que je reconnois pour être mes
» partisans.

 » Tout le pays que vous avez parcouru
» dans ces climats, n'est qu'une partie de
» mon Empire ; voilà pourquoi je suis em-
» preinte sur la médaille que le Golif vous
» a donnée. J'ai été forcée d'abandonner ces
» lieux ; & la Justice Divine qui se propo-
» se sans doute de me faire rentrer un jour
» dans tous mes droits, a voulu que cette
» médaille appliquée sur le cœur, eût la ver-
» tu de préserver des enchantemens.

 » En quittant la partie supérieure de l'Isle
» de Laïquhire , je me retirai dans la par-

» tie baſſe, où je trouvai aſſez de gens bien
» intentionnés ; mais leurs ſecours impuiſ-
» ſans ne m'ont été d'aucune utilité. La cor-
» ruption croiſſant chaque jour, chaque jour
» auſſi je voyois ce nombre de bons Sujets
» diminuer. Enfin j'ai pris le parti de me
» retirer dans ce déſert, pour y atten-
» tendre en paix le moment où mes Peu-
» ples rentrés dans le devoir, viendront ré-
» clamer la protection de mes loix.

» Lorſque je vous ai vu paroître dans ces
» climats, ajouta-t'elle, je me ſuis flattée
» que je touchois à ce tems heureux : j'ai
» ſuivi vos pas, j'ai étudié vos démarches ;
» tout ſembloit concourir à me perſuader.
» A peine votre ami Richard a-t'il été nom-
» mé pour gouverner l'Iſle de Goudlas, &
» maintenir la ſageſſe de vos Réglemens,
» que toutes mes eſpérances ſe ſont rani-
» mées de plus en plus ; j'ai regardé cet évé-
» nement comme le commencement de la
» révolution ; j'ai volé au trône de mon pe-
» re, je lui ai ouvert mon cœur ; mais hé-
» las ! quelle réponſe cruelle en ai-je reçue !

» Ma fille, m'a-t'il dit, ne vous flattez
» point, ce moment ſi cher à vos yeux eſt
» encore éloigné. Je ſai que vous vous pro-

» pofez de faire connoître à Richard tous
» les priviléges de celle qu'il repréfente fi
» dignement fur le trône où il eft affis ; je
» fai que fon cœur eft difpofé à fe confor-
» mer aux loix que vous lui dicterez ; je fai
» qu'il rétablira l'hommage qui m'eft dû,
» qu'il rappellera aux Pronifers que je les
» inftituai originairement pour me faire ren-
» dre cet hommage ; que ceux-ci s'acquit-
» teront d'abord de cette fonction avec tou-
» te la vigilance & tout le fcrupule qu'elle
» exige ; que les deux fortes d'autorités que
» vous avez inftituées fe réuniront fans fe
» confondre, pour procurer aux peuples les
» douceurs de la paix.

   » Mais cette pofition heureufe paffera com-
» me un fonge ; Richard mourra, il fera
» remplacé par une fucceffion de Rois dont
» la bonne foi fera féduite ; une crainte
» refpectueufe & fervile, aveugle enfant de
» l'ignorance de leurs régnes, les portera à
» donner aux Pronifers des priviléges dont ils
» abuferont. Ceux-ci croîtront en nombre &
» en richeffes ; leur genre de vie changera
» comme leur fortune, & cette fortune fera
» le fruit d'une féduction qui gagnera tous
» les membres de l'Etat. Chacun travaillera

» fans le favoir, à fe forger des chaînes;
» on ne s'en appercevra que lorfqu'il ne fe-
» ra prefque plus poffible de les rompre.
» Cet Etat néanmoins s'aggrandira, de ma-
» niere que le zéle du Prince ne pourra point
» tout embraffer; fon attention fe trouvant
» trop pattagée, pour qu'il lui foit poffible
» d'approfondir chaque objet, il fera com-
» me forcé de s'en rapporter aux Miniftres
» de votre feconde claffe, dans la partie
» même où ils auront intérêt de le tromper.
» C'eft alors qu'ils profiteront de cette dé-
» férence, pour jetter les fondemens d'une
» indépendance abfolue qui puiffe conduire
» leur ambition à s'emparer de votre au-
» torité.

» Pour ôter à leur entreprife les caracte-
» res d'ufurpation, ils iront chercher dans
» l'hommage même que j'exige, les armes
» dont ils fe ferviront pour la faire triom-
» pher. Cet hommage, vous le favez, eft
» un acte de reconnoiffance & d'amour dû
» à mes bienfaits & à la protection que j'ai
» promife à vos peuples. Il n'eft pas douteux
» que ces deux fentimens doivent être pro-
» portionnés à mes bontés, & que leur
» union doit entraîner une confiance & une

» foumiffion , qui n'aient d'autres bornes
» que celles des fentimens dont elles font
» le fruit. Point de doute encore que ne
» régnant plus immédiatement fur vos Su-
» jets , cette foumiffion foit due à quicon-
» que eft chargé de faire connoître mes vo-
» lontés.

» Voilà , ma fille , les vérités fimples qui ,
» faifies dans leur vrai fens, doivent con-
» courir à maintenir la fubordination que
» vous avez établie , mais qui mal enten-
» dues , ferviront à la renverfer. Les Minif-
» tres de votre feconde claffe exigeront pour
» eux-mêmes toute la foumiffion qu'on doit
» à mes ordres. Comme ils font véritable-
» ment les organes choifis pour communi-
» quer mes intentions fur l'hommage qui
» m'eft réfervé , cette prétention de leur
» part fera toujours jufte , tant que renfer-
» mée dans fon véritable objet , elle reftera
» exactement conforme à votre inftitution.

» Mais bien-tôt la perdant de vue , & ob-
» fervant avec raifon que l'efprit eft donné
» à l'homme pour le conduire , que l'action
» n'eft que l'exécution d'une idée , que cel-
» le-là n'eft qu'une fuite & une dépendance
» de felle-ci , vous les verrez conclure que

» celui qui commande à l'être penſant, com-
» mande auſſi, par une conſéquence immé-
» diate, à l'être agiſſant ; qu'ainſi ayant été
» inſtitués Juges ſouverains des idées, ils le
» ſont néceſſairement des actions, & que
» l'homme, en tant qu'il agit, doit être
» ſoumis à leur autorité.

  » Voyez maintenant, ma fille, le deſpo-
» tiſme, tel qu'un éclair qui s'échappe de
» la nue pour embrâſer les airs, ſortir de
» ces vérités ſacrées pour aſſervir tous vos
» Sujets, & s'étendre juſques ſur la perſon-
» ne des Chefs qui les gouvernent en cette
» qualité.

  » Malgré le ſpécieux de ces raiſonnemens,
» vous trouverez cependant des hommes qui,
» loin de ſe laiſſer ſéduire par l'exemple d'une
» multitude ignorante, auront aſſez de for-
» ce pour réſiſter à ce torrent. Ils éleveront
» la voix, & ne ceſſeront de repréſenter
» hautement qu'on n'aime point par obéïſ-
» ſance, que tout ce qui eſt ſentiment
» naît librement & comme de lui-même dans
» le cœur de l'homme ; qu'ainſi l'hommage
» que je me ſuis réſervé, n'étant qu'un acte
» de reconnoiſſance & d'amour, ne peut être
» arraché par force.

                 » Po...

„ Pour répandre plus de jour sur les consé-
„ quences qui résultent de ces vérités , ils
„ obferveront de ne pas confondre l'essence
„ avec la forme de ce même hommage, la
„ dette avec le payement. L'essence , diront-
„ ils, consiste dans la reconnoissance , l'a-
„ mour, la confiance & la soumission inté-
„ rieure. Ces sentimens sont une dette dont
„ rien ne peut nous affranchir ; mais com-
„ me à titre de sentimens ils sont libres , &
„ qu'ils ne peuvent pas ne pas l'être , le
„ payement de cette dette , toute légitime
„ qu'elle soit , dépend de notre volonté ; on
„ a le droit de l'exiger, & non le pouvoir
„ d'employer la contrainte vis-à-vis de ceux
„ qui refufent de la payer.

„ Hélas ! ma fille , que ce raisonnement
„ est solide ! Quand je vous ai donné vos
„ Etats, j'ai exigé que vos Sujets m'aimas-
„ sent , parce que cela m'est dû , mais je n'ai
„ chargé perfonne de les forcer à aimer ; je
„ savois que le cœur est fait de façon qu'il
„ ne peut que se donner. Lorsque vous avez
„ vous-même partagé le fardeau de votre
„ Empire, & affigné à chacun de vos Mi-
„ nistres ses fonctions & les bornes de son
„ pouvoir , vous auriez cru me faire injure

„ fi vous aviez penfé à établir quelques loïx
„ pour faire faire en efclave ce qui ne peut
„ être digne de moi qu'autant qu'il eft fait
„ en homme libre. Vous avez très bien com-
„ pris que les Miniftres de la feconde claffe,
„ quoique Juges fouverains des idées conf-
„ titutives de l'effence de mon hommage,
„ n'avoient befoin d'aucune puiffance coacti-
„ ve dans l'exercice d'un miniftere dont l'ob-
„ jet eft d'obtenir librement ce qu'ils font
„ chargés de recevoir. Vous avez fenti que
„ leurs jugemens ne pouvoient être que dé-
„ claratifs, que néanmoins il leur étoit dû
„ une foumiffion pleine & entiere ; mais que
„ cette foumiffion, quelque étendue qu'on
„ lui donnât, devoit être intérieure, & dans
„ fon principe, l'acte réfléchi d'une volonté
„ libre qui confent de foumettre l'homme in-
„ térieur à l'autorité qu'elle reconnoît, &
„ qui attend, pour agir, que la puiffance
„ qui commande à l'homme extérieur ait
„ parlé.

„ Oui, ma fille, ceux qui publient & dé-
„ fendent la pureté de ces principes, font mes
„ vaffaux les plus fidéles, vos fujets les plus
„ dévoüés, les amis les plus vrais de tous
„ vos Miniftres. Il me femble déja les enten-

„ dre, ces hommes qui font felon mon cœur,
„ s'efforcer de faire comprendre que les fen-
„ timens intérieurs qui conftituent l'eſſence
„ de l'hommage que j'exige, doivent auſſi
„ fe manifefter par des actes extérieurs ; que
„ ces actes font les feuls en cette partie fu-
„ jets à la contrainte ; qu'il eſt vrai que
„ ceux qui dès le commencement ont été
„ choiſis par moi, pour être, ainſi que les
„ termes de la Formule, les fignes caracté-
„ riſtiques de cet hommage, ne font fufcep-
„ tibles d'aucun changement ; que néanmoins
„ on ne peut en faire un exercice public,
„ fans le confentement des Miniſtres de la
„ première claſſe, parce qu'ils commandent
„ feuls à l'être agiſſant à qui ces mêmes
„ actes appartiennent, parce qu'ils ont feuls
„ la puiſſance exécutrice pour le forcer de
„ les pratiquer.

„ En ramenant toujours les chofes à ce
„ premier principe inconteſtable, ils démon-
„ treront fans replique qu'aucune pratique
„ nouvelle, quelque fage, quelque utile
„ qu'elle foit, ne peut avoir une force coac-
„ tive qu'autant que cette même puiſſance
„ la lui aura donnée, & que le fiſtême con-
„ traire détruit néceſſairement l'harmonie de

N ij

„ votre inftitution primitive, en confondant
„ & réuniffant dans une même main deux
„ Autorités que vous avez établies pour
„ être exércées féparément , & diftinctes
„ l'une de l'autre par la différence des ob-
„ jets qui font de leur reffort , & des moyens
„ qu'elles ont pour fe les affervir.

„ N'allez pas croire , ma fille , que leurs
„ raifonnemens tendent à donner à ces Mi-
„ niftres le pouvoir d'anéantir l'hommage qui
„ m'eft dû. Ces actes extérieurs qu'ils peu-
„ vent abolir, quoiqu'ils ne le doivent pas,
„ n'en font point une partie tellement effen-
„ tielle, qu'il ne puiffe m'être rendu fans leur
„ fecours. Cet hommage eft une dette du
„ cœur , le cœur feul peut l'acquitter ; ce
„ qui fe paffe au-dehors eft une forme de la-
„ quelle on eft difpenfé, toutes les fois qu'on
„ eft dans l'impoffibilité de la remplir ; &
„ cette impoffibilité peut naître de l'obéif-
„ fance feule qu'on doit à la Puiffance exé-
„ cutrice, à cette Puiffance qui ne voit rien
„ au-deffus d'elle que l'obligation d'agir fe-
„ lon vos intentions , qui n'eft comptable
„ qu'à vous fi elle ne les remplit pas, qui
„ peut tout, en un mot, excepté d'obliger
„ vos Sujets de rendre extérieurement à un

„ autre l'hommage qui m'appartient. Oui, ma
„ fille, c'eſt-là qu'elle s'arrête. Cet homma-
„ ge eſt un devoir perſonnel dont chacun en
„ particulier eſt obligé de s'acquitter, dont
„ aucune autorité ne peut affranchir, dónt
„ enfin une des parties eſſentielles eſt l'obli-
„ gation de me reſpecter aſſez, pour ne ja-
„ mais feindre publiquement de reconnoître
„ un autre Suzerain que moi.

„ Telles feront les repréſentations ſages
„ de ceux ʒui ſauront ſe préſerver de la con-
„ tagion preſque générale. Mais leurs cris
„ impuiſſans contre les progrès rapides de
„ la ſéduction, ne pourront point empêcher
„ que les *Pronifers* ne combattent leur Prin-
„ ce avec les mêmes armes qu'ils tiendront
„ de ſes bontés ; alors s'ils lui obéiſſent quel-
„ quefois, ce ſera toujours de façon à lui
„ faire ſentir qu'ils croyent avoir le droit
„ de refuſer ce qu'il leur demande, & qu'on
„ doit leur ſavoir gré de ce qu'ils accordent
„ gratuitement & par bonne volonté. Au nom
„ du Soleil, ils voudront commander à la
„ Terre. Dans le foyer des Autels qui reçoit
„ le feu ſacré de cet Aſtre bienfaiſant, ils
„ allumeront le flambeau de la diſcorde ; ils
„ parviendront à perſuader à une multitude

„ groſſiere qu'ils ſont les Maîtres abſolus de
„ toutes ſes actions , qu'ils ont le pouvoir de
„ l'affranchir de l'obéiſſance qu'elle doit à
„ ſon Chef, & ils trouveront le ſecret de
„ la porter à la révolte par un amour mal-
„ entendu pour ſes devoirs. Des flots de ſang
„ couleront ; on reviendra de cette er‐
„ reur. Quelque‐tems après , ce coupa-
„ ble ſiſtême , quoique proſcrit , quoique
„ n'oſant plus ſe montrer à découvert, repa-
„ roîtra ſous une autre rorme. De quels ar-
„ tifices ne ſe ſervira-t'on point alors pour
„ empêcher qu'on ne puiſſe le reconnoître?

„ Entre les différens ſtratagêmes qu'ils em-
„ ploYeront à cet effet , voici celui qui leur
„ réuſſira le mieux : ils préſenteront au Roi
„ & au peuple de Goudlas une nouvelle Fem-
„ me qu'ils vous ſubſtitueront. *Prince* , lui
„ diront-ils , *voilà celle au nom de laquelle*
„ *vous nous gouvernez , voilà votre Souve-*
„ *raine & la nôtre ; & vous Peuples , ve-*
„ *nez fléchir le genoux devant la Puiſſance*
„ *qui peut vous donner un autre Maître, ſi*
„ *elle le juge à propos ; devant la Reine dont*
„ *vous reſpectiez le Miniſtre dans la perſonne*
„ *de celui que vous regardiez comme votre*
„ *Roi.*

,, Pour mieux captiver les esprits, ils tâ-
,, cheront de faire croire encore qu'elle peut
,, à son gré disposer des rayons du Soleil. La
,, crainte & l'appas du gain détermineront à
,, rechercher sa protection, & à se ranger
,, sous ses étendards. Bien-tôt portée comme
,, en triomphe, elle fera marcher devant son
,, char une troupe de ses Sectateurs armés
,, d'un glaive menaçant, & toujours prêts à
,, signaler, par des actes de fureur, sa dou-
,, ceur & sa bienfaisance ; fiere de ce corté-
,, ge, elle mettra ses faveurs à prix. Les con-
,, ditions qu'elle exigera, seront de nature à
,, tenir chacun dans la dépendance ; dans l'es-
,, pérance d'obtenir la fertilité de leur champ,
,, les simples seront forcés de donner un té-
,, moignage suffisant, & même par écrit,
,, d'une obéissance sans bornes à ses volon-
,, tés.

,, L'aveuglement ne sera pourtant pas gé-
,, néral ; bien des gens reconnoîtront cette
,, fausse Reine à trois caracteres distinctifs :
,, à ses mamelles pleines de pus, à ses mains
,, pleines d'or, à son langage énigmatique.
,, Ces mêmes Sujets, aussi fideles qu'éclai-
,, rés, auront le courage de lui arracher le
,, masque dont elle couvrira ses yeux louches,

„ & étincelans, son front étroit & livide,
„ son tein blême, ses joues boursoufflées, sa
„ bouche large, tous ses traits en un mot si
„ opposés à ceux qu'on nous connoît. A la
„ vue d'une action si hardie & si dangereuse
„ pour elle, sa rage & celle de ses sectateurs
„ redoubleront. Devenus Maîtres absolus d'u-
„ ne foule d'esclaves, les uns timides par foi-
„ blesse & par ignorance, les autres séduits
„ par l'intérêt & l'ambition, ils croiront n'a-
„ voir plus rien à ménager. Prêts de tout
„ tenter, ils laisseront indiscretement écla-
„ ter leurs projets; des discours publics les
„ annonceront sans déguisement, & révolte-
„ ront contr'eux tous les citoyens dont le zéle
„ sera instruit. Furieux de trouver une résis-
„ tance solide & réfléchie, enorgueillis d'u-
„ ne portion d'autorité usurpée depuis long-
„ tems, enhardis par la bonté du meilleur
„ de tous les Princes, ils oseront . . . . . .

„ Dans ce moment, un tonnerre affreux
„ se fit entendre de tous côtés. Mon pere,
„ après avoir gardé le silence un instant, con-
„ tinua, & dit : Ma fille, c'en est assez;
„ c'est alors que vous verrez ce que je ne
„ dois pas vous révéler maintenant : allez
„ vous renfermer dans votre retraite ; mais,

» de tems en tems vifitez le Confeil de
» Goudlas ; c'eft votre ami , ne l'abandon-
» nez point.

» Voilà , pourfuivit elle , mes chers en-
» fans, tout ce que je peux vous dire pour
» fatisfaire votre curiofité : ayez-le toujours
» préfent devant les yeux pour en faire votre
» profit. Prenez quelques provifions des cho-
» fes que je vous ai offertes ; & au lieu de
» retourner fur vos pas , continuez votre
» route vers le Nord ; vous péririez du cô-
» té du Midi. Quand vous ferez fur le riva-
» ge , vous y trouverez de quoi vivre , ne le
» quittez pas ; la Providence veille fur vous «.
A ces mots elle difparut , & nous laiffa dans
une fituation qu'il ne nous eft pas poffible d'exprimer.

On peut bien s'imaginer que nous ne ba-
lançâmes point à fuivre l'avis qui nous avoit
été donné. Le furlendemain nous arrivâmes
fur le bord de la mer : nous y trouvâmes des
coquillages en abondance ; & comme les bois
que nous quittions étoient pleins de fources
d'eau douce , nous prîmes fans peine le parti
d'attendre patiemment le fort que le Ciel
nous deftinoit. Nous nous retirions la nuit
dans une efpéce de grotte qui fe trouvoit na-

turellement creufée dans un rocher. Dans la
crainte d'être furpris par quelque bête fauvage, nous fermions avec trois groffes pierres l'entrée de notre appartement nocturne.

Nous paffâmes un mois dans cette pofition.
Nous avions, comme on voit, tout le tems
de moralifer, & de faire des réflexions de
toute efpéce. Chaque nuit nous allumions un
grand feu fur un rocher, afin qu'on pût l'appercevoir de loin, dans l'efpérance d'attirer
à nous quelque Vaiffeau. Notre feu fut éteint
deux fois de fuite par la violence d'un orage
mêlé de pluie, qui dura trois jours & deux
nuits fans difcontinuer. Nous vîmes dix fois
tomber le tonnerre dans la mer. Nous plai-
gnions les malheureux qui pouvoient alors
fe trouver fur cet élément. Mais au moyen de
notre caverne, nous n'avions rien à redouter
pour nous. Comme le vent fouffloit du côté
du Nord, & chaffoit vers notre Ifle, nous
penfâmes que s'il y avoit quelque Vaiffeau
dans les mers, il pourroit bien avoir été pouf-
fé de notre côté. En conféquence nous nous
relevâmes tour-à-tour la troifiéme nuit pour
entretenir le plus grand feu qu'il nous feroit
poffible. Notre conjecture fe trouva jufte.
Un Vaiffeau Hollandois revenant de *Goa,*

avoit été surpris d'une premiere tempête, dont il avoit été battu pendant six jours & six nuits. La violence des vents l'avoit totalement éloigné de sa route, & l'avoit porté à 200 lieues, ou environ, de notre Isle. C'est-là qu'il fut accueilli de la seconde tempête dont je viens de parler. L'état où la premiere l'avoit laissé, le força à se laisser aller au vent. Au moment qu'il alloit périr, à cinq ou six lieues de notre Isle, le Capitaine, nommé *Warlouk*, se jetta dans la chaloupe avec son Lieutenant & six autres personnes, & cinglerent tant qu'ils purent vers l'endroit où ils avoient vu nos feux allumés. Au moyen de ce que la mer étoit alors assez calme, ils aborderent sans nulle difficulté. Douze hommes de l'équipage qui étoient restés dans le Vaisseau, arracherent des planches sur lesquelles ils se mirent; & avec des bouts d'autres planches rompues, ils ramerent aussi de toutes leurs forces vers le même endroit.

La chaloupe aborda, à la petite pointe du jour. Le bruit que firent ceux qui étoient dedans, nous fit sortir de notre tanniere. Nous fûmes à eux, les armes hautes, en criant, *qui vive?* Il nous fut répondu, *Hol lande.* Aussi-tôt nous nous approchâmes d'eux, & nous parlâmes au Capitaine & au Lieutenant qui entendoient passablement le Français. Deux heures après, nous apperçûmes, à une demie-lieue de nous, la petite flotte dont je viens de parler. Les courans qui étoient assez violens, les empêchoient de s'approcher de terre. Ayant cru reconnoître quelque mouvement sur ce que nous voyions, & ayant entendu crier, Roswick & moi, qui n'étions point fatigués, nous nous offrîmes pour aller à la découverte. Le Capitaine nous donna encore un homme, & nous montâmes dans la chaloupe. Nous eûmes bien-tôt joint ces malheureux qui n'en pouvoient plus. La fatigue & la crainte les avoient presque anéantis. Dès qu'ils virent qu'on venoit à eux, leurs forces revinrent, & ils ramerent dans la chaloupe, comme s'ils venoient de se reposer. Par ce moyen, il n'y eut que le Vaisseau de perdu, avec sa charge qui étoit considérable. Le Capitaine & le Lieutenant qui avoient dans leur poche, chacun une petite bouteille d'eau-de-vie, nous la distribuerent. Jamais je n'ai bu ratafiat si parfait, ou du moins qui m'ait fait tant de plaisir.

Malgré la défolation où étoient nos nouveaux compagnons, mon hiftoire calma leurs
inquiétudes. Celle de la femme que j'avois
rencontrée, leur paroiffoit incroyable : mais
ce qui les tranquillifoit le plus, étoit la fermeté de l'efpérance que Rofwick & moi nous
leur montrions ; & la certitude que nous leur
donnions de pouvoir, quand ils voudroient,
les conduire à l'Ifle de Goudlas ; cette ref-
fource, quelqu'ingratte qu'elle eût été à des
gens qui auroient pu faire mieux, étoit d'un
grand prix vis-à-vis de la pofition où ils fe
trouvoient alors, & du danger dont ils étoient
réchappés. Ce danger étoit même d'autant
plus frappant, qu'un autre Vaiffeau Hollandois, qui étoit forti de *Goa*, comme celui-
ci, & s'en retournoit de conferve, avoit
difparu à leurs yeux, de façon qu'ils ne
faifoient point de doute qu'il n'eût été en-
glouti.

Nous continuâmes de refter fur le rivage
& d'allumer des feux. Comme les huit perfonnes, qui s'étoient jettées dans la Chaloupe, avoient pris leurs armes ; pendant le
jour les uns alloient à la chaffe, d'autres
faifoient une cuifine que l'appétit rendoit dé-
licieufe. Chacun s'occupoit ; & comme fi le

nombre des malheureux eût pu adoucir nos maux , nous nous confolions refpectivement.

Le dix-fept ou dix-huitiéme jour , quatre de nos camarades s'avancerent dans les bois , beaucoup plus que de coutume. C'étoit moins pour tuer des bêtes , que pour chercher la cabanne de la femme , dont nous leur avions parlé. Nous convînmes même avec eux de tirer des coups de fufil le foir , s'ils n'é- toient pas revenus, afin de leur faire mieux connoître de quel côté ils devoient s'ache- miner.

Nos quatre curieux chercherent tant , qu'ils s'égarerent. La nuit qui les furprit , jointe à l'épaiffeur des bois , leur fit prendre le parti de coucher où ils fe trouverent. Nous tirâmes quelques coups de fufil qu'ils n'en- tendirent point. Le lendemain dès la pointe du jour , nous nous mîmes en campagne pour les chercher , & de tems en tems nous ti- rions pour les appeller. Après trois ou quatre heures de marche , on nous répondit , fur notre droite , par quatre coups de fufil , & fur notre gauche , par deux autres coups. Nous aimâmes mieux croire que c'étoit un écho , que de chercher à approfondir un myftere que nous ne pouvions pas pénétrer.

Cependant un inftant après, ayant entendu
du côté gauche, deux nouveaux coups de fufil, nous en tirâmes autant, & fur le champ
nous en entendîmes quatre autres bien dif-
tinctement du côté droit. Nous féparâmes
notre petite troupe en deux ; une moitié fous
la conduite de Rofwick, l'autre moitié fous
la mienne, avec promefle de ne pas s'éloigner beaucoup, & de tirer de tems en tems
un feul coup, pour nous reconnoître. Enfin
nous parvînmes à retrouver notre monde ; &
une demie-heure après, Rofwick & moi
nous nous rejoignîmes.

Tandis que nous revenions tous enfemble ;
ayant entendu deux coups de fufils, à quatre
ou cinq cens pas de nous. Nous répondîmes
par le même nombre de coups ; & ce phénomene nous parut alors d'autant plus fur-
prenant, que nous avions avec nous toutes
les armes à feu de la troupe, à la réferve
d'un feul fufil, que nous avions laiffé à un
Matelot, pour garder la Chaloupe, & pour
tirer le foir, fi nous n'étions pas de retour.
Quand nous eûmes marché un quart-d'heure, vers l'endroit où nous avions entendu
tirer, nous appellâmes, en criant de toutes
nos forces ; auffi-tôt on fe mit à crier com-

me nous ; & il nous parut un nombre de voix assez considérables. Nous chargeâmes alors nos armes, pour nous mettre en défense, ne sachant ce que ce pouvoit être ; & à peine eûmes-nous achevé, que nous vîmes paroître cinq hommes, dont trois étoient les guides qui nous avoient accompagnés, Roswick & moi, jusques dans ces bois ; les deux autres étoient de l'équipage du Vaisseau Hollandois que l'on croyoit péri.

Nous apprîmes d'eux qu'ils avoient relâché à l'Isle d'Alboury, & qu'ils étoient entrés assez heureusement dans une espéce de Baye, du côté opposé à celui où nous étions embarqués sur le radeau, pour passer dans la forêt. Ils avoient descendu pour couper du bois, afin de radouber leur Vaisseau, qui faisoit eau de tous côtés ; & sur la nouvelle que le *Monab*, ou Roi de l'Isle, en avoit reçue, il leur avoit envoyé tous les rafraîchissemens que son pays peut fournir. Il s'étoit transporté lui-même sur le lieu où ils avoient débarqué ; & en leur faisant signe de la main, il leur avoit dit : *Salut*, *Français* ; seuls termes qu'il avoit retenus de notre langue. Il n'est point étonnant que les voyant blancs comme nous, & habillés à peu près de la même maniere, il les prit pour des Français. Il avoit joint à sa politesse des présens de *Piabiches* qu'il avoit fait tuer pour leur donner. Quand il eut reçu leurs remercimens, il accepta de l'eau-de-vie & du vin ; il trouva celui-ci bon, mais l'autre trop violent, à en juger du moins par la grimace que cette liqueur lui fit faire.

Ce bon Prince, après ce préambule, avoit fait entrer dans le Vaisseau deux de ses Insulaires, & avoit fait signe à deux Hollandois de suivre trois hommes qu'il leur montroit du doigt. Il avoit ordonné, sans doute, à ces trois hommes, d'aller nous chercher où ils nous avoient laissés ; & les Hollandois avoient très-bien compris que les deux Insulaires qu'on leur laissoit, étoient une espéce d'otage.

Les deux Hollandois, ayant pris leurs armes & des munitions, s'étoient mis en route, sans savoir où ils alloient. Ils n'avoient pris que du pain & de l'eau-de-vie, parce qu'ils voyoient que les trois Insulaires portoient de quoi vivre, & faisoient marcher devant eux un *Piabiche* chargé de provisions. Ces Insulaires, qui connoissoient l'effet de nos armes à feu, comprirent où nous étions.

par le bruit de nos coups de fuſil ; & ce furent eux qui firent ſigne aux deux Hollandois de tirer auſſi.

Nous fûmes tous enſemble rejoindre le camarade que nous avions laiſſé à la garde de la Chaloupe ; & le lendemain nous nous acheminâmes vers l'Iſle d'Alboury, où nous repaſsâmes tous à l'aide de la Chaloupe Hollandoiſe & de notre radeau, dont les guides en queſtion s'étoient ſervis pour venir nous chercher. Après ſix jours de marche, nous fûmes ſaluer le Roi, qui nous fit un très-bon accueil. Il nous donna de quoi nous rafraîchir ; & le ſur lendemain, nous arrivâmes au Vaiſſeau. On peut bien s'imaginer que ſi ceux qui le montoient furent ſatisfaits de nous revoir, nous le fûmes encore plus de les retrouver, eux & leur Vaiſſeau.

Nous paſsâmes encore un mois dans cette Iſle ; enſuite nous fîmes voile vers Amſterdam le 8 Juin 1697. Nous y arrivâmes fort heureuſement le 3 Mars 1698. M. Warlouk nous garda quatre jours, pendant lequel tems il nous fit habiller ; & ayant trouvé un Vaiſſeau qui alloit partir pour Londres, nous nous y embarquâmes, bien munis par M. Varlouk de tout ce qu'il falloit pour faire le voyage. Le vent ne nous permit d'arriver à Londres que le vingt-trois du même mois.

Rofwick & moi, nous n'eûmes rien de plus preffé que de courir à notre maifon. Je penfai tomber mort, quand j'y vis des Locataires que je ne connoiffois point. On me dit pourtant que le Monfieur & la Dame que je cherchois, étoient, à ce qu'on croyoit, repaffés en France.

Comme j'ignorois dans quelle pofition j'allois me trouver, je pris fur moi, malgré mon inquiétude, d'aller rendre compte au Roi de mon voyage. Nous lui fûmes préfentés dès le même jour, & cette opération nous retint huit jours à la Cour.

Le Roi nous fit préfent à l'un & à l'autre de 500 guinées, & nous fit expédier le Brevet de la penfion de 300 livres fterlings qu'il nous avoit promife.

Je dois dire ici, en paffant, que par les obfervations que nous fîmes avec les Hollandois, l'Ifle d'Alboury eft à 123 ou 124 dégrés de longitude. C'eft affez pour connoître la pofition des autres Ifles dont j'ai parlé, puifqu'elles ne font féparées de celle-ci de proche en proche, que par des bras de mer fort étroits.

Tandis que je travaillois à mes Mémoires pour la Cour d'Angleterre, je fus voir Monsieur..... Ambassadeur de France, qui me donna des nouvelles de ce que j'aimois plus que moi-même. Il étoit en correspondance avec l'oncle de ma femme. Je lui écrivis, & je mis dans le paquet une Lettre pour elle ; je lui rendois assez de justice pour craindre que la surprise & la joie ne lui causassent quelque révolution dangereuse.

Dès que nous fûmes libres, je repassai en France avec mon ami. Nous arrivâmes à Paris le 9 Avril 1698. Nous trouvâmes à la Barriere mon oncle & ma femme. Nous fûmes un quart d'heure tous quatre sans pouvoir nous parler que par nos larmes. Elle m'apprit que Milord Brifork (le même dont j'ai parlé dans le Relation du commencement de mon voyage) avoit voulu la faire enlever ; que c'étoit lui qui avoit porté le Roi à m'envoyer faire de nouvelles découvertes dans le pays de *Wayferdanos*, & qu'il avoit pris des mesures pour que je ne pusse pas en revenir. Enfin, elle me confirma tout ce que la déposition des Soldats qui m'avoient voulu faire périr, m'avoit appris ; & me dit que toutes ces circonstances, jointes à la mort de sa mere, avoient déterminé fon oncle & elle à arranger leurs affaires à Londres, & à repaffer en France, qui étoit le lieu où elle fe croyoit le plus en fûreté. J'eus encore la fatisfaction de retrouver mon fils en bonne fanté. Depuis ce moment heureux nous paffons des jours en paix, fans ambition, fans inquiétude. Nous aimons tous les hommes en général, nous chériffons nos amis, & nous vivons dans la crainte du Seigneur.

―――――――――――

CHAPITRE IX.

Avantures & établissement de Rosvvick.

QUOIQUE je ne me sois proposé que
de donner au Public la Relation de nos
Voyages, j'ai pensé que le Lecteur ne me
sauroit pas mauvais gré de lui apprendre
quel a été le sort de Rosvick, cet ami si cher,
& qui doit être si intéressant pour tous ceux
qui démêleront son caractere en lisant ces
avantures. J'ai hésité long-tems à parler de
lui, parce qu'il a toujours compté faire imprimer en Anglois les Mémoires qu'il avoit
dressés ; mais depuis que j'ai lieu d'appréhen-
der qu'il ne soit jamais à portée de se satisfaire
sur cet article, je me suis décidé à finir par
ce qui lui est arrivé depuis mon retour à
Paris.

Rosvick avoit été fort lié avec un nommé
William Pen, qui en 1681 établit une Colonnie Anglaise dans le continent de l'Amérique septentrionale, depuis le quarantiéme
dégré de la latitude Nord, jusqu'au quaran-

te-troisiéme de la même latitude. Elle est con-
nue aujourd'hui sous le nom de Pensilvanie,
du nom de son Fondateur. Ce Guillaume
Pen (car en Anglais *Villiam* c'est *Guillau-*
me) ayant obtenu des Lettres Patentes de
Charles I I. qui lui donnoient ce pays, y
transporta une Colonnie de Quakers. Tout
le monde sait que cette secte a concilié une
moralité excellente, avec les erreurs les plus
folles sur le fait de la Religion. Roswick, qui
savoit l'établissement de son ami, avoit
déja fait plusieurs démarches pour s'informer
au vrai de la situation dans laquelle se trouvoit cette nouvelle Colonnie. Ce qu'il en
avoit appris ne faisoit qu'augmenter l'intérêt
qu'il y prenoit.

Sur ces entrefaites, un Archevêque de grande considération tomba dans une espéce de lé-
targie; il épuisa tous les remédes d'un fa-
meux Médecin qui demeuroit à Meaux, sans
pouvoir recouvrer la santé. La curiosité de
cet Archevêque nous avoit mis dans le cas
de lier une connoissance assez étroite avec
lui. Roswick qui se plaisoit dans la société de
ce Pasteur, avoit cultivé encore plus que moi
cette connoissance, & il s'en étoit fait aimer.

Mon ami fut touché, comme il le devoit,

de la maladie du Prélat. Leurs amis communs foupçonnerent qu'elle pouvoit être l'effet d'un fortilége, & que ce grand homme auroit peut-être été enforcelé. Comme ils avoient beaucoup entendu parler à Rofwick de fa médaille, il fut réfolu qu'on en toucheroit le malade. L'effai réuffit ; il fut gueri, au grand étonnement de tout le monde.

Rofwick, qui jufqu'alors ne s'étoit pas imaginé que cette médaille pût faire dans notre pays de femblables miracles, prit la réfolution de repaffer en Angleterre, afin d'être utile à fa patrie. A ce motif fi louable, il joignit l'envie d'apprendre des nouvelles plus pofitives de fon ami, & même de lui rendre quelques fervices, fi l'occafion s'en préfentoit. Ces deux raifons jointes enfemble le déciderent ; & malgré le regret réciproque de nous féparer, je facrifiai à fon zéle ma fatisfaction perfonnelle. Je me ferois regardé comme coupable, fi j'avois employé notre amitié à le détourner d'un projet fi beau. Je partageois d'avance le plaifir qu'il devoit goûter dans l'exécution.

L'efpérance de nous rejoindre un jour, & la facilité d'établir entre nous une correfpondance fuivie, adouciffoient encore l'amertu-

me de cette féparation. Il partit donc en
701, & il m'a mis en état de rendre un
compte exact de tout ce qu'il a fait à Londres pendant trois ans qu'il y a demeuré. Je
ne rapporterai que les faits les plus intéref-
fans.

Les premiers foins de Rofwick furent d'aller trouver les parens de Pen. Ils lui confir-
merent que la Colonnie fe fortifioit de jours
en jours, & qu'il y avoit lieu d'efpérer qu'elle feroit un jour une des plus floriffantes de
l'Amérique. Une des chofes qui le charmoit
le plus dans cet événement, c'eft que les
mœurs des *Penfilvains* répondoient au nom
de leur Capitale, *Philadelphie*, qui veut dire
l'*amour de fes freres*. Il admiroit comme cet
établiffement s'étoit formé fans coup férir ;
il faifoit un parallelle de ce tableau avec celui de la conquête du Mexique. » Pourquoi,
» me difoit-il dans fes Lettres, les Efpagnols
» n'ont-ils pas, ainfi que les Penfilvains,
» appris aux Sauvages à refpecter la vertu ?
» Elle a de l'afcendant fur les cœurs les plus
» barbares : il fuffit de là leur faire connoître
» pour la leur faire aimer ; ils feroïent tous
» freres, comme ils doivent l'être, & les
» Efpagnols n'auroient été ni bourreaux ni ti-

» rans. Adorateurs d'un Dieu si bon , par quel
» aveuglement ont-ils pu croire qu'ils pou-
» voient, fans l'offenfer, détruire à leur gré
» un ouvrage qu'il a fait lui-même à fa ref-
» femblance ? Ce Dieu n'eft-il donc plus un
» Dieu de juftice & de paix ? A-t'il changé
» les loix de ce droit naturel & divin qu'il
» a gravé dans le cœur de tous les hom-
» mes ? Faut-il que ce foit à des Chrétiens
» qu'il foit réfervé de s'imaginer qu'ils plai-
» ront à un pere tendre & jufte , en allant,
» fans fujet légitime , égorger fes enfans ? «

Rofwick fut bien-tôt connu & recherché
à Londres , comme nous l'avions été à Paris. L'hiftoire de la guérifon de l'Archevêque
en queftion avoit fait trop d'éclat , pour
qu'elle fût ignorée en Angleterre ; elle fervit beaucoup à deux chofes. La premiere , à
rehauffer la réputation de mon ami ; la feconde , à faire ouvrir les yeux fur un grand
nombre de gens qui avoient abfolument
perdu la tête , & à faire foupçonner qu'il
pouvoit y avoir en cela quelque effet magique.

On réfolut donc de faire des effais de la
médaille. Le premier fou chez qui Rofwick
fut conduit, étoit un pere de famille, dont

la folie étoit de se croire Sultan , & despoti-
que comme lui. Il étoit riche , & avoit dans
sa maison un grand nombre d'enfans & pe-
tits-enfans. Le singulier de sa manie , c'est
qu'il se croyoit en droit de les faire mourir
de faim quand il voudroit. En effet, il ne
vouloit pas qu'on leur donnât à manger, à
moins qu'un Médecin, nommé par Sa Hautesse , ne lui certifiât qu'ils pouvoient manger
sans s'incommoder. Jusqu'alors on s'étoit prêté à tout autre trait de folie de sa part ; mais
comme il étoit impossible d'en faire autant
pour celui - ci , & qu'on désespéroit de lui
rendre la santé , on avoit essayé de lui faire
prendre un autre sistême. En conséquence,
on lui représentoit sans cesse l'obligation in-
dispensable où il étoit de donner du pain à
ses enfans ; que tous ceux à qui Sa Hautesse
en refusoit , étoient des personnes pleines de
vie & de santé qui n'avoient pas besoin du
Médecin ; qu'ils ne manquoient pas de recourir à lui quand ils croyoient être dans le
cas , & qu'ils ne mangeoient jamais quand
le Médecin leur avoit défendu. La nature ,
lui ajoutoit-on , cette mere si sage, leur a
donné tout ce qu'il faut pour juger de leur
santé , & pour la rétablir quand elle est al-

térée ; c'eft à eux d'écouter fes avis, & de s'imputer s'ils ne s'y conforment pas. Mais vous, puiffant Seigneur, qui n'avez point l'art de deviner, qui par conféquent n'y êtes pas obligé, & qui ne voyez rien en eux qui caractérife une maladie, vous devez en croire leur déclaration, & leur donner ce qu'ils ont droit d'exiger de Votre Hauteffe en fa qualité de pere ; l'empreffement même qu'ils ont de manger, doit vous tranquillifer. Bornez donc votre follicitude paternelle à des exhortations ; & quoiqu'elle foit louable en elle-même, refferrez-la dans fes juftes bornes, & craignez que par un zéle outré elle ne vous emporte jufqu'à lui facrifier un devoir, dont rien en pareil cas ne peut vous affranchir.

Voyant que toutes ces repréfentations ne fervoient de rien, on tenta de lui faire impreffion par la crainte du châtiment. Dans les momens où il paroiffoit d'un fens raffis, on lui faifoit remarquer combien il bleffoit l'ordre & l'autorité publique, en s'arrogeant un pouvoir abfolu, indépendant de toutes les loix. Votre droit de paternité, lui difoit-on, eft naturel, mais il n'eft inftitué que pour un bien. Dans la crainte qu'on ne s'en fert

vît pour un mal, l'usage qu'on en peut faire
n'est pas resté arbitraire, il a été réglé par des
loix au-deslus desquelles vous ne pouvez point
vous élever, sans anéantir l'autorité qui est
chargée de les faire exécuter. Si le Roi qui
est le dépositaire de cette autorité, connoît
votre attentat, il ne manquera pas de sévir
contre vous, comme il le doit.

On eut beau faire & beau dire, on ne
put rien gagner sur lui; & comme sa folie
se tournoit souvent en fureur contre ceux
qui lui résistoient, il fallut, pour avoir la
paix, tâcher de se conformer à ce qu'il demandoit. D'abord on voulut lui présenter,
en se mettant à table, une attestation du
premier Médecin connu qu'on trouvoit sous
sa main; mais cela ne le satisfit point. Il
déshérita, autant qu'il étoit en son pouvoir,
ceux de ses enfans qui en agisloient ainsi,
& il interdit l'entrée de son Palais à tous Médecins qui n'avoient pas pris l'attache de Sa
Hautesse. Par ce moyen, on se trouva dans
la nécessité de s'adresser à deux jeunes Docteurs
qui avoient su flatter sa manie, & qui furent
par lui prépofés pour cette belle opération.

La famille convaincue de l'impossibilité de
guérir le malade, songea à le faire enfer-

mer. Sa fingularité avoit fait beaucoup de
bruit. Le Roi d'Angleterre voulut le voir :
on le lui amena. La révolution que caufa
au malade cette démarche inopinée, fit un
tel effet, qu'il parut au Roi être plein de
bon fens. Sa Majefté refta perfuadée qu'il
étoit le meilleur, le plus tendre des peres,
& qu'il étoit bien fâcheux pour lui d'avoir
pour enfans de mauvais fujets. Il s'en revint
donc dans fon prétendu Palais, avec une protection décidée de la part du Roi, qui jugea
même à propos de lier les mains aux parens,
dans la crainte que cet homme ne fût traverfé
par eux.

Jufques - là le malheur n'étoit pas bien
grand. Mais les deux Médecins qui conçurent
q la protection du Roi alloit prolonger
leurs fonctions, réfolurent d'en tirer parti.
Ils mirent un prix exorbitant à leurs conful-
tations ; de façon qu'on n'obtenoit leurs cer-
tificats, qu'autant qu'on faifoit tout ce qu'ils
exigeoient. Ils pouflerent encore les chofes
plus loin : tous ces pauvres enfans cherchoient
à fe marier pour fe fouftraire au joug de
cette tirannie : Meffieurs les Médecins mirent en tête à Monfieur le Sultan qu'il ne
devoit pas permettre le mariage, à moins

d'être instruit, par leur ministere, si ces enfans y étoient propres ; & cette loi fut commune aux filles, ainsi qu'aux garçons. Ce fut
alors que le certificat se vendit cher. Le Lecteur le devine aisément : enfin ces méchantes gens étendirent leur domination sur toutes
les opérations qui sembloient leur être les
plus étrangeres, & toujours sur le prétexte
qu'elles ont un rapport avec la santé.

Il n'y avoit encore que deux ans que du-
roit cette scène tragi-comique ; & déja un
grand nombre d'enfans avoient abandonné
la maison paternelle : forcés par cet amour
si naturel pour la vie & la liberté, ils alloient
se jetter dans les bras de quiconque vouloit
leur donner du pain, ou leur faire acheter
à des conditions moins dures : quelques-uns
même étoient morts de faim, sans que ces
malheurs eussent touché ni le Sultan, ni les
deux Médecins : mais de tous les côtés il
fut porté au Roi des plaintes si vives, que
ce Prince reconnut qu'on l'avoit trompé. Il
ordonna qu'on renfermât étroitement ce malheureux, & que justice fût faite des deux
fripons de Médecins qui avoient si cruellement abusé de son état. En conséquence, les
enfans eux-mêmes commencerent par les

chaffer de chez eux à grands coups de bâtons, & leur firent rendre tout ce qu'ils avoient volé. Mais au moment qu'on venoit pour enlever le malade & le renfermer, Rofwick fut introduit dans cette maifon. Il prit la liberté d'appliquer fon talifman fur le cœur de fa Hauteffe : auffi-tôt elle fut faifie d'une convulfion épouvantable , & après des efforts très-violens, elle vomit une quantité prodigieufe de bile noire , & une efpece de ver en forme de ferpent de la longueur de fix pouces. Cet animal , quoiqu'il ne fît que ramper, cheminoit fi vîte, qu'on eut de la peine à s'en faifir : il eft vrai qu'on avoit peur d'en être piqué.

A peine cette évacuation fut-elle faite , que le malade devint calme , & fut abfolument guéri : voilà tout l'intéreffant de cette hiftoire ; je déclare que je n'ai fait que la copier fur les Lettres de mon ami. Il parut même à Londres dans cette année une Differtation en forme de Lettre du Docteur *Shi fort* qui fit grand bruit. Elle tendoit à prouver que la folie, dont je viens de parler, n'étoit pas autre chofe qu'une fievre chaude comme celle de la rage, avec cette différence que celle-ci provenoit de l'action d'une quantité de pe-

tits vers qui fe nourriffoient de la fubftance
du cerveau , & que celle-là étoit l'effet d'une
bile trop âcre & trop abondante , jointe à
l'effet que produifoit fur le cœur le gros ver
en queftion qui s'y nourriffoit. Il prétendoit
que cela donnoit à cette partie une chaleur
fi demefurée , que tout le refte s'en reffentoit,
& que la guérifon furprenante , telle qu'elle
étoit arrivée , n'étoit que l'effet d'une révolution occafionnée par le paffage fubit du
grand chaud au grand froid, caufé par l'application de la médaille fur la peau. Il con-
cluoit qu'il n'y avoit rien que de naturel dans
toute cette opération. Il alloit même jufqu'à
vouloir démontrer que cette bile & ce ver
proviennent de la mauvaife digeftion , lorfque l'on refte long-tems au lit avec un ef-
tomach furchargé. Pour moi j'abandonne aux
Savans le Docteur *Shifort* , & fa Differtation.

On peut bien s'imaginer quelle réputation
Rofwick s'attira par cette guérifon miracu-
leufe. On fe perfuada plus qu'auparavant, qu'il
pouvoit fe faire qu'il y eût dans l'Angleterre
beaucoup de gens enforcelés ; & que la Méde-
cine ordinaire , ne pouvant rien fur les fecrets
magiques , il n'étoit point étonnant qu'ils ne

puffent guérir par fon fecours. On amena
à Rofwick des malades de tous les cantons
de ce Royaume, & de toutes les efpéces.
Parmi le grand nombre de ceux auxquels il
rendit fervice, voici les plus finguliers que
j'aie remarqués.

Une femme s'étoit perfuadée qu'elle étoit
le Pere Adam, & qu'elle avoit, comme lui, la fcience infufe. Dès qu'elle pouvoit s'échapper, elle couroit dans les Ecoles
publiques, & fe plaçoit fur les bancs, pour
difputer contre les Docteurs. Lorfqu'on la
renfermoit, elle montoit fur une chaife ou
fur une table; & là elle prêchoit & dogma-
tifoit de toutes fes forces, comme une inf-
pirée. Le mal de tout cela, c'eft qu'après
avoir bien prêché, le Pere Adam, qui prenoit fa maifon pour le Paradis Terreftre,
vouloit en chaffer tous ceux qui devoient naturellement y demeurer, & faifoit un carillon
épouvantable. Perfonne ne pouvoit le foutenir.

Une autre s'étoit mis dans la tête qu'elle
étoit la Reine de Saba, & qu'un Puritain
de fa connoiffance étoit le Roi Salomon : elle
lui portoit tout ce qu'elle pouvoit, afin d'a-
voir l'honneur de contribuer en quelque chofe

à l'édification & à l'embelliffement du Temple que fon Salomon , difoit-elle, faifoit bâtir. Comme il n'étoit pas de la grandeur d'une Reine d'entrer dans certains détails ; elle abandonnoit le foin de fa maifon , & l'éducation de fes enfans à trois ou quatre coquins , auxquels elle donnoit de grands titres , relativement à leurs emplois : une de fes grandes fatisfactions étoit d'engager fon Salomon à lui faire un petit Cantique. Quoiqu'elle lui fît fouvent la même demande, Monfieur Salomon ne fe rebutoit point , il lui faifoit fur le champ. Cette faveur combloit la Reine de Saba ; elle croyoit être en Paradis. Le zèle pour le Temple en queftion , avoit déja dévoré la moitié de la fortune des enfans de cette femme , lorfqu'elle fut guérie par Rofwick.

Une troifiéme , plus plaifante que les deux autres , étoit une fille , qui , à l'âge de 20 ans , avoit totalement perdu la raifon. Dans toutes fes actions on voyoit un air & des caractères de folie qui frappoient au premier coup d'œil. Cette folie n'avoit pour objet que des papillons : elle tenoit dans fa chambre une pépiniere de chenilles , comme d'autres en ont de vers à foie. Lorfqu'un de ces

O vj

infectes, devenu papillon, s'envoloit, elle
étoit deux jours dans un chagrin extrême,
sans que ceux qui restoient pussent la consoler de cette perte. Elle alloit aussi cent fois
le jour regarder dans son jardin si elle ne
verroit point voler quelque papillon étranger. Dès qu'il en paroissoit un, elle se cou-
vroit de fleurs de toute espéce ; mettoit sur
son visage, sur sa gorge & sur ses mains,
des papillons de papier peint & faits exprès ;
enfin, elle faisoit si bien qu'elle l'engageoit
souvent à venir sur elle, & par ses strata-
gêmes elle parvenoit quelquefois à l'at-
trapper.

Après la guérison de cette jeune personne,
Roswick fit celle d'un homme fort riche,
& dont le sort étoit véritablement malheureux. Il bruloit, disoit-il, d'une soif sans
égale, & pour se désaltérer, il ne cessoit
de travailler, comme un Forçat, à tirer de
l'eau. A peine l'avoit-il tirée, qu'il n'osoit
y toucher, crainte de diminuer sa provision ;
il trempoit seulement son doigt dans le ton-
neau qu'il remplissoit, & portoit ce doigt
mouillé à sa bouche pour se rafraîchir. Roswick le trouva dans cet exercice tout en nage,
& exténué de fatigue, sans vouloir pour cela

difcontinuer d'un moment. Mon ami voulût s'affurer de l'état de cet homme avant de le toucher de la médaille. Pour cet effet, il lui préfenta de l'eau qu'il envoya chercher ailleurs. Ce miférable en but autant qu'il put en contenir, & verfa le refte dans fon tohneau. Rofwick eut beau lui repréfenter qu'il fe tuoit réellement dès-à-préfent à force de vouloir fe procurer des fecours pour fes befoins à venir, & qu'il mourroit avant d'avoir commencé à profiter de l'eau qu'il avoit déjà tirée. Voyant que le tireur d'eau étoit fourd à fes repréfentations, & qu'il alloit fe remettre à l'ouvrage pour recommencer fur nouveaux frais, il lui fit l'application de fa médaille, & diffipa le fort qu'on lui avoit jetté.

Pendant le cours de ces différentes opérations, *Pen* avoit fait un voyage en Angleterre; il y vit Rofwick, fe lia avec lui plus étroitement que jamais, & l'engagea à paffer dans la Penfilvanie. Mon ami, peu curieux de la fortune, & efclave du plaifir d'être utile à fa patrie, n'avoit pû jufqu'alors fe déterminer à ce voyage. Mais le nombre de cures éclatantes qu'il faifoit lui attira la haine & la jaloufie des Médecins, qui fe voyoient enlever & leur crédit & beaucoup d'occafions de gagner de l'argent. Ils trouverent donc le moyen de le rendre suspeɕt au Gouvernement ; de maniere que Roſwick fut averti qu'on avoit réſolu de s'aſſurer de ſa perſonne.

Pen profitant de cette circonſtance, revint à la charge ; il repréſenta à notre ami commun que depuis quelques années on avoit fait paſſer dans la Penſilvanie des gens de toute eſpéce, parmi leſquels il étoit sûr qu'il y en avoit beaucoup qui avoient été enſorcelés à Londres, & qu'ainſi il trouveroit de quoi exercer ſon zéle. L'envie de rendre un ſi grand ſervice à la Colonie de ſon ami, & la certitude d'y vivre en paix, le déciderent à céder à la perſécution qui le menaçoit dans ſa patrie. Il s'embarqua au mois de Mai 1704, avec ſes deux Sottards, qui, par parenthèſe, ſont morts en arrivant dans ce pays ; apparemment que l'air de ce climat leur eſt abſolument contraire.

Depuis ce tems j'ai reçu de ſes nouvelles ; il a pris pour femme l'Angla⟨i⟩ſe aux papillons, qui l'a ſuivi par reconnoiſſance, & avec laquelle il vit fort content. Il a refuſé le Gouvernement d'un des Comtés de cette Colonie ; mais par une ſaine politique, quoique peu pratiquée en Europe, on a trouvé le ſecret

de conſerver dans ce pays un homme ſi précieux; on a créé pour lui une place d'Inſ-
pecteur général des maladies & mœurs des
habitans. Perſonne n'eſt nommé à quelques
fonctions, qu'au préalable on n'ait pris ſon
attache, & il ne vous la donne qu'après vous
avoir touché, ſoit pour guérir le ſort qu'on
peut vous avoir jetté ſans que vous le ſachiez, ſoit pour prévenir ceux qu'on pourroit vous jetter dans la ſuite. A peine même
les enfans commencent-ils à parler, qu'il a
des gens prépoſés pour leur faire l'application; & la premiere loi qu'il s'eſt impoſée
afin de n'être pas trompé, eſt de n'employer
que des Naturels même de cette Colonnie.
Tant que cette pratique ſera obſervée, il n'y
aura dans la Penſilvanie ni ſortiléges, ni enchantemens. Il n'eſt pas douteux que je ſe-
rois charmé d'avoir mon ami avec moi : mais
je regarde tous les hommes comme mes freres ; & le tableau que je me fais du bien qu'il
procure dans cette Colonnie, augmente ma
félicité.

ERRATA DU SECOND VOLUME.

Page 77, *ligne* 3, cela eſt, *liſez*, cet uſage eſt.

p. 83, *l.* 4, armes, & nous, *liſ.* armes ; il nous.

id. lig. 16, carquois magnifique, *liſ.* magnifique carquois.

p. 107, *l.* 13, *liſ.* nous arrivâmes dans un inſtant.

p. 121, *l.* 25, ſon maître, *liſ.* ton maître.

p. 176, *l.* 1, nous traitât, *liſ.* le traitât.

p. 200, *l.* 16, produiſoit, *liſ.* produiroit.

p. 211, *l.* 18, rendroit, *liſ.* rendoit.

p. 213, *au Sommaire*, *liſ.* nous nous propoſons.

www.ingramcontent.com/pod-product-compliance
Lightning Source LLC
Chambersburg PA
CBHW070206030726
47505CB00006B/1589